蓝博洲

幌马车之歌

续曲

夕べに遠く木の葉散る
並木の道をほろぼろと
君が幌馬車見送りし
去年の別離が永久よ

想ひ出多き丘の上で
遙けき國の空眺め
夢と煙れる一と年の
心無き日に涙湧く

轍の音もなつかしく
並木の道をほろぼろと
馬の嘶き木霊して
遙か彼方に消えて行く

图书在版编目（CIP）数据

幌马车之歌续曲／蓝博洲著．—北京：生活 · 读书 · 新知三联书店，2018.3
ISBN 978－7－108－06251－2

Ⅰ．①幌… Ⅱ．①蓝… Ⅲ．①传记文学－中国－当代 Ⅳ．①I25

中国版本图书馆 CIP 数据核字（2018）第 046288 号

特邀编辑 王晨晨
责任编辑 冯金红
装帧设计 薛 宇 蔡立国
责任校对 常高峰
责任印制 宋 家
出版发行 生活·讀書·新知 三联书店
（北京市东城区美术馆东街 22 号 100010）
网 址 www.sdxjpc.com
图 字 01-2018-2351
经 销 新华书店
印 刷 河北鹏润印刷有限公司
版 次 2018 年 3 月北京第 1 版
2018 年 3 月北京第 1 次印刷
开 本 635 毫米 × 965 毫米 1/16 印张 16.25
字 数 178 千字 图 105 幅
印 数 00,001－10,000 册
定 价 52.00 元
（印装查询：01064002715；邮购查询：01084010542）

1937 年，李苍降考进台北二中

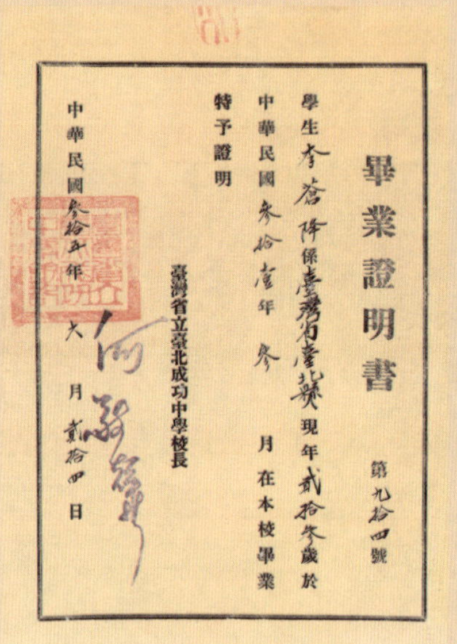

畢業證明書

第九拾四號

學生李蒼降係臺灣省臺北縣人現年貳拾參歲於

中華民國參拾壹年參月在本校畢業

特予證明

臺灣省立臺北成功中學校長

中華民國參拾五年六月貳拾四日

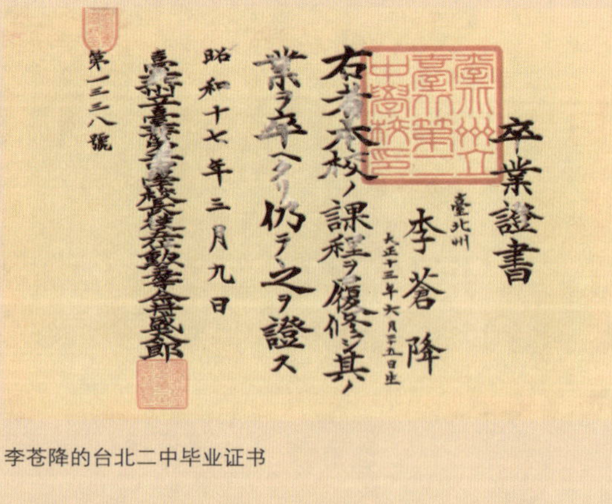

卒業證書

臺北州

李蒼降

大正十三年六月二十五日生

右者本校ノ課程ヲ履修シ其ノ業ヲ卒ヘタリ仍テ之ヲ證ス

昭和十七年三月九日

臺北州立臺北第二中學校長 [illegible]

第一三三八號

李苍降的台北二中毕业证书

1945 年 12 月 31 日李苍降（第三排左六）参加台湾区团部第一期干部讲习会

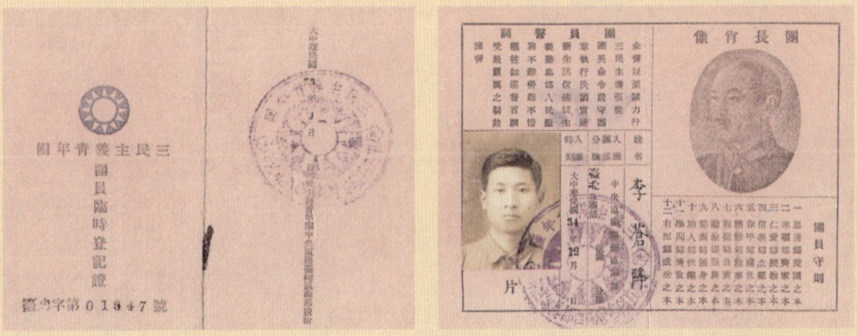

李苍降的三青团团员证

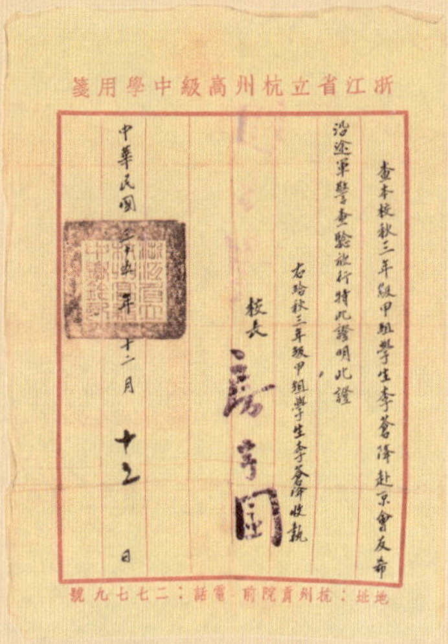
浙江省立杭州高級中學用箋

查本校秋三年級甲組學生李蒼降赴京會友希

沿途軍警查驗放行特此證明此證

右給秋三年級甲組學生李蒼降收執

校長 房宇園

中華民國三十六年十二月十五日

地址：杭州貢院前 電話：二七七九號

李苍降的通行证

浙江省立杭州高級中學用箋

證明書

查學生李蒼降係臺灣省臺北縣人現年貳拾四歲於民國三十一年三月在臺灣省臺北成功中學畢業後於民國三十五年度第一學期至第二學期在本校秋三年級補習一年特為證明此證

浙江省立杭州高級中學校長房宇園

中華民國三十六年六月 日

校址：杭州貢院前 電話二七七九號

李苍降的杭高证明书

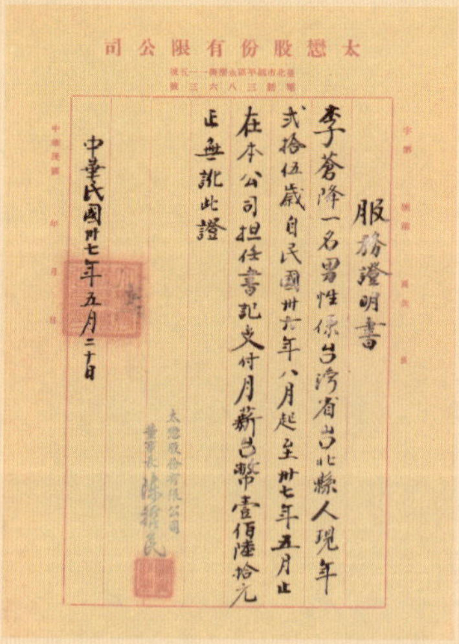
太懋股份有限公司

服務證明書

李蒼降一名男性係台湾省台北縣人現年貳拾伍歲自民國卅六年八月起至卅七年五月止在本公司担任書記支付月薪台幣壹佰陸拾元正無訛此證

太懋股份有限公司 董事長

中華民國卅七年五月二十日

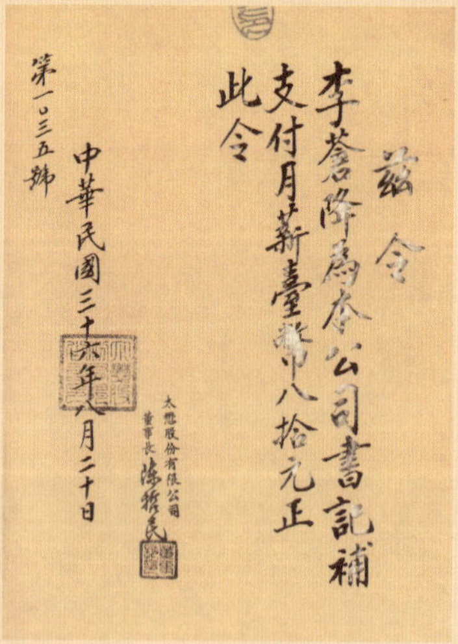
委令

李蒼降為本公司書記補支付月薪臺幣八拾元正此令

第一〇三五號

中華民國三十六年八月二十日

太懋股份有限公司 董事長

1947 年 8 月至 1948 年 5 月，李苍降任职太懋公司

1949 年 4 月 27 日 李 苍 降
与曾碧丽结婚

曾碧丽在芦洲李家，2015 年 10 月（蓝博洲摄影）

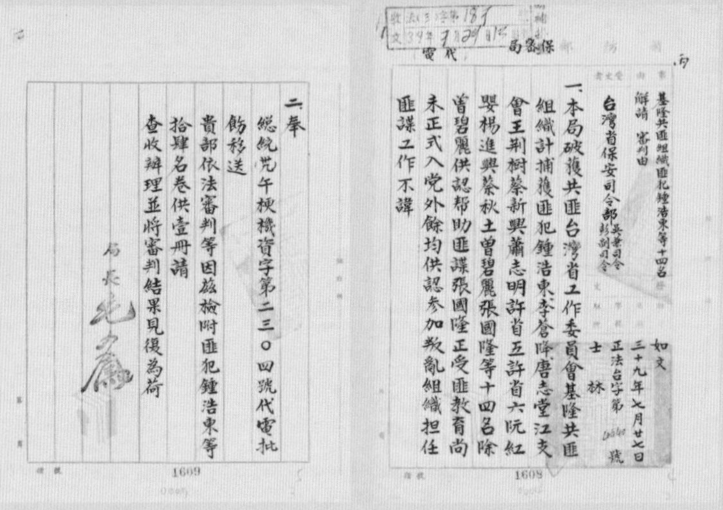

基隆共匪組織匪犯鍾浩東等十四名解請 審判由

台灣省保安司令部

三十九年七月廿七日 正法台字第 號

一、本局破獲共匪台灣省工作委員會基隆共匪組織計捕獲匪犯鍾浩東李蒼降唐志堂江支會王荊樹蔡新興蕭志明許首五許首六阮紅嬰楊進興蔡秋土曾碧麗張國隆等十四名除曾碧麗供認帮助匪諜張國隆正受匪教育尚未正式入党外餘均供認参加叛亂組織担任匪諜工作不諱

二、奉 總統党午梗機資字第二三〇四號代電批飭移送 貴部依法審判等因茲檢附匪犯鍾浩東等拾肆名卷供壹冊請 查收辦理並將審判結果見復為荷

局長 毛人鳳

1950 年 7 月 27 日，李苍降、曾碧丽和锺浩东等同案共十四人，被“保密局”移送台湾省“保安司令部”军法处结案

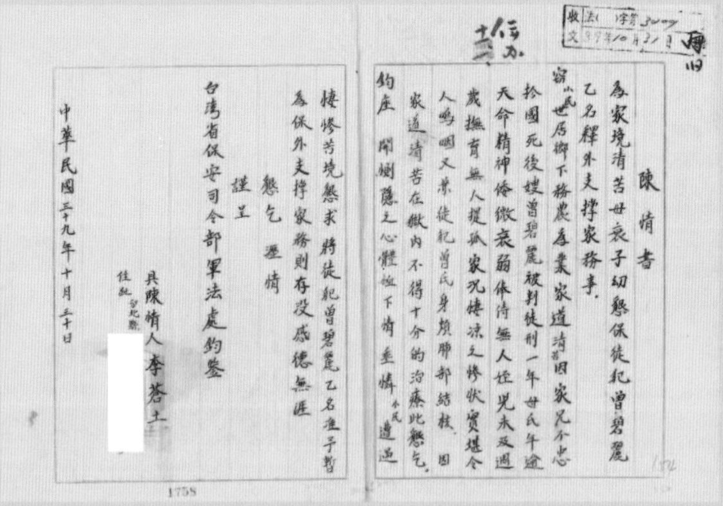

陳情書

為家境清苦母衰子幼懇保徒犯曾碧麗乙名釋外支撑家務事。

竊氏世居鄉下務農為業家道清苦因家兄今忠捐國死後嫂曾碧麗被判徒刑一年母氏年逾天命精神倦微衰弱体病無人侍兒未及週歲撫育無人提攜家況悽涼之慘狀實堪令人嗚咽又兼徒犯曾氏身類肺部結核因家道清苦在獄内不得十分的治療此懇乞鈞座 開網慈之心體恤下情垂憐

捷慘苦境懇求將徒犯曾碧麗乙名准予暫為保外支撑家務則存没感德無涯

謹呈

台湾省保安司令部軍法處 鈞鑒

具陳情人 李蒼土

中華民國三十九年十月三十日

1950 年 10 月 30 日，李苍土向“军法处”呈递“为家境清苦母衰子幼恳保徒犯曾碧丽乙名释外支撑家务事”陈情书

就读台南师范学校讲习科的蓝明谷

1948 年 6 月 28 日，蓝明谷（前排右一）与锺浩东（前排右五）、李旺辉（前排左二）等基隆中学高中部第一届毕业生（台湾民众文化工作室收藏）

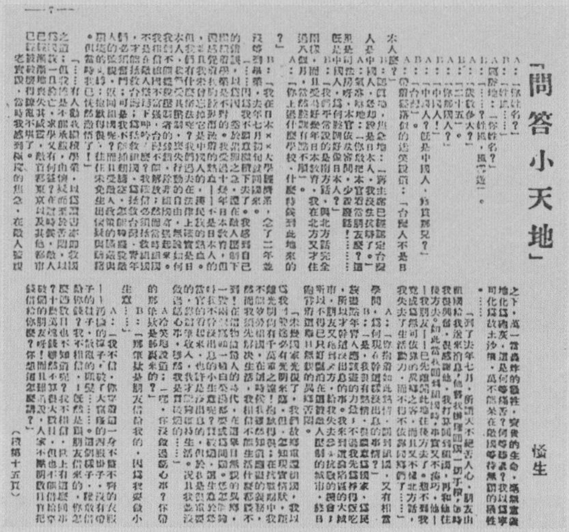

「問答小天地」

怪生

1946年5月1日的《新台湾》第四期刊登《问答小天地》

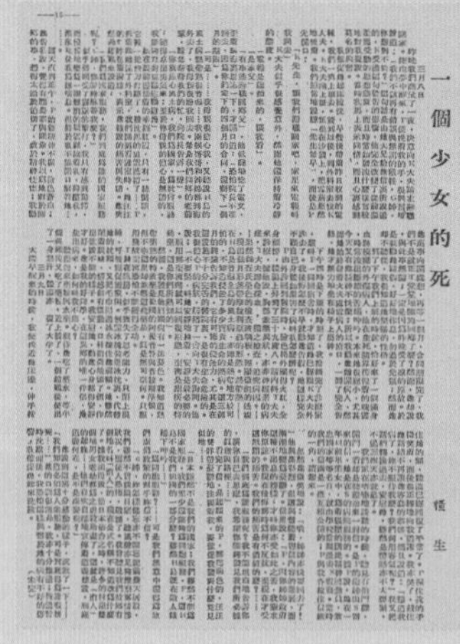

一個少女的死

怪生

《一个少女的死》

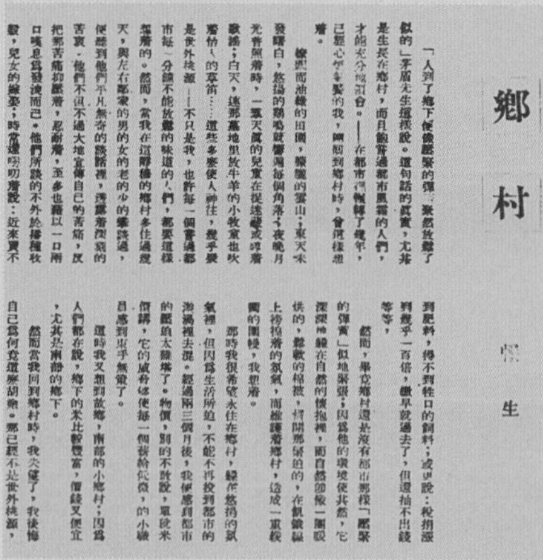

鄉村

怪生

《乡村》内文

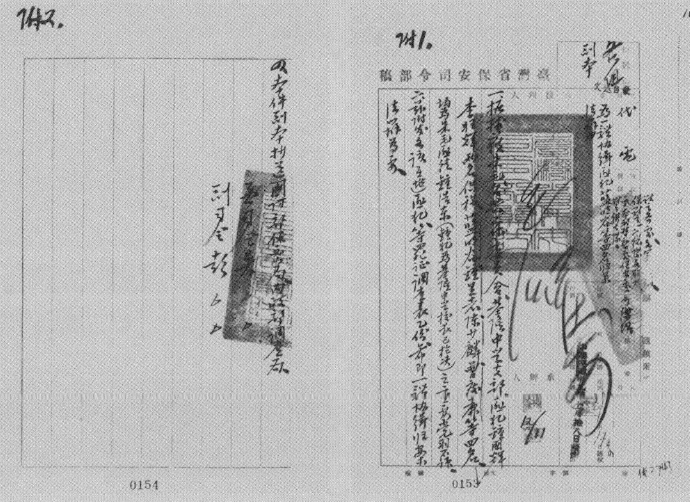

臺灣省保安司令部稿

0154

0153

1950年11月18日，台湾省“保安司令部”电令各情治机关协缉蓝明谷等归案

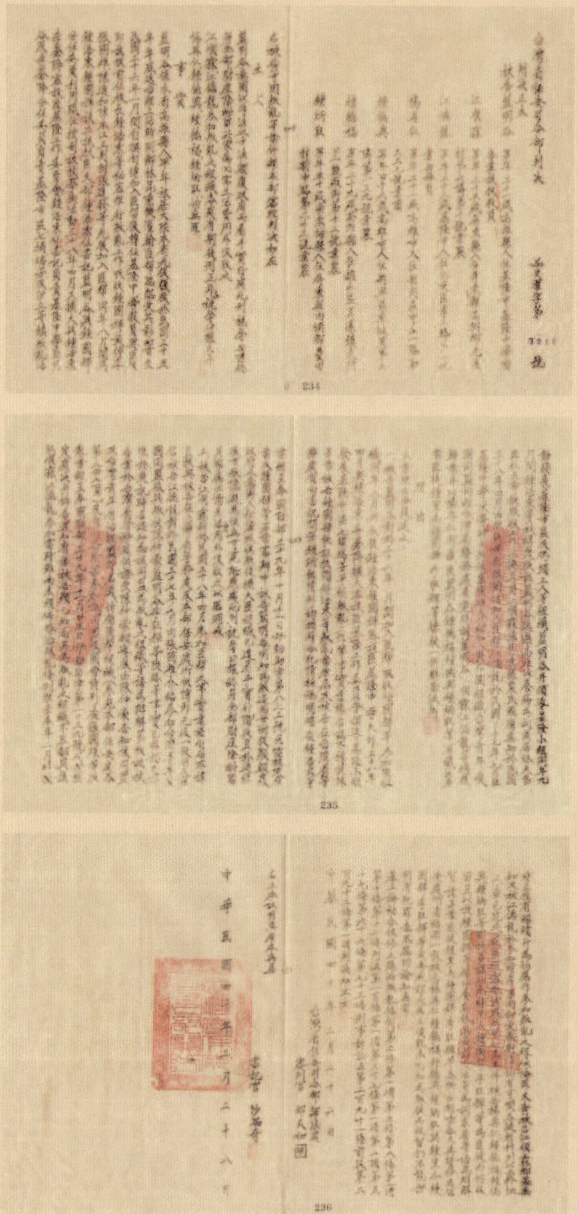

台湾省“保安司令部”（40）安洁字第1250号判决书

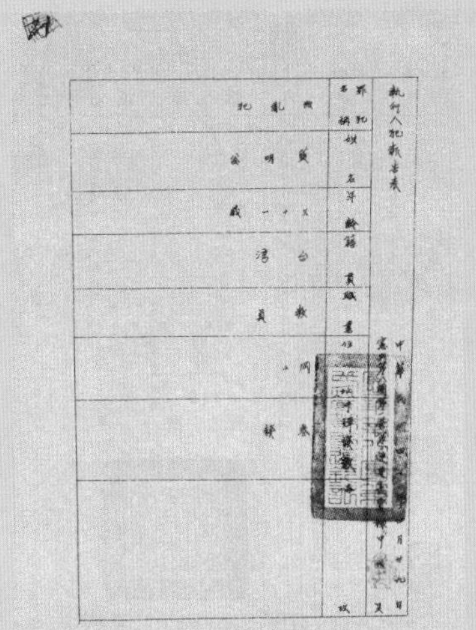

2118

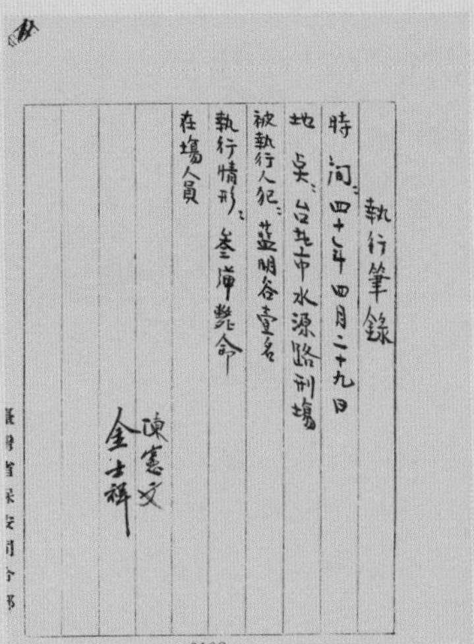

執行筆錄

時間：四十年四月二十九日

地點：台北市水源路刑場

被執行人犯：藍明谷壹名

執行情形：奉准斃命

在場人員

陳憲文

全士祥

2108

宪兵第八团第二连排长陈宪文枪决蓝明谷的执行笔录与报告表

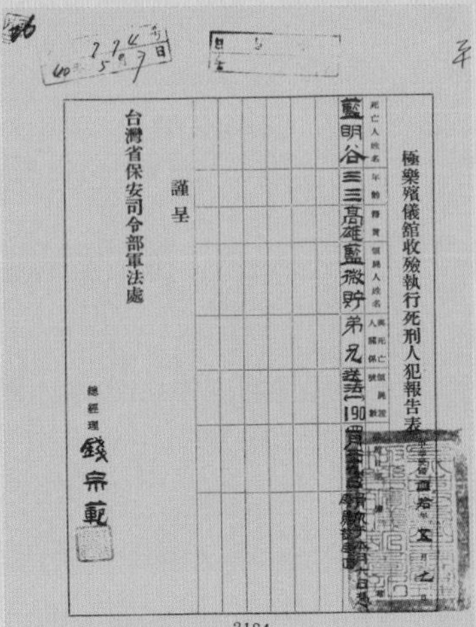

極樂殯儀館收殮執行死刑人犯報告表

藍明谷 三三 高雄 藍微肸 弟兄

謹呈

台灣省保安司令部軍法處

總經理

錢宗範

2124

1951 年 5 月 7 日，极乐殡仪馆总经理向军法处报告：蓝明谷骨灰已于五月六日由家属领回

蓝明谷的两个弟弟与父母亲的画像（蓝博洲摄影）

蓝微贮将大哥蓝明谷的骨灰带回冈山老家，最后安置家庙里头

邱连球（左）与锺理和（1915—1960）

在月眉开垦荒山的邱连球与邱连和

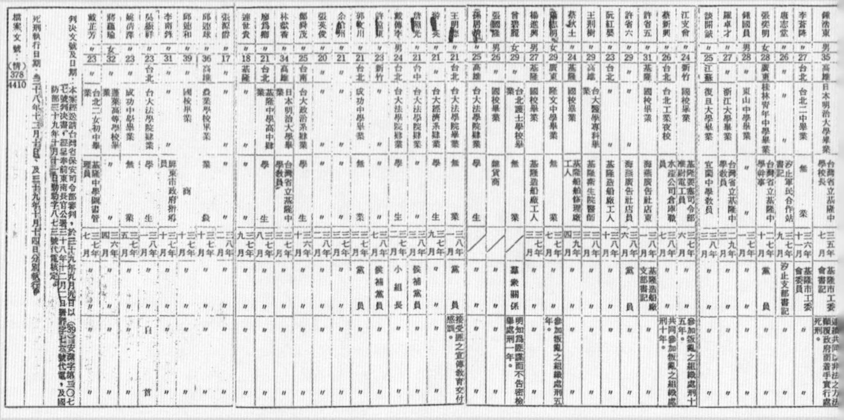

鍾浩東	男	35	高雄	日本明治大學畢業	台灣省立基隆中學校長	三五年七月	基隆市工委會書記	連續共同以非法之方法顛覆政府而着手實行處死刑。	〃
李蒼降	〃	27	台北	台北二中學畢業	無業	三六年十一月	基隆市工委會委員	〃	〃
唐志堂	〃	26	〃	〃	汐止軍民合作站書記	三七年九月	汐止支部書記	〃	〃
張奕明	女	28	廣東	桂林青年中學畢業	台灣省立基隆中學幹事	三七年十二月	黨員	〃	〃
鍾國員	男	28	〃	東山中學畢業	〃	三七年一月	〃	〃	〃
羅卓才	〃	27	〃	浙江大學畢業	台灣省立基隆中學教員	三九年二月	〃	〃	〃
談開誠	〃	25	江蘇	復旦大學畢業	宜蘭中學教員	三八年三月	〃	〃	〃
江支會	〃	24	新竹	國校畢業	基隆要塞司令部准尉電工員	三七年六月	〃	參加叛亂之組織處刑十五年。	〃
蔡新興	〃	26	台北	台北工業夜校	水產公司倉庫職員	三八年七月	〃	共同參加叛亂之組織處刑十年。	〃
許省五	〃	31	基隆	國校畢業	海燕廣告社店東	三八年一月	基隆造船廠支部書記	〃	〃
許省六	〃	29	〃	〃	海燕廣告社店員	三八年六月	黨員	〃	〃
阮紅嬰	〃	23	台北	〃	基隆造船廠工人	三八年十月	〃	〃	〃
王荊樹	〃	29	高雄	台大醫學專科畢業	基隆衛生院醫師	三八年三月	〃	〃	〃
蔡秋土	〃	24	基隆	國校畢業	基隆船舶修理廠工人	三九年四月	〃	〃	〃
[redacted]明	女	29	廣東	睦文中學畢業	無業	三七年七月	〃	參加叛亂之組織處刑五年。	〃
楊進興	男	27	基隆	國校畢業	基隆造船廠工人	三七年三月	〃	〃	〃
曾碧麗	女	29	〃	台北護士學校畢業	無業	／	羣衆關係	明知為匪諜而不告密檢舉處刑一年。	〃
張國隆	男	26	〃	國校畢業	雜貨商	／	〃	〃	〃
孫居[redacted]	〃	25	高雄	台大法學院肄業	學生	／	〃	〃	〃
王明[redacted]	〃	21	台北	台大法學院畢業	無業	三八年一月	黨員	接受匪之宣傳教育交付感訓。	〃
游[redacted]英	〃	21	〃	台大經濟系肄業	學生	三七年九月	〃	〃	〃
詹[redacted]光	〃	21	台中	台大法學院肄業	〃	三八年三月	候補黨員	〃	〃
戴傳李	男	24	台北	台大法學院肄業	學生	三七年二月	小組長	〃	〃
許[redacted]	〃	23	新竹	〃	〃	三八年七月	候補黨員	〃	〃
郭敏川	〃	21	台北	成功中學畢業	無業	三七年三月	黨員	〃	〃
余[redacted]州	〃	21	〃	〃	〃	三七年三月	〃	〃	〃
張奕俊	〃	20	〃	〃	〃	三八年二月	〃	〃	〃
鄭舜茂	〃	25	台南	台大政治系肄業	學生	三六年十月	〃	〃	〃
林歡香	〃	34	高雄	日本明治大學畢業	台灣省立基隆中學教員	三七年三月	〃	〃	〃
廖為卿	〃	21	台北	基隆中學高中肄業	學生	三七年八月	〃	〃	〃
連世貴	〃	18	基隆	〃	〃	三七年九月	〃	〃	〃
張源爵	〃	17	〃	〃	〃	三八年二月	〃	〃	〃
邱連球	〃	36	高雄	農業學校畢業	業農	三七年十月	〃	〃	〃
邱連和	〃	39	〃	國校畢業	商	三七年十月	〃	〃	〃
李南鋒	〃	31	〃	〃	屏東市政府[illegible]員	三七年十月	〃	〃	〃
吳振祥	〃	23	台北	台大法學院肄業	學生	三八年一月	〃	〃	自首
姚清澤	〃	23	〃	成功中學畢業	無業	三七年五月	〃	〃	〃
蔣蘊瑜	女	32	〃	蓬萊高等學校畢業	〃	三六年四月	〃	〃	〃
戴芷芳	〃	23	〃	台北二女初中畢業	基隆中學圖書管理員	三七年七月	〃	〃	〃

判決文號及日期：本案經簽請台灣省保安司令部審判，於三十九年九月九日以（39）安潔字第三〇七七號判決書，簽呈奉前東南長官公署三十八年十二月二日署[illegible]字七六號代電，及國防部三十九年十月十一日[illegible]字八七三號代電核定。

死刑執行日期：三十八年十二月十日、及三十九年十月十四日分別執行。

檔案文號：（情）378/4410

“安全局”机密文件有关邱连球判处感训的档案

邱连球等人移送内湖
“新生总队”感训

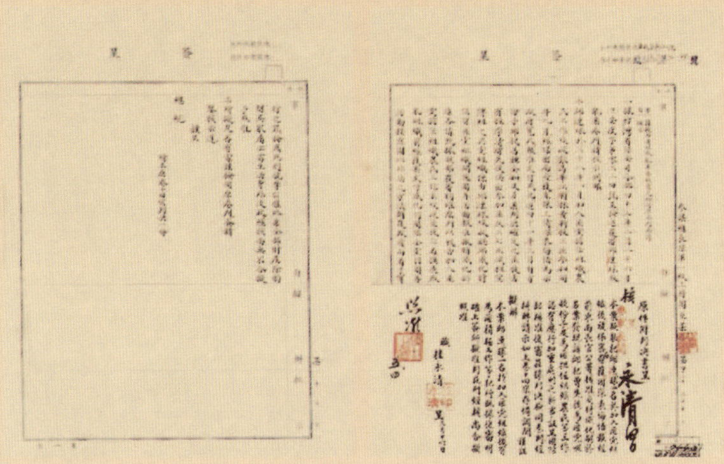

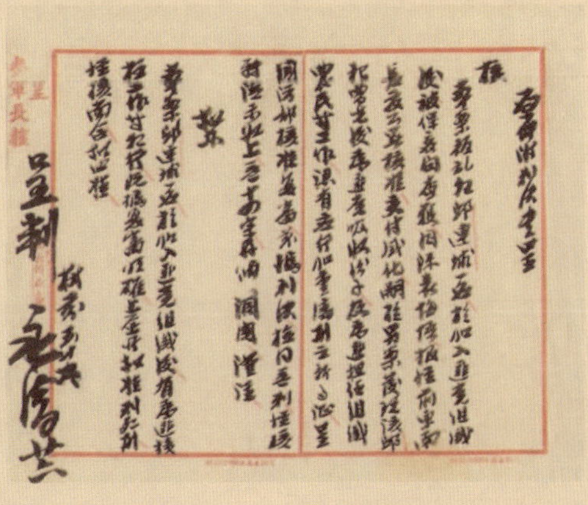

1953年3月10日“参军长”桂永清将邱连球改判死刑的原件附判决书呈报“参谋总长”周至柔核阅

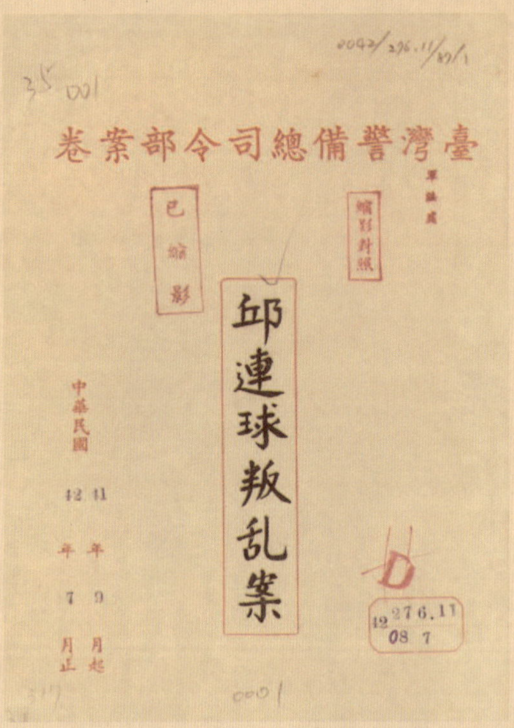

1952 年 9 月至 1953 年 7 月的“邱连球叛乱案”案卷封面

目录

寻找新民主同志会的同志——李苍降

前基隆中学校长锺浩东，李苍降，前汐止镇军民合作站书记唐志堂……连续共同意图以非法方法颠覆政府而着手实行，各处死刑，各褫夺公权终身，全部财产除酌留其家属必需之生活费外没收……经奉“国防部”核准，昨（十四）日上午六时省“保安司令部”军法处将锺浩东、李苍降、唐志堂三名各提庭宣判，验明正身，发交宪兵绑赴马场町刑场执行枪决。

——台北《“中央日报”》

（一九五〇年十月十五日）

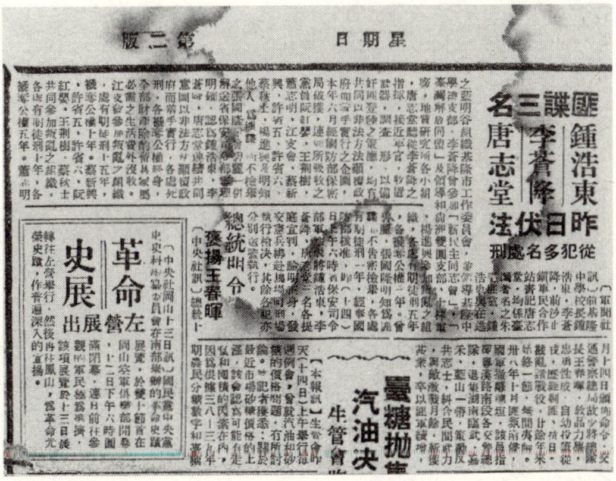

1950 年 10 月 15 日《“中央日报”》关于锺浩东、李苍降、唐志堂枪决的报导

前言：卅八年后

这个故事，开场的时间是一九八八年五月六日。地点是阳明山岭头，一间搭盖在树林中的没装电话的简陋的违建小木屋。那是我跟一个应该是下级军官退休的老兵租的。那时候，不到三十岁，单身，没有固定在哪里上班的我，经常南北奔波，在全省各地采集有关锺浩东校长及其他刚刚听到名字的白色恐怖牺牲者的生命史，然后回到这周遭有鸟叫虫鸣而无机器噪音的寮舍，试着从那些芜乱碎屑的残篇断语中整理出一篇可以理出头绪的人物报导。

那天清晨，在睡梦中，我硬是被一阵阵陌生的、带着浓重客家口音的坚持叫唤着我名字的苍老声音催醒。我起身下床，穿好衣服，走去打开那扇木门。我看到一个不曾见过的身穿运动服的老先生站在门前。他立即向还未全然清醒的我表明身份。他说他姓李，名叫李薰山，是坐过牢的政治犯，读过我前一年七月在《人间》杂志发表的有关二十世纪五十年代白色恐怖的报导：《美好的世纪——寻访战士郭琇琮大夫的足迹》。我赶紧请老先生入内，让他在只有一张从外头捡回来的矮茶几的不像客厅的客厅的榻榻米上坐定。烧水，泡茶。老先

李薰山（前左一）与台北帝大豫科同学

生喝了一口茶，继续操着那口听起来不太清晰的客家“国语”解释他如何打听到我的住处。他又说，他刚好住在山下的雨农路，所以，天刚亮，就沿着山脚的石阶步道，一步一步，爬上山来找我。他说，他是新竹的客家人，一九二二年生于竹北一个小知识分子家庭，杨梅公学校毕业后考进州立新竹中学校，然后又考上台北帝国大学豫科，再进入台北帝国大学工学部第一届。他向我透露，说他和郭琇琮医师是曾经一起战斗过的老同志，所以我那篇报导使得已经步入老年的他的心灵受到强烈震撼。他还告诉我，那篇报导在长期不能见光的五十年代白色恐怖受难人中间也有了从未有过的反响；因为，喑哑了几十年之后，他们的青春、他们的理想终于初次在台湾社会得以公开了。他接着就表明来意，说他今天专程来找我，主要是希望我除了郭琇琮之外，还能够继续把几个值得后人纪念的他认识的老同志的历史写出来。然后，他就向我口述了他的历史证言，也介绍了包括芦洲李家子弟李苍降在内的几个牺牲者的简单事迹。

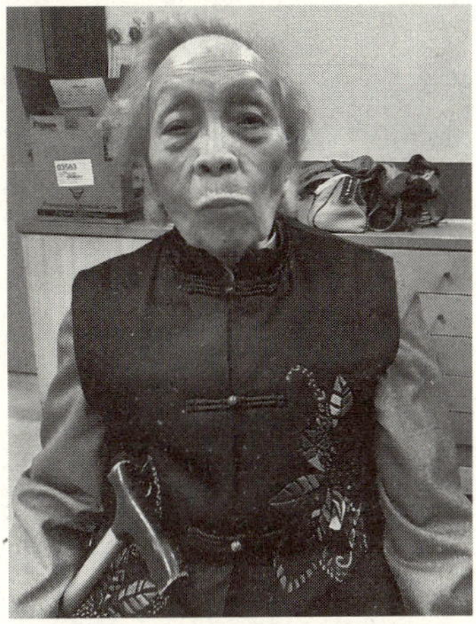
百岁高龄的李苍降二姊，2014 年 11 月 14 日（蓝博洲摄影）

那天之后，李薰山老先生就热情地帮我联系，然后带着我四处拜访那些牺牲者的亲友故旧，一点一滴地采集他们生命史的零碎片段。

一九八八年九月四日上午，我由老先生亲自陪同，前往台北市仁爱路圆环附近巷弄里的一栋民宅，采访了李苍降遗孀曾碧丽女士及其二弟李苍炯先生。从此展开了寻找李苍降的漫漫而不知所终的探索之路。一直到二〇一四年十一月十四日上午，通过当年仍在母体内孕育着就被捕入狱的李黎红医师的安排引介，我在她位于三重台北桥头畔的诊所，见到了当年同时被捕入狱的已然百岁高龄的李苍降的二姊。这段寻找李苍降的历史之旅才暂时告一段落。

一、芦洲田仔尾李家子弟

严秀峰：我是芦洲田仔尾李家媳妇。李家祖籍是闽南泉州府同安县兑山。清乾隆年间，来台祖第十七世李公正与兄弟东渡来台，卜居旧名和尚洲的芦洲，并以勤劳俭约和耕读发家，受到和尚洲乡亲的赞仰。

李公正的次子李濯夫（讳清水）精通堪舆、医学，又勤奋耕作，陆续购下六笔土地，建立“李长利记”字号。李濯夫育有七子。三子李树华曾任清朝台湾区秀才主考官，安平县兼理凤山县儒学正堂，人称“李老师”，曾获光绪皇帝赐颁“外翰”清誉，颇具声望。

一八九五年左右，李树华七兄弟合资，重修扩建父亲李濯夫创建于一八五七年左右的家宅。他们为仿照大陆古厝的建筑形态，特别延聘山西籍的知名建筑师，专程来台主持设计重修工程，选购泉州石、福州杉等上品建材，自大陆运来。为此，特从李厝左侧辟建小运河一条，从宅前的莲花池直通淡水河口；最终建成为正身三进，带内、外护龙，呈方整矩形的四合院大宅。这栋人称“田野美”的李宅，宽五十点六八公尺，深卅四点二八公尺，面积约一千七百平方公尺，共计九厅、六十房、一百二十门，在规模上，相比于一般官宅毫不逊色。十年后，因为人口众多，李树华七兄弟均分家产，散居各地。一九八五年八月十九日，李氏古厝正式列入中华民族文化历史古迹，定名为台闽地区第三级古迹“芦洲李宅”。

李苍炯：李苍降是我大哥。父亲李友诗（讳传兴）与李友邦将军是芦洲田仔尾李家第四世的堂兄弟。我们是二房。李友邦是四房。

严秀峰：李友邦（1906—1952）自幼就不满日寇统治台湾，具有强烈的民族意识。一九一八年考进台北师范学校就读。当时正值

李友邦、严秀峰与三个小孩

第一次世界大战末期，殖民地自主、民族自决的风潮渐起，对于充满矛盾的殖民地台湾，起着一定的冲击作用。基于对日本殖民统治的义愤，他参加了一九二一年公开成立的台湾文化协会；同时也与校内同学秘密组织反日结社，策动抗日学运。著名的李家大宅及院落自然成为文化协会在和尚洲举办文化讲演活动的理想场地，招来无数为殖民地探求出路的人民群众和抗日社会运动家，也招来监听监视的日本警探。因此，他和蒋渭水、王敏川、赖和、连温卿诸先辈结成忘年的友情。一九二二年，他和胞弟李承基伙同激进抗日青年袭击海山郡派出所。一九二四年三月，他再伙同林木顺、林添进等八位同学，突击台北新起派出所（今台北市长沙派出所），因事态严重，被师范学校勒令退学，并招警逮捕。他于是越墙连夜潜逃至高雄，与林木顺等人会合，然后潜离台湾，前往祖国大陆的上海，又转厦门。同年九月，进入国共第一次合作时代之黄埔军校二期，继续为台湾革命运动奋斗。

李苍炯：苍降大哥生于友邦叔逃离台湾的那年六月。父亲原本在迪化街从事两岸生意，搜购台糖布袋，转售厦门；后来在关渡经营果园。他和母亲育有三子七女。除了大哥之外，二哥苍土，生于一九二六年。我是老三，生于一九三二年。堂叔李友邦及其两个弟弟先后都参与反帝抗日运动，可谓一门三烈。我父亲虽然没有投入实际的抗日运动，但民族意识也很强。因为这样的家风与身教影响，我们兄弟三人懂事后，也都具有强烈的抗日精神与祖国意识。

二、台北二中学生反日思汉事件

日据时代，日本帝国在殖民地台湾实施“差别待遇”的教育政策。就基础教育而言，设有两种不同的学校，一种是专供日本子弟及亲日而有社会地位的台湾子弟就读的小学校，另一种则是一般台湾人子弟读的公学校；两种学校的设备、教学与待遇都有极大的差别。李苍降就读的是台北市日新公学校（第十九届）。

一九三七年三月日新公学校毕业后，李苍降与同班同学雷灿南同时考进主要是台湾人子弟就读的州立台北二中（第十六届）。

这一年，恰是日本帝国主义在台湾大力开展“皇民化运动”的黑暗年代。四月一日起，《台湾日日新报》《台湾新闻》《台南新报》同时停止汉文版；台湾人经营的唯一的汉文日报《台湾新民报》汉文版减缩一半，并限于六月一日全部废止。七月七日，卢沟桥事变爆发，日本帝国主义发动了全面侵略中国的战争；台湾军司令部随即发表强硬声明，并对台湾民众发出警告，禁止所谓“非国民之言动”。八月十五日，台湾军司令部宣布台湾进入战时体制。与此同时，殖民当局又强迫推行所谓“国语普及运动”，并且粗暴地限制或禁止民间传统的戏剧与音乐演出、武术传授与宗教祭祀。

在这样的时代接受日本帝国主义皇民化教育的台湾青少年，果真日后被教育成“皇民意识发扬之一代”的话，也不是什么让人意外之事吧！

然而，尽管台湾人民的抗日民族解放斗争已经从文化协会以来有组织的社会运动形态进入到缺乏领导、缺乏组织的沉寂状态，一些往往是零星分散的、各自作战的反日斗争，依然普遍存在，并且经常自发地出现。台北二中也不例外。

就在李苍降进入台北二中前一年的二月廿六日，鼓吹皇道精神的日本皇道派军官策划了名为“二二六事件”的武装政变。受到这样的刺激鼓舞，四月廿五日，以李沛霖、颜永贤、杨友川等为主的台北二中第十二届（一九三三年四月入学）的部分台湾学生，在太平町国昌食堂组织秘密结社列星会，目的是“依革命手段将台湾脱离日本帝国统治之下，排除日本于台湾的统治权，变革日本国体”。同时决议“排斥日人为当前的方针，且为训练斗志武力，要常与日人打架”；定期在每个月月底集会；对外广求会员。

三月间，台湾资产阶级民族改良主义者的领袖林献堂随台湾新民报社董监事华南考察团历游华南各地。五月，台湾军部于总督府所豢养的《台湾日日新报》揭露：林献堂在上海接受华侨团体欢迎致辞时有“林某归来祖国”之语。该报并连日以头条新闻挞伐林献堂为“非国民”（日奸）。六月十七日，日本浪人卖间某因此在台中公园举行的日本帝国台湾始政纪念日庆祝会上殴辱林献堂，惹起了所谓“祖国事件”。

同是台北二中第十二届的台湾学生林水旺非常同情林献堂的遭遇，并且激起潜藏的“思慕中华民国为祖国，恳望台湾复归于中国”的抗日情怀，从而与列星会的李沛霖、颜永贤、杨友川等三名主要干部串联，决意组织“中国急进青年党”，以“在中华民国援助下，台湾脱离日本帝国的统治，复归中华民国”为目的。其后，李沛霖和杨友川与日籍铁道部见习涂工斗殴。十月三日，日本特高因为侦查此事件而发觉台北二中一部分台湾学生秘密组织了以“台湾脱离日本，复归中国”为目的的列星会，并正准备扩大组织为“中国急进青年党”，于是封锁新闻，循线检举关系人，并将李沛霖等四人以“首谋者”起诉。一九三七年二月十九日，预审终结。李沛霖、杨友川以违反治安维持法及伤害，林水旺、颜永贤则以违反治安维持法，各裁定有罪，付予公判。四月三十日，台北地方法院刑事合议部官原裁判长在禁止旁听的情况下宣判：李沛霖处有期徒刑三年六个月，林水旺、颜永贤、杨友川三人，各处有期徒刑三年；未决拘留的二百四十日算入。

殖民当局唯恐沉寂已久的台湾学潮因此星星之火而再度燎原，迟至一九三八年五月一日，才敢对外公开此一令人难以置信，但却表现出台湾青年思汉情急的反日事件及其内容。

陈炳基：日据下的一九二七年，我出生于台北市的万华。那时，日本帝国主义已经霸占台湾长达三十二年之久了。因此，我从公学校开始就被迫必须学日语，接受做好“忠君爱国”的“日本臣民”的奴化教育。一九四〇年，我考进台北二中（第

台北二中学生的台湾神社（今圆山饭店）祭典参拜

十九届）；是李苍降的学弟。就我所知，日本殖民当局公布的台北二中学生思汉情急的抗日事件，也就是人们所说的“台北二中红毛巾事件”（因为他们在惩罚日本学生时都把绣有“北二中”的红毛巾挂在腰间），无疑对李苍降以及我们这些后来进入台北二中的台湾学生，上了反日爱国的第一课。经此反日事件的教训，在民族纯血的脉动下，我们这些热血的台湾青年也在日本帝国皇民化运动高压的时代，找到一条抗日救国的路——毕业后渡海回大陆，投入祖国人民抗日战争的行列。

许训亭：我是李苍降的台北二中同学。当时，台北市一共有四所男生就读的中学校，其中一中、三中（今师大附中）和四中（光复后与一中合并为建中），主要都收日本人子弟。在台北二中，我们的座位按身高次序排列。李苍降的身高和我差不多，所以一直到毕业为止，他不是坐我前面，就是旁边。因为这样，我和他比较常接触。当时，他家住关渡，家里有一片山，种柑橘和花生。我不太清楚这是他父亲自己的，还是给人租的。他经常找同学去采橘子，也经常拿花生给同学分享。每逢台湾神社（今圆山饭店）的祭典参拜，清晨四点多，我们就要去学校集合；他都会在港町（今西宁北路）的我家过夜。在我的印象中，他是一个比较内向的人。我从没想到，他的内心竟然燃烧着那么强烈的民族情感与社会关怀的火。

李苍炯：我听说，有一次，二中校长批评二中学生，说他们没有一中学生活泼。苍降大哥就毫不畏惧地站起来反驳，说我们是被压迫的民族，当然没有一中学生开朗。

三、阅读反日书籍坐牢五年

一九四一年十二月八日，日军偷袭珍珠港，太平洋战争爆发。第二年，也就是一九四二年，一月一日，中、英、美、苏、荷等二十六国在华盛顿签署共同作战宣言；四月，台湾殖民当局实施陆军特别志愿兵制度，第一次征召台湾志愿兵入伍。一九四三年，九月廿三日，台湾总督府发表台湾人实施征兵制度的办法；十月廿五日，开始临时征召学生兵，同时取消文科大学生缓征的资格；十二月一日，中、英、美三国首脑会议，发表《开罗宣言》，宣告“三国之宗旨在剥夺日本自一九一四年第一次世界大战开始以后在太平洋所夺得或占领之一切岛屿，在使日本所窃取于中国之领土，例如满洲台湾澎湖群岛等归还中国……使朝鲜自由独立”。

随着日本帝国在太平洋战争中形势愈发不利，以及台湾岛内各种隐蔽的反日力量蓄势待发的可能危机，一九四四年年初，殖民当局命令宪兵队学生课直接在北部一带的校园内安置了大量的人员，着手调查、搜集台湾学生反日运动的计划内容与证据，企图加以镇压。四月十五日起，连续三天，宪兵队突然在北部地区展开大逮捕。李苍降和雷灿南，台北帝大医学部学生蔡忠恕、郭琇琮，台北工业学校刚毕业的刘英昌与唐志堂，女医师谢娥，以及台北二中的陈炳基、郭宗清、黄雨生等无以数计的反日青年学生被捕入狱。结果，雷灿南和蔡忠恕不幸先后死于狱中。

许训亭：我个人不涉政治，可我记得，像苍降那样热血的二中同期同学，还有死于日帝监狱中的雷灿南，与五十年代死于马场町刑场的林如堉。

叶铭聪：我是雷灿南的妹婿。雷灿南的父亲是在台湾经商的福州人，也是光复前极少数保留中国籍的人；母亲是台湾人，第三高女毕业后在沪尾（今淡水）山顶的小基隆（今三芝）担任公学校教员，曾经教过李登辉的父亲李金龙。雷灿南先就读淡水公学校，然后转学台北市日新公学校；毕业后，又考进台北二中。台北二中毕业后，雷灿南按照既定目标考进台北高等商业学校，准备日后渡海回大陆，从事抗日活动。

林信子：我大哥林如堉一九二四年出生于板桥的士绅家庭。父亲历任日据时期的板桥信用合作社理事、台北州州议员等职。母亲

林如堉（1924—1950）

出身北投望族。大哥在主要是日本人子弟就读的海山小学校毕业后考进台北二中。二中毕业后，大哥佯遵父命报考东京第一高等学校，却因考试期间罹患流行性感冒而落榜，因而进入早稻田大学豫科补习。第二年，他考取以培养在中国大陆工作的干部为任务的上海东亚同文书院第四十四期经济科，随即于四月底奔赴上海，寻找参加抗战的道路。

李苍炯：一九四二年三月，苍降大哥台北二中毕业。为了到大陆寻找参加抗战的路，他报考了伪满洲建国大学，但是因为肺不太好，体检未能通过，落榜了。因为这样，他就暂时在芦洲公学校充当老师，准备有机会再到大陆去。

李薰山：我和李苍降认识于一九四三年吧。那时候，他是公学校的老师。我是台北帝国大学豫科（今芝山岩国安局旧址）的学生。我在竹中时，尽管对日本学生欺侮台湾学生的现象感到不满，但思想还谈不上什么进步性。一九四一年考进台北帝大豫科后，基于民族情感，我开始关心祖国大陆的事情，并且主动到川端町（今牯岭街一带）的旧书店，买了很多社会科学的书来看，也偷偷地读过孙文的三民主义、马克思主义的理论与反对日本帝国主义的书。但是，在殖民当局的严厉统治下，我从来不敢向同住的寮友透露自己的思想倾向。后来，台北帝大豫科来了一名汪精卫伪政府派来的交流学生；他和其他十几个来台北各校交流的学生（包括就读台北医专的康有为三哥的两名孙女），住在天水路、迪化街一带的兴亚寮。为了多多了解祖国大陆，我常到兴亚寮找他们聊天。

因为这样，我先后认识了基于同样目的而常到那里走动的雷灿南与李苍降。我们一见如故，谈得很投机，常常利用假日到淡水玩。有一天，我们一起去爬观音山，上了山顶，立刻在树上挂起雷灿南带去的一面中华民国国旗。一九四三年十月，我通过考试，成为台北帝大工学部应用化学科第一届十二名学生之一。有一天，我在帝大图书馆偷了两本重庆版的白话本抗日禁书，其中一本的书名是《清算日本》。我读完《清算日本》，就拿给雷灿南看。雷灿南读完，又再拿给李苍降看。但是，李苍降不小心而被担任日本密探的同事检举。因此，在那拨大逮捕中，李苍降和雷灿南也先后被捕。

陈炳基：一九四三年年底，同样具有反日思想的五年级学长唐志堂主动找我，接着又给我介绍了台北工业学校毕业的刘英昌，我也给他们介绍了二中同学郭宗清和黄雨生。之后，唐志堂和刘英昌又给我们三人介绍认识了留日归来不久的女外科医生谢娥；她说她学外科的目的是准备到祖国大陆为受伤的抗日战士治疗。

一九四四年年初，唐志堂告诉我们，谢娥听到一个令人振奋的消息——美、英、中三国的《开罗宣言》决定：日本战败后，台湾、澎湖列岛及东北要归还给中国。听到这个消息，我们都乐观地认定，世界反法西斯同盟国一定能够打败德、日、意轴心国，我们也应该投入祖国的抗战行列，打败日本。二月下旬，我们五人就约在汐止山上的观音寺密商行动计划，最后依照谢娥的意见决定：因为唐志堂和刘英昌即将被征召入伍，应该先行偷渡大陆；我们三人则待毕业后看情势而定。三月，唐志堂和刘英昌动身的前夕，我和郭宗清及黄雨生一起到八堵刘英昌的住处，饮酒高歌，欢送他们两人。四月，唐志堂、刘英昌和谢娥却相继被捕了。然而，我和郭宗清及黄雨生并不知道。大概是四月中旬，郭宗清在上课时被日本宪兵诱捕。五月上旬，我和黄雨生也在学校被日本宪兵逮捕。他们先把我们带回各自家里搜查，然后把我们关押在西门町的台北宪兵队本部。拘留所里，人满为患。

刘英昌：一九四四年四月二十一还是二十几日的晚上，突然有三个宪兵到八堵我家，什么也没问，就把我直接押送到台北宪兵队。我那个押房一共关了八个人，屎尿都得在里头处理，又挤又不卫生。八个人当中有算命的，也有走私黄金的，其中同时被捕的只有一个台北帝大医学部学生蔡忠恕。他告诉我，他之所以被捕，是因为常与同学郭琇琮到汪精卫伪政权“驻台北领事馆”走动。这时，我才知道，原来这次被捕的不只是谢娥和我们几个人而已，台北地区的学生牵连甚广。

许训亭：为了避免被市役所动员课征召当日本兵或军属，台北二中毕业后，我通过介绍，到台北市役所会计课当课员。休假时，我和苍降还是常在一起。有一次，我父亲做生日，按照佛教拜道求平安添福寿，他也跟着拜，仿若我家兄弟一般。有一天，苍降的大姊无缘无故来找我，说苍降被日本宪兵抓去了，要我赶紧把同他往来的信件收起来。我虽然常跟他一起玩，但没有谈论思想的问题，不知道他为什么被抓。尽管我没有他写给我的信，小心起见，我还是找了一遍，然后把其他在日本的朋友有骂日本的信都收拾好。后来，我要去上班时，一个戴打鸟帽的人，骑着脚踏车，从后头追上来，叫住我，问说你是不是许训亭，有人找你。我心想，这个人，我不认识，哪有人叫不认识的人来找我的道理。他大概知道我的怀疑，随即表明身份，并说是宪兵补大佐（台湾人）约我谈话。我只好跟着他，走到西门町的宪兵队（今远东百货），在后面剑道场旁的一个房间等待。当时是早上八点半左右。等了半个钟头后，一个三十几岁的宪兵大摇大摆地走进来。我注意到，他手上拿的卷宗里头有一个信封，上面写着“关于李苍降的资料”。当下，我就知道，今天被叫来，一定是要问我有关李苍降的事情。果然，他拿了一张纸给我，叫我把所有的朋友的名字都写出来。呵！我告诉他，我的朋友很多，有小学与中学的同学，我现在在市役所上班，也有市役所的同事，究竟要我写哪些人呢？他说中学的同学就好了。我知道他要问什么，所以头一个就写李苍降。接着，他就我与李苍降交往的情况问东问西，问一段后，就叫我稍停。我想他应该是去与李苍降对质，查证我所说的是否符合事实。接近中午时，他们终于准许我的请求，让我去上厕所。结果，经过一个房间时，我看见里头关满了台湾学生，其中就有我二中的同班同学雷灿南。一直到下午六点多，他们才放我回家。回到家，听母亲说，我才知道，就在我被约谈的同时，他们也去我家搜查。我母亲知道我被抓去约谈后，就从下午三点多开始，站在门口，等我回家。

刘英昌：我们在宪兵队关了四十天后，除了陈炳基，那些中学生都被陆续释放出去了。我们几个“主犯”就被移送台北监狱。台北监狱就在总督府正对面，一栋一栋呈放射状，从外头可看到里头，在里面却只能看天；押房的门上覆有铁板，挖个

2005 年 10 月 25 日，刘英昌（中）与陈炳基

晚年的陈炳基与谢娥（左）在美国重逢

洞，是监视孔。我们一人一房。我在二房。据说，一至四房是重刑犯，许多人被叫出去后就没再回来。因此，我也有相当的觉悟了。按规定，在押房里头要端正坐好，不可以走来走去；一个星期有两天可出来运动并洗两次澡。洗澡时，在押房就要先脱光衣服，然后戴着只露两个眼睛的鸭嘴帽出来，下池不到一分钟就要起来。至于不准露脸，它的用意主要是不让我们知道有哪些人也关在里头。可我很快就知道：郭琇琮在六房，唐志堂廿二房，雷灿南廿七房（起先装疯，后来真疯，唱日本国歌），陈炳基廿九房，李苍降三十房。至于吃，未决犯吃的是六等饭（碗盖写个6），约二两重的糙米（这是我们的营养来源）；已决犯则吃一等饭。菜是带泥煮的山芋头的茎；汤喝完，底下是一层泥；有点盐，却不够咸，很淡。因为营养不够，时间长了，牙肉都掉了，牙齿也坏了。起诉前，检察官又再一次审问我们。审讯后，陈炳基也出去了。

陈炳基：我们的案件被称为“谢娥反日事件”。在案情已经基本清楚的情况下，日本宪兵仍然每天对我们进行抽打、吊打、灌水、不让睡觉等刑求，近半个多月之后，才把我们转交给台北刑务所关押。我在台北刑务所又被关押了一个多月之后，七月底的某天，数名警察突然给郭宗清、黄雨生和我三人戴上镣铐，并且蒙上犯人戴的草帽，推上卡车，押送到检察院。我们看到各自的家长和学校的班主任已经被叫到那里等待。检察官先把我们训斥了一番，又交代校方和家长要好好管教我们，之后就宣布我们以“起诉犹疑”（暂缓起诉）的名义，由校方和家长担保释放。这时，我们才知道被“谢娥反日事件”牵连的还有唐志堂的同学许钦烺、刘英昌的同学傅赖会和谢权益；他们也因涉案较少而于同一天被释放了。谢娥、唐志堂和刘英昌三人虽然未被起诉，却一直被关押到抗战胜利。

刘英昌：日本投降前夕是我们最凄惨的一段时期。当台籍看守偷偷告诉我们德国投降（一九四五年五月七日）的讯息时，我们知道，这样，日本也快了。我们怕被毒死，不敢随便吃狱中的饭菜；身体就衰弱得不能行动。我的思想也变得悲观、保守，只想出狱后做一个安分无所求的农民。不久之后，盟军轰炸台北城；以总督府为中心，大约每十米落下一颗两百五十公斤的炸弹；台北监狱也被炸了。狱方没让我们疏散到防空洞，只叫我们用毛毯把身体包起来，躲到墙角。结果，关我们的那栋（二舍）几乎被炸平了。我和郭琇琮的二房和六房较近中心，情况还好；可天花板掉落，门也炸坏了。我用脚一踢就出来了。我后来听说，蔡忠恕当场被炸死了。

李薰山：李苍降和雷灿南被捕后始终咬紧牙关，忍受日本宪兵惨无人道的拷打，没有把我供出来而保护了我。后来，雷灿南终于被刑求至疯，并于同年六月廿五日瘐死狱中。李苍降则处刑五年，一直要到台湾光复后，才释放出来。一九四六年三月廿四日下午，陈

雷灿南（1924—1944）

逸松等人在淡水举行雷灿南追悼会。郭琇琮以当时还很少人会讲的国语主持，文学家张文环也特地从中部赶来致敬。最后，由李苍降恭读王昶雄写于三月一日，题为《追悼革命先烈雷灿南先生》的悼文；其中提到：雷灿南“虽置身日本高压之下，心系社稷，不忍坐视祖国之危急。乃舍身家于不顾，潜心革命，计划组织台湾青年，结集青年力量，呼应祖国之抗战”。

四、进出三民主义青年团

一九三八年七月九日，国民党三民主义青年团（简称三青团）正式成立于武昌。蒋介石亲任团长，陈诚任书记长。一九四二年夏天，从浙江金华转进福建龙岩的台湾义勇队队长李友邦奉上级命，在义勇队中成立三民主义青年团中央直属台湾义勇队分团部。

一九四五年三月，三青团中央直属台湾义勇队分团呈准国民党中央，筹设三青团中央直属台湾区团，李友邦任筹备处主任。八月十五日，日本无条件投降。九月三日，李友邦将军特派台湾义勇队副总队长张克敏（张士德），以国民党上校军官的身份，携带“中华民国国旗”一面，搭乘美国太平洋舰队司令柯克上将的飞机，飞抵台湾。张克敏是日据时代台湾农民组合的中坚分子，因为日警通缉而逃亡大陆参加抗战。四日，张克敏将象征收复台湾的“中华民国国旗”，在当今的台北宾馆升起。台湾光复后的第一面“中华民国国旗”于是飘扬在中国的领土台湾。张克敏随即筹划成立三民主义青年团台湾区团部。十一月十三日，三民主义青年团台湾区团部禁止各地的团队组织。十二月，李苍降通过谢娥介绍，与唐志堂、刘英昌、陈炳基等人一同加入三民主义青年团。十八日，李苍降奉三青团中央直属台湾区团部筹备处派令，担任台北分团部筹备处第二股股员。

陈炳基：日帝对台湾青年学生的大检举为我们提供了在战后扩大串联与团结的条件。在狱中，我不但认识了同时入狱的郭琇琮、李苍降等人，而且也认识了一九三七年反日事件的学长林水旺等人。经此事件，也建立了我在台北学运的领导地位。日本投降后，我们这些坐过日本牢的台湾青年很自然地又聚在一起，每天在往双莲座路口的蓬莱妇产科前，就“脱离日治、迎接祖国”的主题，向一般青年学生及市民演讲。台湾光复后，全省各地一片祖国热，大大小小都认真地学习国语和三民主义。十月初，经过几次的学生干部会议之后，战后台湾第一个自发性的学生组织台湾学生联盟，在中山堂正式成立。原来各校的组织则改为该联盟的支部，随即积极主办以“脱离日治、迎接祖国”为主题的宣传、演讲及教育等活动。从十月五日前进指挥所的接收官员抵台，经十月十日台湾光复后的第一次国庆，到十月廿五日陈仪主持的受降典礼，台湾学生联盟也与其他的人民团体一般，抱着欢天喜地的心情热烈地迎接、庆祝。十一月十七日，陈仪公布所谓“人民团体组织临时办法”，命令所有的人民团体自即日起停止活动，台湾学生联盟的组织于是解散。

许训亭：日本投降后，我听说思想犯都放出来了，就期待着与苍降见面。果然，有一天，他就穿着长衫到市役所找我了。我带他去我家，我母亲对他仿如干儿子，看到他出来也很高兴。后来，他经常与我及二中同学林振荣、李金顺及陈德润一起吃晚饭，喝酒聊天。当我们的心情从光复的欢欣转为对接收官员的失望时，他就安慰我们，说渐渐会好的。十二月八日，晚上六点多，李友邦率部队及家属回来时，我们还一起去台北车站迎接呢。后来，苍降在博爱路、衡阳路口七楼的三青团工作；但他始终不曾对我们表现政治方面的思想。

陈炳基：由于大部分的台湾青年都不清楚大陆上的国共斗争与蒋介石的法西斯统治，因此，许多人都误认为三青团是真正实行三民主义的青年组织而加入了。十二月，通过谢娥的引介，李苍降、唐志堂、刘英昌和我等台北二中的反日难友

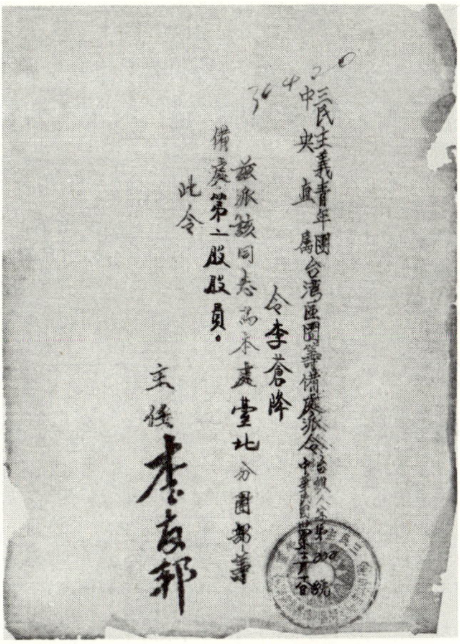
三民主義青年團
中央直屬台灣區團籌備處派令
令李蒼降
茲派該同志為本處台北分團部籌備處第二股股員。
此令
主任 李友邦

1945 年 12 月 18 日李苍降派任台北分团部筹备处第二股股员

也都加入了三青团台北分团的筹备工作。筹委会的主任是名律师陈逸松，组织部长是旧台共林日高，其他参加三青团的旧台共人员还有潘钦信、萧来福及王万德（在新竹）等。在延平路开业的谢娥负责主持妇女股，李苍降不计薪酬担任台北分团部筹备处第二股股员。我年纪较轻，并没有到三青团参与实际的工作。虽然这样，我因未就业，也未上大学，还是常到三青团找李苍降与唐志堂、刘英昌。我的印象中，李苍降这个人比较有思想，分析能力强，做事负责，个性严肃沉着，但很热情且正直。有一次，潘钦信坐人力车正要离开三青团办公室，看到我们，就停下来与我们说话。他离开之后，李苍降就不以为然地批评他说："什么无产阶级运动者！"

后来，随着接收政权在政治、经济、财政、社会等方面的种种恶政，国民党的真面目也暴露出来了。一九四六年三月十五日，我们帮忙助选的谢娥当选台湾光复后的首届台北市参议员。三月廿九日，我们四人以三青团的名义在台北公会

> 堂搞了一场庆祝青年节的活动。之后，三青团台北分团部书记长余阳却把我们四人叫去训了一顿，并吓唬我们说："台北分团是共产党的一个根据地，你们年纪轻，不懂政治，可千万不要被共产党利用啊。"因为这样，我们四人一致认为：在这样的客观条件下，继续待在三青团，也做不了什么事，因而决定离开。我们于是一起去找谢娥，向她表明了我们的想法与决定，同时也试着说服她要坚持站在民众的立场，离开三青团。但是，她并没有接受我们的意见。从此，我们就与她分道扬镳了。
>
> 为了避免四人同时离开而引人注意，刘英昌仍然暂时留在三青团。李苍降与唐志堂分别回芦洲和汐止老家当小学教员。我于六月考进省立法商学院（后来改制为台大法学院）专修科继续念书。

五、到杭州高中继续学习

一九四六年七月，东京传来一个令人愤慨的消息：东京涩谷区的利益集团认为，在当地租用日本某大企业的空地摆摊维生的台湾人侵占了他们的利益，所以不时嗾使日本帮会流氓寻衅生事。不堪其扰的部分台胞前往中国驻日代表团请愿，归途竟在涩谷区遭到日警开枪射击，当场打死两个台湾人（后来再死两人），十四人以上受伤；其余台胞被拘捕，移送美军第八宪兵司令部处理。台湾舆论一片义愤，纷纷"抗议日警枪杀我台胞"，呼吁"彻底消灭日人黩武主义"，并要求"严加管束日本"。李苍降等人也密切注意着事件的发展，随时准备发动群众，抗议示威。

十二月十日，当时占领日本的美军主导的所谓"国际法庭"对在东京涩谷区被捕的卅六名台胞的判决确定：二人无罪开释，其余卅四人分别判处三年或二年之苦役，期满驱逐出境，在占领期内不得重返日本。第二天，台湾各报刊载了涩谷事件宣判的消息。此一判决随即引起全省人民的愤慨。台北各大中学生青年团体立即呼吁政府及全国同胞，对此不公判决严行抗议交涉。二十日上午九时，台湾省学生自治会、台湾青年涩谷事件后援会、台湾政治建设协会等大中学生及各界人士，在台北市中山堂召开了“反对涩谷事件宣判不公大会”，到会者五千余人，会场内外及楼上楼下挤满了情绪高昂的人群。演讲者包括：法商学院学生陈炳基，三青团刘英昌，政治建设协会吕伯雄、廖进平、蒋渭川，以及台北市长游弥坚、宪兵团团长张慕陶、省参议员郭国基等。十一时半，全体议决，致电各方表示不服，请国民政府外交当局据理力争，严向驻日美军统帅部抗议交涉，撤销原判，重行公平审判。十二时十五分，全体学生和与会者出发游行，途经北门、延平路，转建成街、中山路，至长官公署。行政长官陈仪当众讲演数分钟，称许学生与民众爱国家、爱同胞之热诚表现，愿意接受民意，代为转达中央。二时许，队伍转往省参议会与美国领事馆。

这场“反对涩谷事件宣判不公大会”终于发展为台湾有史以来的第一次学生反美示威游行。可惜的是，那年秋天，李苍降就经由他叔父李友邦引介到杭州高中读书，因而未能和陈炳基、刘英昌他们一起搞这场运动。

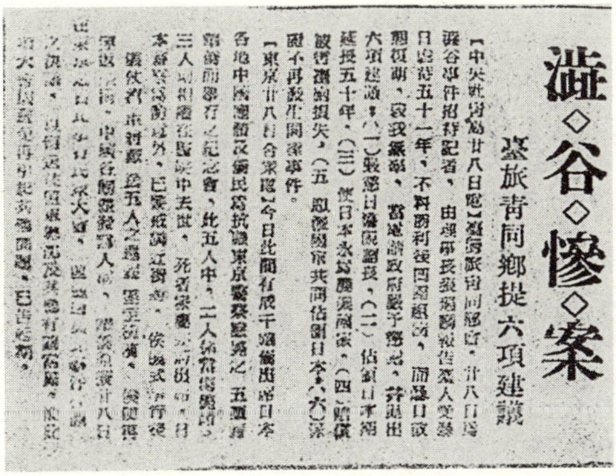

澁◇谷◇慘◇案

臺旅青同鄉提六項建議

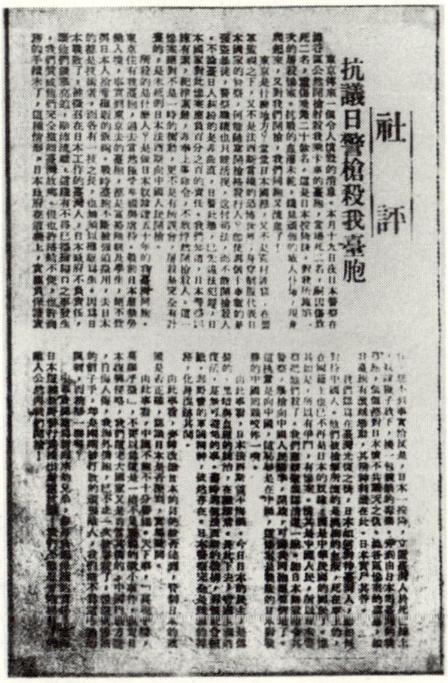

社評

抗議日警槍殺我臺胞

1946年7月东京台胞在涩谷区遭到日警枪杀后的抗议舆论

李苍炯：我想，因为婶婶严秀峰是杭州人，叔叔李友邦在浙江又有一定的关系，所以他们就推荐苍降大哥去杭州读高中。那时，我们家的经济情况已经不太好了，为了让他念书，也开始变卖一些不动产。

董舒林：杭州高中是中国的四大名中，它最早的前身是清光绪卅四年（一九〇八）在杭州旧贡院的废墟上设立的浙江省官立两级师范学堂。一九一三年夏，校名改为浙江省立第一师范学校，是浙江新文化运动的中心。一九二三年夏，与浙江省立一中合并，改名浙江省立第一中学，成为浙江规模最大的中学。一九二九年夏，浙江省政府令其与省内其他高中合并为全省唯一的高中，易名浙江省立高级中学（简称浙高），从此进入浙高时期。一九三三年夏，浙高再奉命改为浙江省立杭州高级中学，简称杭高，并成为名扬全国的四大名中之一。抗战胜利后，杭高于一九四六年夏第一次招考新生，录取名额两百人，但考生竟达四千之多。由此可见，要进入杭高的校门是不容易的。

韩佐樑：我是李苍降在杭州高中就读时的同班同学。一九二六年农历五月，我出生于浙江省青田县鹤城镇一个曾经的书香门第。我记得，李苍降应该是通过李友邦的关系，介绍给杭高校长房宁园，而于那年秋天插班到我们这班。校长交代我们要特别照顾他。因为这样，他同我较熟。那时候，我们都住在学生宿舍，二三十个人同住一个大房间。他普通话还不太流利，讲得很慢，说的是一口闽南口音的国语。我想，他应该是来学语言文化，而不是要拿学位。

高　宁：李苍降插班入学杭高秋三乙班，重点进修国文、英语两科。时任班长的范存忠后来回忆说：“在杭高时，有一天，他突然请三天假去南京，事后才知他是去旁听公审日本战犯大会……他在台湾读书是日语教育，所以在国语和英语学习上很吃力，但他顽强地用生硬的语调朗读课文，有一次读到断桥残雪语句，又碰到杭州下雪，他特地去断桥观景。”一九四七年夏编印的《浙江省立杭州高级中学敷文级毕业纪念特刊》中有一篇《速写李苍降》，记录了李苍降在杭高生活、学习的一些片段，“李君待人诚恳和悦，同学无不乐与交往”，“每当课余，常见其手执《古文观止》，其国文国语与日猛进”，“其治学勤而有恒，且刻苦耐劳，刚毅沉着，勇敢而自制”，“李君对于现实虽不满，终抱乐观，如此忍心耐性，勉力进取，不达理想不休的奋斗精神，是我们全中国青年值得反省的”。

随着国语的长进，李苍降第一次向同学表达了自己在大陆所见所闻的感受：“中国的青年——以我们同学而论——对于一事一物都有各自的思想与见解，往往要问为什么要这样？比诸暴戾的法西斯控制下的日本青年绝对服从、盲目接受他人意见，绝对不同，这点是优点，也是中国青年学生站在时代第一线，领导全国同胞的第一原因，同时却也造成党派众多，致使全国未能团结共同走向建设的大道。”当有同学感叹“我国政治舞台中非有背景不能实现其理想，人情在先，才能在后”时，李苍降慨然表明自己改造社会的理想：“因其不善，故需人去改革，老人可摇头叹气，中年人悲观尚可，唯我中华青年不可如是呀！”

韩佐樑：李苍降一边努力学习，一边同我们参加丰富多彩的课外活动及各种爱国民主运动。印象中，他很内向，不是很爱讲话，但民族意识很强，很爱国。

高　宁：年底，北平沈崇事件激起反美“抗暴运动”。十二月卅一日，杭州各中等以上学校学生为抗议美军暴行而罢课一天，派代表向省政府提出要求美军当局惩凶、公开道歉等四项条件。次日，二千余名大中学生举行示威游行，沿途散发《告同胞书》。李苍降亲历了这场运动，深受洗礼。

徐萌山：我是云林人，本名许孟雄，一九四六年十一月到上海暨南大学公费留学。一九四七年一月，应该是寒假期间吧，李苍降从杭州到上海，通过同在暨南大学公费读书的二中同学杜长庚介绍，住在暨大学生宿舍。因为这样，他认识了包括我在内的许多在暨大公费求学的台湾学生。我们针对刚刚落幕的台北学生反对涩谷事件宣判不公与沈崇事件而发动的两次反美游行，交换了彼此的看法。我告诉他，十二月十四日，我们“台湾省升学内地大学公费生同学会”发表了《告同胞书》，批判国际法庭“十足偏袒日本人”的判决，并指出这个判决反映了美国政府已在战后的“远东摆下滋长法西斯细菌的温床”；最后并提出盟军总部立即释放被拘台胞、立即逮捕击杀台胞的凶手等四点要求。我会并联合台湾旅沪同乡会、台湾重建协会上海分会、闽台建设协会上海分会，致电国民大会主席团，吁请大会为此事件的判决向美国提出抗议。他也参与了我们学习进步思想的读书会。后来，他经常往返于杭州、上海之间，并借住暨大学生宿舍。相处多了，我才知道，他是李友邦将军的侄儿，念台北二中时就想来祖国大陆参加抗战，后来也因阅读反日书籍而坐过牢。

韩佐樑：我记得，李苍降在杭州过了一个农历年，就因为家里有事而回台湾。此后，他就没再回来了。

李苍炯：苍降大哥原来的计划是杭高毕业后，继续在大陆读大学。但是，他没毕业就回来了。也许是因为他的中文不好，也或许是因为三青团中央直属台湾区团部主任的李友邦叔叔在“二二八”事件后的三月十日，以“唆使三青团暴动”与“窝藏共产党”的罪名被非法逮捕，解送南京。婶婶严秀峰即速赶去南京，设法营救，并通知苍降大哥。他于是即刻返回台湾，协助处理相关事宜。

徐萌山：一九四七年暑假，我回台湾探亲，也见了李苍降。他当时任职一家私人公司，做两岸间的五金贸易。因为这样，他经常到上海；来了，就找我聊天。我们谈得很投机。

许训亭：李苍降从杭州回来后就很少找我，更不曾找另外三人。有一次，林振荣在路上碰到他，他却故意别过头去。林振荣气得要死，跑来跟我抱怨，说李苍降从杭州回来就不理人了。

六、新民主同志会

根据一九八四年一月香港阿尔泰出版社《中共的特务活动原始资料汇编》所载，自一九四七年“二二八”至一九四八年五月中共在香港秘密举行“台湾工作干部会议”期间，台湾全省的中共党员人数已由初期的“七十余人”激增为“二百八十五名”（“二二八”期间死亡或逃亡者不计在内）。其中，台北区一共一百六十三名，占了“五分之三”；包括“台北市工作委员会”，下辖三个支部；“台北市学生工作委员会”，下辖三个支部；“邮电职工总支部”，下辖两个支部。其他新竹区、台中区、台南区及高雄区，也都分别建立了地方性的组织。

李薰山：一九四六年六月，我以台大工学院第一届的身份毕业了。我想，台湾既然已经光复了，我是学理工的，政治的事就别再管了，于是就留在台大化工系当助教。同一期间，我也应锺浩东校长之请，在基隆中学兼课。然而，经历了“二二八”事件后，我认为台湾再这样下去是不行的，于是决心再度投入台湾的社会改造运动。一九四七年七月，因为交通不便的关系，我辞退了基隆中学的兼职，转到台北泰北中学兼课。然后，我通过竹中同学刘沼光介绍，加入了共产党在台湾的地下组织“台湾省工作委员会”。

刘沼光，一九二一年生于新竹县新埔镇地方望族，东京一高毕业后就读东京帝大医学部，光复后插班台大医学院，当时在台大医学院担任外科教授徐榜兴的助教。

就在这时候，有一天，从杭州回来的李苍降来找我了。我发现，经历了光复以后这样那样的事件，在杭州、上海又受到国内反内战学生运动洗礼的他，在思想认同上，自然就如同大多数的台湾青年一样，从所谓的白色祖国转向红色祖国，同时也就有了要求实践的强烈愿望。因此，通过他的介绍，我又认识了他在台北二中时期的同学林如堉。

林信子：大哥林如堉说，他在殖民政府开始征调文科学生入伍当兵的一九四三年决心去参加新四军，于是离开上海东亚同文书院，独自坐船到舟山群岛再转温州、永嘉；可是人生地不熟，始终找不到门路，最终于一九四五年春天，在福州参加了国民政府所属的海军，并且配合盟军登陆台湾的计划，一度准备搭乘帆船回台，投入实际的战斗。日本投降以后，他随所属海军部队回到高雄接收；后来辞任海军翻译官，在长官公署台湾省地方训练团受训后分发桃园角板山，从事山地行政工作；“二二八”之后应聘台北泰北中学，担任史地老师。

李薰山：暑假结束后，我又通过李苍降的介绍，认识了还在台大农学院念书的李登辉。再后来，我又通过李苍降的介绍，认识了日据末期以来即是台北学生领袖之一的陈炳基。这样，经由李苍降的积极串联，我们五个有心改造台湾社会的青年终于通过不同的道路走到一起了。

陈炳基：在杭高读书时，李苍降不断给留在台湾的刘英昌、唐志堂和我寄来《观察》《文萃》等民主党派杂志，使得我们对大陆国共斗争的情况能有一定程度的了解。这段时间，我也以法商学院学生自治会总负责人的身份，先后于一九四六年十二月及一九四七年一月九日组织领导了两次反美学运。

“二二八”期间，我积极参与台北地下党组织的武装斗争，担任第一大队大队长。事变后，我流亡上海，七月返台，月底就加入地下党，担任省“学生工作委员会”五名筹委之一，由省委直接领导。刘沼光也是学工委之一。所以，我知道他所发展领导的李薰山的身份。

后来，李苍降告诉我，他与李薰山、李登辉及林如堉三个朋友想要组织一个进步的团体，并问我要不要也来参加。因为这种做法违反地下党“单线领导”的组织原则，我立即向上级领导廖瑞发报告。廖瑞发听了以后，跟我说可以啊，你可以参加。这样，我就以学工委的身份参加了这个还在发展中的五人团体。我与林如堉也是在五人第一次碰头时才第一次见到面。

李登辉：一九四六年我离开日本，回来台湾……到台湾大学复学时，农学院包括我在内才五个学生，第二批学生晚了两年才进来，人数也不多，可能只是多了四五人。在没有多少人的情况下，台湾大学农学院成立学生自治会，由我做理事长。

“二二八”发生前，我还住在我阿姨家。那时候何既明慢慢介绍给我一些同学，例如一起开书店的林如堉、刘甲一，还有芦洲李友邦的侄子李苍降等等，这些人都是他的同学……我认识这些人以后，也认识了陈炳基，但是我还不大知道李薰山。

“二二八”事件发生以后，台湾人才进一步知道国民党政府实际的情形，大家讨论，看政府这个样子，对国民党失望，为了台湾的未来，开始反对国民党。因为战争破坏整个环境，人民生活的依靠都没了，台湾的知识分子差不多都认为，人不管有什么思考、有什么精神，再怎么说，最重要还是物质的生产、物质的建设，看起来共产主义说的物质建设也是最重要的优先嘛。共产党因此真正在台湾扩大规模和组织。

那时我们也没其他办法可想，发生“二二八”这种事件以后，出来喊的人后来都被打死了，再也没有一个人出来喊让所有台湾人团结起来。当时许多人就想，共产党也许会有办法，我们实在没想得太深。现实上，台湾有那么多人被打死，而且国民政府统治的情况是四处都有贪污，物价高，经济差，每一项问题都发作起来。我们想，台湾应该走另外一条路，无论怎样，另外一条路可能就是一条出路。

陈炳基：后来，我们五人一起研读了有关马克思主义的理论书籍。我记得，最早研读的是《新民主主义论》，后来也读了《论人民民主专政》等小册子。因为其他人的中文阅读能力还不够好，林如堉在大陆念过书，中文较好，于是就先由他翻译成日文，然后再油印给我们四人。起先，我们这个小团体的名称换来换去，经过一段时日的学习、讨论之后，我们对当时台湾的社会性质与运动性质也有了科学的认识，于是就决定为我们的小团体定名新民主同志会。

李登辉：一九四七年八月……林如堉、李苍降、陈炳基、李薰山和我五个人才真正开始要组织，但不是组织共产党。我不太了解他们各人的事情，像李薰山是怎么来的我也不知道，突然之间有这个人来……新民主同志会成立的时间我不太记得，但是主要是在“二二八”事件以后，需要组织来对抗国民党，台湾才有法度……我和这四个人大部分都是在学习，当时毛泽东提出“新民主主义”，也提出“联合政府论”，“钢铁是怎样炼成的”也是毛泽东的话，大陆有很多这款书进到台湾来，大家都在讨论……新民主同志会成立那时候我已经离开天水路，住在……罗斯福路的日本宿舍。那间宿舍后来叫作普罗寮……新民主同志会成立以后，常常去普罗寮开会。

李薰山：我们五个人后来就定期在李登辉位于川端町的住处召开读书会与工作会议。起初，新民主同志会应该是由学工委之一的刘沼光通过我领导的地下党的外围组织。十月，李登辉填写了入党申请书，经由我亲自交给刘沼光，并获得批准。另外，李苍降和林如堉也在十一月经由陈炳基及其他渠道入党。一般说来，当时共产党的入党条件有两个标准：工农无条件，知识分子需观察半年。由于当时台湾地下党有大量发展党员的迫切需要，所以他们三人并没有经过半年的观察期就获得批准，直接成为正式党员。

李登辉：当时李薰山告诉我：“你要参加这个会议（按：新民主同志

会），所以你要入党才可以。”这大约是一九四七年十月的事情，确实的时间我不是记得很清楚。入党的时间是个人的事情，我不知道其他人的确实入党时间，别人也不知道。

韩佐樑：一九四七年秋天，我从杭高毕业了。因为家里的经济越来越不好，我母亲就不愿意拿钱给我再读大学。她希望我找个工作，结婚，生小孩。但是，我们没有背景和裙带关系，工作很难找。我就同她讲，我有同学在台湾，已经帮我在台湾找到工作了。她没别的办法，只好同意了。我说的同学就是李苍降。我于是从上海搭华联的船，两天两夜之后，在十月十日来到基隆。李苍降早就在码头等待接我。上岸后，他就带着我搭乘公共汽车前往台北，然后安排我在衡阳路他表弟杨斌彦家过夜。第二天，他又带我到芦洲，暂时住在中路村一号的李家。

到了十一二月左右，他又介绍我到农林处农机局制造实验工厂，当办事员。这个工厂主要是做牛车、脱谷机、圆锹、铲子等农具。后来，我才知道，厂长林水旺是李苍降台北二中

晚年的韩佐樑（左）与作者

的学长，日据末期，他们因为抗日坐牢而互相认识了。

我到农林处农机局制造实验工厂没有多久，李苍降就带我到罗斯福路电力公司对面一条巷子里头的一栋破旧的日本式的矮房子，钥匙一插、门一开，把灯打开来。屋子里只有我和他，他给我看了里面的印刷设备，再找几张他们印的旧的《光明报》给我，同时告诉我，说他已经加入地下党了，也向上级报告说想找我参加，上级已经同意了。他邀我参加“新民主同志会”。我看不惯国民党，并且知道国民党不行了。我也晓得地下党就是共产党，要反对国民党就只有参加这个党，没有其他的路了。我想既然他已经参加了，我也就答应参加。因为我们是同学，本来就很熟，而且一起搞过事，彼此都知道对方心里怎么想的，靠得住，不需要多讲。他又叫我写自传，我回去以后就写了。但具体怎么写的，我也想不起来了。后来我也没有正式宣誓，我不晓得他同上面怎么讲我。那天，谈完了以后，他又说要我给《光明报》写一些文章。以后，我写了就亲手把稿子交给他。我记得《光明报》是用蜡纸钢版写的、油印的，后来怎么样我不晓得。不过我没有刻过，就给他写一点大陆贪污的情况什么的，也不是每一期都有，时间也很短。台湾的事情，我消息没有这么灵通，所以也搞不来。

李苍炯：苍降大哥从杭州回来之后，就一直在外头忙，也不知道在做些什么。那时候，母亲还在，家里的经济已经很坏了。我读成功高中，他曾经到学校找我，拿一些钱给我，叫我拿回家做生活费。据我猜测，他原先有意鼓励小他两岁、开南商工毕业的苍土二哥参加活动，但二哥没啥兴趣而作罢。我读了很多他买的有关社会主义的书与上海的杂志，对国民党官僚的作风也非常不满；可是他可能考虑到家里要有人照顾，也就没有积极发展我参加。尽管如此，二哥后来也受到牵连，被关了五六年。我则因为和芦洲另一个地下党人李中志的弟弟黑仔（张金海）的关系，逃亡了四年多。

李薰山：有一天，刘沼光在会面时向我传达上级指示：以后新民主同志会改属为“台北市工作委员会”的一个“支部”，由林如堉负责；表面上还是以新民主同志会的名义发展组织。他同时拿了一张剪成两半的名片给我，要我在规定的时间前往省立博物馆门口与另外一人联络。当我按照刘沼光指示的时间来到博物馆时，我看到当时是台大医学院助教的郭琇琮已经坐在博物馆门口的阶梯上等我了。

郭琇琮（1918—1950）出身士林士绅家庭，一路由桦山小学校、台北一中、台北高校而进入台北帝大医学部的台湾精英；在一九四四年四月日本宪警全面检举北部地区的反日学生组织时被捕入狱，光复后出狱，成为当时的学生意见领袖。

《安全局机密文件——历年办理匪案汇编》第二辑“匪台北市工作委员会郭琇琮等叛乱案”载称：郭琇琮于一九四七年六月加入中共在台地下党，并于十月接替廖瑞发担任“台北市工作委员会市委书记”。

李登辉：郭琇琮当时是台大医学院医师，他和我其实没什么直接的关系。这个人思想很激烈。他和谢娥同派，谢娥后来靠到国民党。“二二八”事件时，郭琇琮领导很多医学院的人出来。

李薰山：这次之后，新民主同志会就改由郭琇琮领导，刘沼光就专心在台大医学院搞学运。郭琇琮前后一共领导新民主同志会四个月。这段时间，我们经常去他位于建成町的家开会。一般说来，他只是利用这个机会传达组织的指示而已，并没有从事实际的组训活动。到了年底，郭琇琮突然不再

郭琇琮（1918—1950）

出席新民主同志会的例行聚会。当天，陈炳基带了一名叫作李絜的外省籍青年前来。从此以后，郭琇琮就不再与新民主同志会发生任何联系，新民主同志会实际上也改由李絜负责领导。

陈炳基：李絜的本名是徐懋德，江苏苏州人，上海交通大学土木系毕业，绰号“外省李”或“小李”。他在学生时代就是上海学运团体的核心分子，因为台湾学运工作的需要，所以由上海局调派到台湾，实际领导台湾省工作委员会的学生委员会。新民主同志会于是在他的领导下，通过民主方式开展群众运动。

七、纪念“二二八”周年行动与组织的破坏

“二二八”后流亡沪、港的老台共苏新在《愤怒的台湾》中写道，尽管“二二八”后国民党极力夸张宣传中共的“阴谋”，一口咬定“二二八”民变是共产党煽动的，甚至主观捏造了许多中共在台湾的机构，说有什么什么工作团，台中有A团、台北有B团、台南有C团等（据劲雨《台湾事变真相与内幕》）。然而，由于地下党从成立到“二二八”期间一直没有任何公开的表现，对此宣传也没有做出任何的公开反应，所以一般人民都认为这只不过是国民党的推测而已。究竟台湾有没有共产党？当时，人们还是抱持审慎的保留态度。因为这样，美国帝国主义所属的通讯社即利用这种模糊的情况认真地宣传“台湾没有共产党”，甚至强调台湾人民不欢迎共产党，反对共产主义，借此推动他们的“托管”“独立”阴谋。

一直要到一九四七年十月廿五日，情况才有了比较明朗的变化。这天，正在举行台湾省第二届运动会的台中市区及运动会场突然出现了大量没有署名的宣传品：介绍人民解放军六十七条时局口号，并附有当时解放战争的形势图。因为这样，一般民众都相信这是共产党散发的，也不会再怀疑究竟台湾有没有共产党了。

到了一九四八年“二二八”一周年前夕，“中国共产党台湾省工作

委员会”决定首次正式具名向全岛各地民众散发《纪念“二二八”告全岛同胞书》，唤起台湾人民对“二二八”英勇斗争的记忆，从而加紧团结，加强对反动派的斗争意志并准备展开斗争；同时也广泛介绍中共的政策。

李薰山：相应于地下党的决定，我们也决定以新民主同志会的名义散发一份纪念“二二八”一周年的《告全岛同胞书》。除了陈炳基之外，我们四人于是按照指示，各自写了一份草稿。经过逐篇讨论后，其他人一致认为，我用日文草拟的那份文稿，一般民众比较能够理解，最后就决定以它作为定稿，油印后寄发省参议员和各机关首长。我随即从任职省府文书课的父亲那里拿到署有台湾省政府的信封，把它装在里头寄出。我想借此对外宣示：我们的组织已经渗透到省府里头了。二月廿七日晚上，夜深人静的时候，我们又两人一组，到街头涂写统一规定的政治口号。我与李登辉一组，沿着泰顺街到台大，再到南昌街台电变电所，在沿路的墙壁上涂

李苍降的遗腹女（左一）与徐懋德及其妻女，2015 年 10 月，天津

写；一人写，另外一人就负责把风。最后，我们在“二二八刽子手”彭孟缉官邸的围墙成功地涂写上口号，结束了当天晚上的纪念行动。

李登辉：共产党的领导是单线领导，那个姓徐的偶尔会来，可能是一两个礼拜，或是一个月。我也是现在才知道他的名字，卡早（以前）只知道这个人瘦瘦的、小小的。他来时就对我说：你要这样做、那样做。通常他是学校有事，就命令我要怎样要怎样……实在说来，他要我做很多事情，譬如……说要我到古亭街去宣传、去骂国民政府，要去墙壁上乱写字等等，真正都有这种事情。

一九八一年五月十六日，台湾《“中央日报”》刊登了一篇署名裴可权，题为《肃谍行动忆往——早年基隆“工委会”破获记详》的揭秘文章。根据台湾商务印书馆《台共叛乱及覆亡经过纪实》一书的作者简介，裴可权（1913—），浙江警官学校、中央警官学校特警班高级系毕业，历任军统局情报工作十年、忠义救国军政治部上校秘书代主任、青岛警察局分局长、台北市第六分局长、台湾“中央警官学校”教官、政工干部

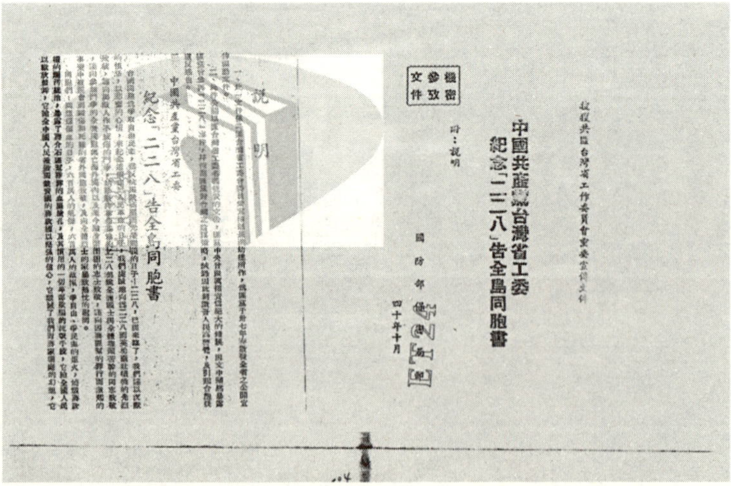
機密參致文件

中國共產黨台灣省工委
紀念「二二八」告全島同胞書

附：說明

國防部

四十年十月

說明

中國共產黨台灣省工委
紀念「二二八」告全島同胞書

《纪念“二二八”告全岛同胞书》

学校高级班教官的杭州籍警界高层。

裴可权在《肃谍行动忆往——早年基隆“工委会”破获记详》指称：

一九四八年十月以后，随着李薰山与林如堉的被捕，以及陈炳基转入地下，逃匿花莲新城充捞金砂监工，新民主同志会的组织（“台北支部”）基本上就瓦解了。当时年仅廿七岁的李苍降于是将台北一部分同党分子移交“上级”李絜，转往基隆工作。

李薰山：纪念“二二八”一周年的行动搞完以后，李登辉就不再出席新民主同志会的定期聚会；原因不明。李絜又另外带了一个在台湾省教育会研究组任职组长的蔡瑞钦，递补他的空缺。我们的聚会地点也改在台北市三条通林如堉的住所。这年夏天，李絜在定期聚会中宣布，为了扩大对台湾民众的号召，新民主同志会从此对外改称台湾人民解放同盟；在组织架构上也分成宣传、组织和教育三个小组，分别由陈炳基、林如堉和我负责小组领导，继续以一般社会青年为发展对象，开展工作。后来，我们就各自发展了一些工人群众。然而，也就在组织扩大发展的同时，特务系统的细胞也趁机渗透到台湾人民解放同盟的组织里头了。李絜于是向已经暴露身份的我们三人传达上级组织的指令：台湾人民解放同盟已经被敌人渗透；陈炳基转入地下，林如堉转往福建，我转往东北，而且一定要在十月廿日以前离开家里。

徐萌山：一九四八年暑假，我回

70.5.16

肅諜行動憶往
——早年基隆「工委會」破獲記詳
裴可權

治安機關於三十八年九月，將基隆匪黨組織「工委會」書記鍾浩東逮捕，該組織已局部破獲，其殘餘部份尚有共匪基隆「工委」李蒼降、藍明谷所領導的關係，及少數「個別黨員」。辦案人員奉命掃清基隆匪第二階段工作，是在三十九年初捕獲李蒼降等時開始的。

李蒼降自鍾浩東被捕後即逃離基隆，直到翌年元月，根據新舊線索，在其臺北市南京東路住所，將其捕獲。同時被捕的尚有其妻曾×麗、其姊李×娥。偵訊李蒼降的過程進展得很快，辦案同志與他晤談數次，就得到所要的資料。

李蒼降當時年僅二十七，臺北縣人，臺灣光復後曾往杭州唸高中，返臺後考入臺灣通志館任職員。三十六年十一月由陳炳基介紹加入共黨，在臺北與陳炳基、林如堉、李燕山等組成「支部」，由林如堉負責，曾以「新民主同志會」及「臺灣解放同盟」名義發展群衆及黨員。

他聽了以後，馬上回去通知林英傑。林英傑得到這消息，立刻將全部文件收拾行李等逃走，並交待李蒼降設法將現住房子賣掉。林搬走後，李蒼降十分不安，惟其妻曾×麗已有身孕，不便隨其逃亡，因此李蒼降託請其姊李×娥到其住處陪伴曾×麗，自己則在外躲避。

這時，已得到有關線索的辦案人員，判斷李蒼降躲藏在南京東路，就在其住處附近佈置盯梢，嚴密監視，並繼續偵查。發現僅有曾×麗、李×娥二人。雖然暫時失去其蹤影，但我治安同志認爲李蒼降早晚會回來探望，仍然日夜監視，不敢……

一直到三十九年底，基「工委」藍明谷仍逍遙法外。有關偵辦工作第二階段，從三十九年底到四十年初，重點工作就是追捕藍明谷和他領導的人。

自從三十八年年底開始，經刑警總隊通令各地警局刑警嚴密緝捕在逃匪犯，他情治工作人員亦分頭在不同的地方展開搜索。藍明谷等人在警方嚴密搜索網包圍下，無處可逃，紛紛落網。

藍明谷原爲臺灣高雄人，抗戰時赴大陸求學。三十五年經北平「臺灣同鄉會」遣返上海，五、六月間抵滬，住上海「臺灣同鄉會」，認識同鄉會辦事員林×文。林×本爲共產黨徒……

1981年5月16日《“中央日报”》

台探亲。在台北李苍降租的一间日人留下的房子，我们见了一面。九月，我要回上海之前又和他再见一面。他在《光明报》发表了几篇日文文章，从通货膨胀和金圆券等问题说明国统区的经济必然崩溃；他也拿了给我看，并要我提意见。他说，他正处于危险状态。

陈炳基：十月廿五日凌晨，特务机构兵分三路，同时到林如堉、李薰山和我三人的家里围捕。我因为平时忙着搞运动，很少待在家里，再加上政治警觉性高，接到指令后就不再回家，因此逃过一劫。可林如堉与李薰山却因为回家探望家人而被捕。

李登辉：我和李苍降离开以后，新民主同志会变成他们三个人的组织而已。后来可能是一些相识的人把陈炳基讲出来了，另外印宣传品的印刷工厂也去密告，因此有人要来掠陈炳基，他就跑去我三芝旧厝躲起来，在那里住了几个月，以后才跑去大陆。那时候只有我老爸和我侄子在旧厝，没什么人，我先向厝内人说有客人会来……发生林如堉和李薰山被掠的事情时，徐懋德也来要我小心，我跑去公馆那里的蚕丝改良场躲起来，差不多有一两个礼拜吧。

刘英昌：我和陈炳基一起搞声援涩谷事件的示威活动之后，李友邦告诉我们宪兵司令张慕陶已准备对我们下手，让我们快躲起来。我就借着我大哥刘英芳的生意圈，往上海跑单帮，躲了起来。到了上海，在台湾同乡会见到吴克泰。当时，他已参加台湾地下党。“二二八”事件后的第二天，我在台北大稻埕又见到吴克泰、陈炳基和叶纪东等人。事件以后，吴克泰让我见了台湾地下党的总负责人蔡孝乾（本名蔡乾，化名陈照实）。以后，我在八堵加入了地下党。在地下党里，我就以做生意、跑单帮商人的身份作掩护，与蔡孝乾保持单线联系，当交通员，负责台湾地下党和中共华东局的联系，包括文件的传递、活动资金的转移等。一九四八年，我受组织委派，带了几个被国民党抓来当兵而流落上海的山地同胞回台湾。回到台湾以后，陈炳基和田进添来找我，说是他们暴露了身份，很危险，要找我躲起来。我和蔡孝乾是单线联系，不能叫他们和蔡联系，但我也不能见危不救。于是，我就同蔡孝乾提议：在花莲有个日本人走后荒废的金砂矿，可以利用起来，收留我们的同志。蔡也同意这样的想法，并说这以后可以作为基地，让不能公开活动的同志以工人身份隐藏起来，以后伺机还可以开展山地人的工作。此可谓一举三得。于是，我和我二哥刘英烈及他的朋友一起出资，开了个金砂矿厂，我的身份是经理。党组织工作就由李苍降主持。

李薰山：在这波新民主同志会事件中，包括林如堉与我在内，一共有三十几个牵连的群众被捕。被捕以后，林如堉与我随即被押往警备司令部。侦讯时，办案特务一再追问新民主同志会一共有几个人。这时候，只要我们在严酷的刑讯中无法坚持，或在口供中稍漏口风，与我们有过组织连带关系的人——李登辉、李苍降、刘沼光、郭琇琮和徐懋德——也将立即遭到被捕的厄运。我们在被捕之前得知，同志会只有我们两个和陈炳基，一共三个人暴露身份，所以在个别侦讯时都不约而同地回答说三个。因为我们的回答与特务所掌握的情报一致，他们就笑着夸我们太坦白了。这样，我们没有受到什么严刑逼供，很快就被送往军法处结案。

八、一九四九年的婚礼

一九四九年年初，历经辽沈、淮海与平津三大战役以后，国共内战的形势有了决定性的转变；国民党在大陆的统治面临着全面崩溃的局面。一月廿一日，在各方逼退的压力下，蒋介石发表文告，表示为“弭战销兵解民倒悬”，宣布引退；由李宗仁副总统代行总统职权。

在这样的新形势下，台北市大专院校学生社团的活动也已渐渐成为本省报纸省闻版内的重要新闻。敏感的记者竞相预测本省学潮势将扩大。

四月一日，南京派出张治中为首的和平代表团，北上与共产党议和，希望隔江而治。也就在这样和战不定的政治闷局下，南京各大专院校的近万名学生，为了贯彻真正的和平，于是在代表团搭机启程之时，齐集在总统府门前，举行一场坚决反对内战的集会和示威游行。然而，当和谈代表们的座机刚刚降落北平机场，南京的空气中却已经弥漫起冲天的血腥气味。学生队伍游行经过的柏油路面上，到处是遗落的鞋子及湿漉漉的猩红鲜血……鲜血然后就从南京流向全国。

陈炳基：三月廿九日晚上，台北各校学生在台大法学院操场联合举办庆祝青年节的营火晚会。李苍降与我仍不畏被捕的危险，出现在会场上。四月六日凌晨，为了镇压三月下旬以来风起云涌的台北学运，国民党台湾当局派出大批武装军警，强行闯入师范学院与台大的男生宿舍，集体逮捕了两三百名学生。在这场一般称作“四六事件”的镇压发生以后，四月八日，党通过李苍降向我传达指示说，党顾虑到我已经因为新民主同志会事件而被公开通缉，许多牵连“四六事件”而被捕的学生又都和我有关系，因此要我撤退大陆。四月十日，我于是在组织的安排下，从基隆搭船，潜往上海。

许训亭：大概是一九四九年春天吧，李苍降突然到我家找我，说他要结婚了，请我向林振荣借礼服。我问他什么时候，在哪里请客。他说不请客。我说，你起码也要请我们这几个好朋友。他坚持说不请。我们都很愤慨。几天后，他来我家还礼服，同时也带新婚的妻子来与我认识。以后，他就不曾来找我了。现在想来，他似乎在那时已经在搞革命工作了，所以才刻意与我们疏远吧。

曾碧丽：我第一次见到李苍降是“二二八”之后，在一个同学家里。她的未婚夫刘英昌与他同是日据时期因为抗日而坐过牢的朋友。苍降从杭州回来后跟他很要好。

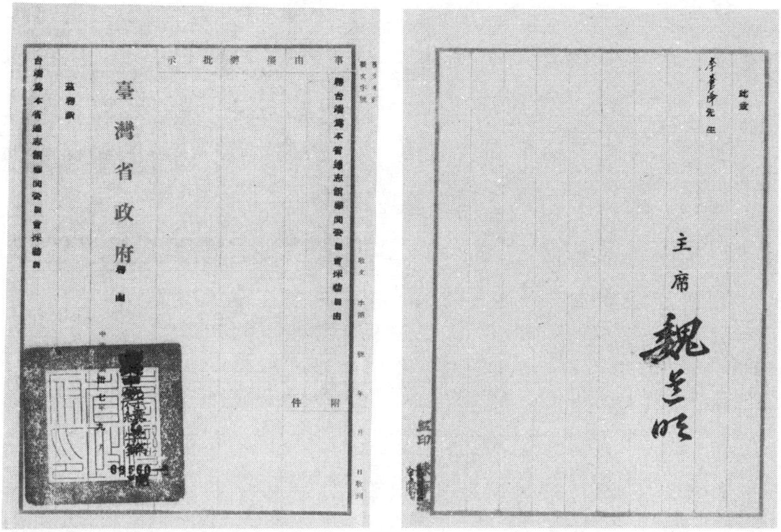
臺灣省政府
主席 魏道明

1948 年 9 月台湾省通志馆顾问委员会聘函

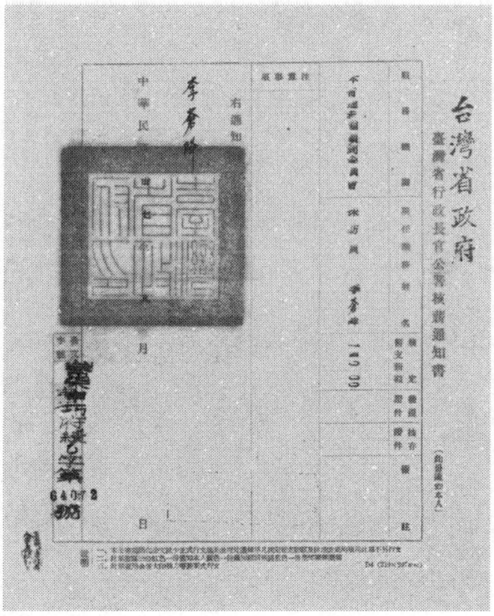
台灣省政府

台湾省政府的核薪通知书

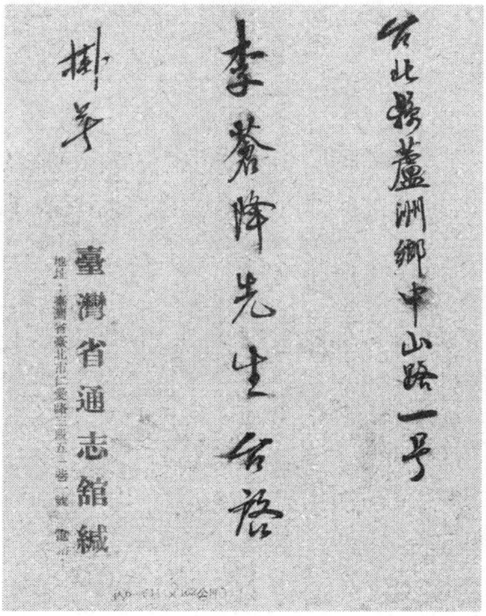
台北縣蘆洲鄉中山路一号
李蒼降先生 台啓
掛號
臺灣省通志館緘

台湾省通志馆的挂号信封

我是罗东人，我父亲林清泉是牙医，家境不错，一九二五年我出生以后就请奶妈照顾我，所以我一直住在奶妈家里。我虚岁五岁的时候奶妈过世，家人要把我带回去。可是我那“寄药包”为生的奶爸对我有感情了，舍不得，就把我托给他亲戚，晚上再带回去陪他。我父亲动用了认识的警察才找到我，把我带回家。我母亲吃斋念佛，不太会照顾小孩。我回家以后就一直生病。我父亲只好把我送给基隆一个做生意的朋友做养女，养父姓曾，名叫曾火，家境也不错。因此我也改姓曾。

太平洋战争时期，就读兰阳高女的我去应征看护士，先在台北红十字会训练，然后被送去日本占领的香港的野战医院服务。一年三个月后回来。因为正式护士很缺，我和那些战地回来的就在马偕医院对面的神学院（今国宾饭店）重新训练，并且通过考试，正式取得护士证书。我记得，毕业那天，台湾第一次遭受到盟军的空袭，总督府被炸坏了，中山北路上也死了很多人，场面很吓人。救护站是有些老医生，但不会处理运来的伤患；倒是我们这些从战地回来的护士有经验，知道怎么处理。后来，我去基隆警察局第三科（司法科）当雇员，训练日本人护理的救护，月薪四十五圆，比一般雇员的廿五圆高了很多。当时，基隆跟高雄被炸得最厉害，几乎每天晚上都会来空袭，基隆市民就要去防空洞躲。我是基隆女子救护队队长，带领六个从战地回来的队员，各背一个救护袋，四处去救人。最远的一次，我们走到社寮岛那边去救护伤患，轰炸之后，那里死了很多人，死者的手的皮肤都像戴手套一样膨胀起来，很残忍。我才知道，炸弹爆炸的时候要把嘴张开，让炸弹爆炸之后的暴风出来，才不会那样。

日本投降以后，我仍然在基隆警察局第三科工作。本来，局里头有三个女职员，两个日本人，那时就只剩我一个了。日本人要遣返回去的时候，我就被派去检查他们的行李。我记得，当时国民政府接收台湾是先派宪兵过来，然后是国军，最后才是警察。国军来的时候，我很高兴，也跟着大家去码头欢迎。但是，看到那些国军不太像样的军容却让我大失所望。社会治安很乱，他们显然也把我们台湾人当作战败国的子民那般对待，我也因此感到苦闷。然后“二二八”就发生了，我也救了很多人。

因为受日本教育的关系，认识苍降的时候，我既听不太懂也不太会讲闽南话，更不用说国语了。他先问我在警察局上班的待遇如何，科长是谁。然后问我对刚刚发生的涩谷事件的看法与感想。我用日本话回答他，说我不在现场，不知道这件事。他似乎对我印象不错，就说要跟我做朋友。我不大喜欢他这种直接的态度，就说我太忙，不要。因为工作职位的关系，基隆市若发生什么事情，记者和一些相关人员都会来找我；我想，我哪有时间跟每个人都做朋友。第二次，他就直接到基隆警察局找我。当时，我正在上课，学国语。工友来跟我说有人找我，我以为是公务，就收拾课本，走下楼去。结果，我看到是他在等我。我想这个人真没礼貌，就不太高兴地用日本话说我正在上课，要他赶快离开。他却笑着说，你去上，我等你。第三次，他干脆就直接到第三科来找我了。那天下午，大概三点多钟吧，他神色自然笑笑地走进来，我吓了一跳。我在司法科接触的人很多，我注意到一般进警察局的人不外是三种嘴脸：例如，有犯罪心理者会怕怕的；想要说情的地方士绅则是一副拍马屁的嘴脸；打听情报的记者则会故意装作傲慢的风骚。我不曾见过像他那么大胆的人，我不晓得他真正的身份是什么。但我从他的言行举止知道，这个人肯定不是个简单的人物。我对他有了一点好感，于是告诉他，以后要找我，不要到警察局，直接到我家里。

我和苍降交往之后，对他也就有了更进一步的认识。他语气温柔，谈吐幽默，但很少开口；开口就切中要害。他性格温和，尽管工作的心理压力大，但仍让我感到温暖。虽然他才大我两岁，但我打从心里钦佩他。我跟他谈到我去迎接国军时的失望情绪，他就安慰我，说那是因为国家长期战乱财政困难的缘故。他还经常笑我，说我日本屎吃太多了，要我去伟大的祖国看看。徐州（淮海）战役之前，我于是与一位推事的太太一起去大陆。我们从基隆搭船到上海，住在台湾同乡会会长李伟光医师的家里，然后到南京、镇江。因为战事紧张的关系，我们没到徐州、杭州和北京。五月，我就跟着一批公费留学生回台。

徐萌山：曾碧丽到大陆时，李苍降来信要我照顾她。她要回去时，我就找了上海台湾同乡会，帮她买了一张船票，送她回台。

曾碧丽：我从大陆回来后就结婚了。结婚那天（一九四九年四月二十七日），我坐李友邦的轿车一直到大路的尽头，然后再坐轿子，抬到李宅大厝的中庭。那天，我们没有照相。苍降安慰我说，等结婚一周年再照吧。

一九四八年六月一日，台湾省政府为保存文献史料而成立台湾省通志馆，纂修省志。苍降于同年九月受聘为该馆顾问委员会采访员，核定暂支薪额旧台币一四〇元。婚后，他仍然在台湾省通志馆顾问委员会担任采访员，我们过着有规律的生活。他很用功，经常看书，写稿，到半夜一两点才睡。他也带我看书，开始给我洗脑，但他从来不直接跟我谈政治问题。

九、基隆中学《光明报》事件

《安全局机密文件——历年办理匪案汇编》第二辑“匪基隆市工作委员会锺浩东等叛乱案”载称：一九四九年四月，基隆“工委会”成立；由基隆中学校长锺浩东负责主持，李苍降担任“工委”兼“支部书记”。

五月十九日，台湾省警备司令部宣布：台湾全省戒严。其后又禁止一切“非法”集会、结社、罢工、罢课、罢市；并制定新闻、杂志、图书管理办法。紧接着针对“匪谍”的《惩治叛乱条例》也颁布实施了。

《安全局机密文件》又载：“国防部”前保密局自从侦破“新民主同志会案”以后，就“根据所获得的线索，运用关系深入侦查”地下党的组织。“经五个月之长期培养，获悉共匪在台除以‘爱国青年会’名义，秘密吸收匪徒外，并散发《光明报》，及其他反动文件。”后来，保密局又“据报有王明德者（台大法学院毕业、无业、一九四九年一月参加‘匪党’），曾屡次邮寄《光明报》与他人”；于是“选派干员，严密调查及监视”王明德的“言行动态”。八月十八日，王明德“被警方于检查户口时扣押”。廿三日，保密局将王明德提局，详加审讯；王明德“供出成功中学支部王子英等同党数人”。廿四日晨，保密局即会同刑警总队，根据前所搜集之资料，与“王犯供词”，将“成功中学毕业”的姚清泽、郭文川、余沧州等人逮捕。复于廿七日夜，将台大法学院学生詹昭光、孙居清、吴振祥、戴传李、林荣勋等捕获，并“循供”深入侦查，扩大破案。总计先后捕获所谓“匪谍及涉嫌分子四十四人”。

这就是一般称为五十年代白色恐怖序幕的基隆中学《光明报》事件。

韩佐樑：我和李苍降都是单线联系，他的上级或是别的人，我都不认识。他曾经带我到基隆中学去喝喜酒，但也没告诉我那个人是不是地下党。我也曾经在迪化街见过李友邦一面，李苍降当时没说别的，就讲这是他叔叔。

当时我总是想要发展组织，可是农机局工厂的工人不到几十个人。我就想哪里有比较多被剥削的工人。我想到矿工，一个是九份，公家的，一个是金瓜石，私人的。但是怎么去呢？我就离开农机局，想先去九份的国民学校教书，然后再说。当时台湾很缺老师，也不需要人介绍，我就去板桥教育科登记，拿高中文凭给他检查。我说别的地方我不去，就希望金瓜石或者九份。暑假的时候，就通知我到九份。结果，原来是一个人要包办一班，全部科目都给你教。哎呀，这个要命啦。我唱歌不会，体育又不行，要怎么教咧？所以我教一下子就走啦。

我教书不能教，又找不到工作，就流浪啦。过几个月了，我才由朋友辗转介绍认识了一个青田老乡；这位老乡的父亲是接收大员，他自己是林场管理局辖下峦大山林场的人事室主任；通过他的介绍，我就要进去三千多公尺高的望乡分场当量木头的检测工。因为这不是组织上派我去的，实在是因为学校我教不来，一定得走，而且要先找个工作。我于是主动同李苍降联系，他要我试着在那边组织山地同胞。

但是，李苍降并不知道山地同胞住在哪里，我也不知道。我就从水里坑徒步上山。到了山上，才知道附近都没有人住。在山上，我实际上是做工人出入的管理登记。几个月后的某个早上，人事室主任突然打电话叫我赶快下去。我问怎么啦？他说山上发现《光明报》，这是从来没有的事啊！我上去了才有这种事。他要我不能害他，说他有老婆儿子一家人要养呀！他于是把我跟别人调职，我就下山了。我想，他是因为有“联保”制度，怕自己惹上麻烦而不能举发我，只是要撇清关系，所以叫我赶快下来。实际上，他并不知道我是干什么的。我也不愿意拖累他。

然后，很久不见的李苍降突然来了。看到他，我很高兴。但是他脸色沉重，说他马上要走，就搭下一班火车，车票已经买好了。我问他怎么那么急，他就说出事了。他叫我要小心，能离开这里最好。我们在饭桌上沉默地对坐了好一阵子，然后火车要开了，就挥手道别。我因为他这样冒险来通知我，很感动。他离开以后，我就立刻辞职了。

接着我又开始在许多地方流浪了，一边做打杂的临时工，一边等待进公家工厂的机会。我先到嘉义一家餐馆打工，后来看到金瓜石金铜矿务局招考一批炼黄金的分金工的启事，报名资格是要高中毕业。我就去报考，并且运气好，就考进去了。后来，金铜矿务局为了取得“美援”资助而在美方的压力下改成公家和公司交互持股的公司，并且成立了争取工人福利的工人策进委员会。我在策进会当主任委员，可以名正言顺地搞工运。通过为工人争福利，我首先把厂长搞下台。后来，我看到报上说同日本谈“和约”不邀请中国参加，于是在正式谈判之前，趁机发动绝食。因为整个金铜矿物公司响应的不少，保安处就派人来问我为什么搞绝食。可我理由正当，他也没办法。当时，国际形势很不稳定，人心浮动，大家都认为台湾快要解放了。因为矿工的生活都很艰苦困难，一讲就通，所以我在这里的工运做得非常好。我想，假使解放军真要从东北角登陆的话，我带几百个人去，一定是没有问题的。但是，我同李苍降有一阵子没联系了，没有他的同意，也就不能正式发展这些人成为下线。我一直盼望着他来与我联系。

裴可权：治安机关于一九四九年九月，将基隆共产党组织“工委会”书记锺浩东逮捕，该组织已局部破获，其残余部分尚有基隆“工委”李苍降、蓝明谷所领导的关系，及少数个别党员。办案人员奉命扫清基隆前第二阶段工作，是在一九五〇年初捕获李苍降等时开始的。

李苍降自锺浩东被捕后即逃离基隆，直到翌年元月，根据新旧线索，在其台北市南京东路住所，将其捕获。同时被捕的尚有其妻曾 × 丽、其姊李 × 姻……

基工委会被破获后，（李苍降）逃回台北，继续领导台北的关系，仍受“上级”李 × 指挥，化名赖庆钟，偕妻曾 × 丽住在南京东路，掩护林英杰（化名吴永祥，系“台湾省工委会”秘书），担任林英杰与李 × 的联络交通，并协助林英杰抄写“新华社”广播资料。这样平安无事地过了三个多月，到一九五〇年元月六日，他又照往常一样担任林英杰与李 × 的联络交通。只是，这天李 × 神情显得有几分焦虑，除向其索取林英杰交来之资料外，并约定第二天再会晤。次日他们又再度晤面，李 × 并未多言，直截了当地嘱咐他通知林英杰谓，南京东路的人已经发生事情，着他迅即离开，往寻过去联系的人。他听了以后，马上回去通知林英杰。林英杰得到这消息，立刻将全部文件、收音机、行李等迁走，并交代李苍降设法将现住房子卖掉。林搬走后，李苍降十分不安，惟其妻曾 × 丽已有身孕，不便随其逃亡，因此李苍降托请其姊李 × 姻到其住处陪伴曾 × 丽，自己则在外躲避。这时，已得到有关线索的办案人员（“保密局”特务），判断李苍降躲藏在南京东路，就在其住处附近布置盯梢，严密监视，并继续侦查，发现仅有曾 × 丽、李 × 姻二人。虽然暂时失去其踪影，但国民党治安人员认为李苍降早晚会回来探望，仍然日夜监视，不敢懈怠。不出数日，李苍降果然返家，埋伏在近旁之人员立刻展开行动，李无还手余地束手就擒。

曾碧丽：一九五〇年元月十八日晚上，苍降说有事要出门两个礼拜。我和他那不识字的大姊（三十几岁）在家。八点多，我正在洗头发，苍降从外头回来说要赶快搬家。但不到半个钟头，我和苍降及大姑三个人就同时被“保密局”特务逮捕了。原来我们已被监视两个多星期了。当时，我身怀六甲，他们在屋里翻箱倒柜地搜查的时候，我就告诉他们我离预产期仅剩一个多月。他们回我说等到要生的时候会再把我送回来。结果，我什么东西——包括婴儿服——都没带，就被抓走了。

在“保密局”，我被关进应该是大人物待遇的独居房。我的精神压力很大，我不但没有因为即将临盆而被善待，反而被严酷审问；可我也不知道要说什么。因为我怀有身孕禁不起打，他们就把我的长发绑成一条长长的辫子，然后吊在半空中刑问。他们实在没常识，不知道这样吊会让我“胎盘早期剥离”。结果，刑问结束，我被送回押房，当晚，下体就开始流血。我虽然当过护士，但因为头一次怀胎，没有经验，也不知道情况会有多严重。第二天，血流不止，我整天肚子痛，吃不下饭。第三天早上，狱卒来劝我，说我有孕在身，不吃点东西不行。他说完话，看到牢房的地上都是血，就赶快通报上级。可是，他们大概是不敢把我送到外头的医院治疗，就把我搬到审问室，然后叫来一个军医和一个护士帮我接生。他们一直叫我用力，但我没吃东西，没有力气；他们只好用剪刀剪开。婴孩终于出来了，但不会哭；过了一阵子，也许是人工呼吸的作用吧，终于哭了。我听到婴儿的哭声就昏过去了。

本来，像我这样的情况应该必死无疑的，但天可怜见，我和被迫早产的女儿竟然都奇迹似的活过来了。俗话说“夫妻本是同林鸟”，可让我至今仍难以理解的是，就算我先生是个“无恶不作的匪徒”吧，像我这样一个有孕在身的弱女子，难道也罪大恶极到必须承受这种惨无人道的待遇吗？

我怀孕时，苍降已经和我讨论决定，如果生男孩叫什么名字，若是女孩则叫什么名字。后来，我跟刚出生的婴孩要被送到连云街李淦的家暂住。他们也让他来看婴孩，他抚摸着小婴儿的头说，就叫黎红吧。

李淦毕业于东京大学农经系，事件发生时担任合作金库研究室主任；因为潜逃在外，他太太及三男一女都被特务监视；也因为他太太前两年刚刚生下最小的女儿，所以那里有一些婴儿的衣物可以使用。我大姑也同时被叫去那里。他们每天给她二十元买菜，煮给包括两个监视特务在内的我们吃。小孩满月后，我想回南京东路的住处拿先前准备好的婴儿服，就抱着婴儿，由大姑陪同，走回去。到了那里，人家告诉我，那栋房子已经是“保密局”特务头子谷正文的老婆在住了。我们于是又折回连云街。

在连云街住了三个月后，我和大姑及婴儿又被送回“保密局”

关押。在那里，两坪左右的押房，关了十几个人。我也遇到了婶婶严秀峰，她看到我吓了一跳，这才知道我们也被抓了。我后来听一些曾经在“保密局”和苍降同房的难友告诉我，苍降在那里遭到比我还残酷得多的刑讯。他们甚至用尿和灰水灌他。他被刑得需要人搀扶才能走出去接受审讯。为了扩大办案成绩，侦讯特务劝他说蔡孝乾都说出来了，他只要说几个重要人物出来，就不必被刑得这样厉害。然而，他始终没有答应。听说那时已经是五六月了。

十、战争台风与讯问笔录

一九五〇年三月下旬，“国防部总政治部”设立；蒋经国担任“主任”。五月十三日午后，他便以此身份在“政府发言人”沈昌焕举行的中外记者招待会上大声疾呼：准备应付“战争台风”，人人提高警觉性，做“政府”的耳目。他同时宣称，“国防部”已将共产党在台领导机构“台湾省工作委员会”破获……并且正在进行彻底肃清潜伏在台湾的共产党力量。

蒋经国：匪第三野战军司令员陈毅曾于四月二十二日在上海江湾总部召开华东军事会……决定在五月间以海空军协同陆军同时进犯舟山、金门两地。同时根据匪俘身上所搜集的匪方文件看来，匪确实正在积极集中兵力，企图进犯台湾……打不打台湾是敌人的事；但是一定要消灭敌人却是我们的事。今天我们不但不怕，而且希望敌人早日来打；因为我们可以趁这个机会，来获得在台湾消灭敌人主力，再进攻大陆的战略胜利。……我们坚决相信匪来十万就会被消灭十一万，来二十万就会被消灭廿二万……台风是一种天然的灾害；但是只要天文台预告台风什么时候到来，那么，家家户口（户）都可准备应付台风。哪怕它是一种很大的天灾，但因我们知道它，所以可以防制它的灾害，台风过去了，大家又照常地在和煦的阳光下生活和工作。今天我们要说：“战争台风”一定会来的；但是这个“台风”像天时台风一样的，吹过之后，太阳仍会重现的。

五月十四日，《“中央日报”》头版头条全文刊载了蒋经国在这场记者会的谈话。同时又在头版二条醒目刊载了蒋经国宣布的共产党台湾省工作委员会秘密组织破获经过及政治部公布的“勒限中共党徒自首”办法与“脱离共产党誓书”表格，以及“破坏四匪首（蔡孝乾、张志忠、洪幼樵、陈泽民）的简历”与照片。在第四版更刊载了蔡孝乾等联名发表的所谓《告全省中共党员书》：

> 全省中共党员们！现在全省的组织已全部瓦解，各级的领导机构已停止活动，绝大多数的党员干部正在等候政府当局的处理。但时至今日，还有部分干部和党员，畏罪逃亡，深受颠沛流离的痛苦。我们……愿最后以台湾省工委的资格，对全省中共党员进一忠告，希望大家立刻依照政府规定的自首办法，自动交出一切组织关系，以迅速终结整个案件，而澄清台湾的社会局面……

全省匪黨組織瓦解
蔡孝乾陳澤民等告黨徒
希望大家立刻自首

1950 年 5 月 14 日，《“中央日报”》蔡孝乾等联名发表的所谓《告全省中共党员书》

六月一日，“保密局”侦讯与李苍降有组织关系的板桥朱内外科医院医师朱耀珈。

朱耀珈：我是于一九四八年一月经林如堉介绍在台北市参加共产党。我参加后初由林如堉领导……林如堉被捕后，上级改派李苍降来领导我。一九四九年十一月间，将台北市双园支部交我组织及领导。李苍降因有其他工作曾断联络。

六月二日，“保密局”继续提讯与李苍降有组织关系的省府建设厅地质调查所技佐傅赖会、自营牛马车修理店的陈宇与曾任士林电工业股份有限公司驻卫警察的吕聪明。

傅赖会：我于一九四八年四月在我家中经李苍降介绍参加共产党。我入党后始终受李苍降领导，所以不知道其他关系。

陈　宇：我是于一九四九年二月在台北县三重镇经李苍降介绍参加共产党。我参加后，李苍降叫陈新得、蔡世扬和我合组支部，由我负责……到同年五月起，李苍降即未再来领导，亦未另派他人来联络。

吕聪明：我是于一九四九年七月由杨成吴介绍在双园入党。我参加共产党组织后，是归李苍降领导，约每半月开会一次……初期要我等宣传民间囤积粮食，响应共产党军队登陆及设法保护工厂，十二月以后李即他去……我曾见过李苍降找过士林电工业股份有限公司工员沈招槟（廿七岁，台北人，住士林工厂），李也对我说“他有事须到士林”即可测知。

六月三日，“保密局”又再提讯与李苍降有组织关系的太懋文具店同事杨成吴、士林电工公司工员沈招槟与在双园耕农的潘水柜。

杨成吴：我于一九四八年曾在永乐町太懋文具店服务，时有同事李苍降曾相处三个月，后分别离店。他曾到我家访我。至一九四九年十一月廿八日，他才向我取去自传，参加共产党组织，归双园小组联络。我参加后由李领导。我参加小组会三次，讨论土地问题。李曾取书一本及《观察》刊物等与我阅读，但他都已收回。起初他来找我时，我曾介绍吕聪明、潘水柜与他认识。我加入后才与他们成立小组。一九四九年十二月我曾见一姓陈者来联络，云李将在双园赁屋，因租金问题未获成功。

沈招槟：一九四八年秋，吕聪明曾带一李姓者来厂参观，并介绍认识。一九四九年十月，李来调查厂内生产情形，并邀我参加共产党组织。我未即答应。他又续来三次。至月底，我才加入组织。我加入后，由李来联络五次，要我设法于动乱期中保护工厂及介绍新党员。他曾先后带来杂志三本交我阅读。本年（一九五〇年）一月联络即告中断。

潘水柜：一九四九年七月，我在双园时与吕聪明、杨成吴、冯万涂等人闲谈看报讨论时局，至十一月始由吕聪明介绍我参加共产党组织。我参加后即成立双园小组，以冯万涂为书记，归李苍降联络，曾取书本一本与我看，叫我们宣传反抗地主，实行耕者有其田工作。本年（一九五〇年）一月，始由陈姓者来联络，第三次来联络时，曾云李已被捕，要我们注意。

六月十日，“保密局”继续提讯与李苍降有组织关系的台湾旅行社职员黄兆铭。

黄兆铭：一九四九年七月，我在基隆由李苍降介绍参加共产党组织。我参加后由李苍降领导，曾取杂志及辩证法唯物论等书刊与我阅读，起初每月联络两次，至十二月失联。他曾叫我发展新党员，但我工作连续调动三次，所以没有机会。

六月廿五日，朝鲜战争爆发。基于本身在太平洋地区的战略考量，美国的对华政策由原先的“放手不管”大幅转变为“阻共防台”。廿七日，美国总统杜鲁门片面宣称“台湾中立化”声明的三项方针：下令美国海军第七舰队驶入台湾海峡，阻止中共对台湾的任何攻击，要求台北国民党停止一切对中国大陆的海空攻击。台湾未来地位的决定，必须等待太平洋安全的恢复，对日和约的缔结，或联合国的考虑。

历史进程的轨道从此转变了。

七月廿七日，“保密局长”毛人凤发文台湾省“保安司令部”吴兼司令与彭副司令，事由为“基隆共匪组织匪犯锺浩东等十四名解请审判”：

> 本局破获共匪台湾省工作委员会基隆共匪组织计捕获匪犯锺浩东、李苍降……等十四名除曾碧丽供认帮助匪谍……尚未正式入党外余均供认参加叛乱组织担任匪谍工作不讳。
>
> 奉“总统”（卅九）午梗机资字第二三〇四号代电批饬移送贵部依法审判等因兹检附匪犯锺浩东等十四名卷供壹册请查收办理并将审判结果见复为荷。

七月廿九日，台湾省“保安司令部”军法处签署押字第二〇九八号“押票回证”，并以“有逃亡之虞”的理由羁押李苍降、曾碧丽及锺浩东等同案共十四人。同时也建立了该案的“审理案件卷宗”。

从目前可见的档案来看，在军法处，李苍降至少经历了两次审讯。

第一次是八月十一日，审判官陈庆粹提讯了李苍降与锺浩东、唐志堂及曾碧丽等七人。根据“讯问笔录”所载，首先出庭的锺浩东在有关李苍降部分的问答如下：

> ？你在保密局供过基隆工作委员会是你负责的吗
>
> ：是的、叫我同蓝明谷李苍降三人筹设基隆市工作委员会
>
> ？工作委员会为何组织
>
> ：正在筹备没有具体计划、是分三部分领导由我及蓝明

谷李苍降三人负责

？李苍降领导多少人

：我晓得在钢铁造船厂有四个工人是他领导的姓名不详

锺浩东之后，审判官接着点呼李苍降入庭讯问。原始笔录如下：

？姓名事项

：李苍降男廿七岁台北县人住台北县……无业

？曾碧丽是你的妻吗赖庆钟身份证是伪造吗

：是的、赖庆钟的身份证不是我伪造是上级给我

？陈炳基介绍你参加共党在何时

：卅六年十一月由陈炳基介绍入共党

？你妻曾碧丽参加共产党吗

：没有、因为我被捕她受累拘来

？你参加共产党后做何工作

：我当初与林如堉等成立一个支部被破获后我们逃亡约经过半年多至卅八年四五月由一位外省人姓李的介绍到基隆与锺浩东联络锺说要组织基隆工作委员会由我锺蓝三人分别领导

？你们基隆工作委员会何时被破获

：卅八年九月底十月初被破获的、我逃亡后至今年一月十八日才被拘

？你所领导的有哪些人

：我所领导的有许省五、而许省六是许省五领导的、蔡新兴是我领导的、江支会是外省人姓李介绍给我领导、唐志堂是我领导、张国隆是外省李介绍给我但还没有参加、因张与外省李只是朋友

？萧志明王荆树是否蓝明谷领导的

：我不晓得、因为各人各有领导的人

？杨进兴蔡秋土你领导他们吗

：我不认得他们

……

紧接着，出庭的是汐止军民合作站书记唐志堂，他在有关李苍降的部分问答如下：

？你是受李苍降领导的吗何时参加

：是的、卅七年七月参加

？你参加后有何活动

：李苍降拿反动书籍给我看、叫我尽量吸收党员、我只吸收李三才一名

？你在保密局供过你上级叫你做的七点事你做了吗

：1. 教我阅读反动书籍吸收李三才 2. 加强学习 3. 亲近军官、为军官卖武器应报上级收买 4. 调查汐止镇附近地形 5. 调查矿工状况 6. 调查佃农地主情形 7. 接近群众宣传、但是我都没有做、这是上面指示的一种方式我是不敢做的

然后是李苍降所云“外省人姓李介绍给我领导”的“驾驶兵”江支会：

？你何时参加共党

：卅七年八月参加

？你受何人指挥

：李苍降

？你们同道被送来的十四名中你认识几人

：我只认识李苍降一人其余不晓得

？你在何地参加共党

：参加时在台北、联络时在基隆、我只是口头答应参加

最后一位出庭的是廿二岁的曾碧丽：

？你丈夫叫何名字

：李苍降

？你何时与他结婚

：卅八年四月

？他叫你参加共党吗

：没有

？他对你宣传共党情形吗

：他只拿唯物论给我看而已、没有对我宣传、但也没有参加

？你帮你丈夫做何共产党事情

：没有

？你有几个孩子

：只有这个女孩子现在六个多月、在保密局时生产的、我因用刑太利（厉）害未满十月生产

？你还有什么话说

：我身体衰弱我孩子有病请使我保外治疗

第二天，也就是八月十二日，审判官陈庆粹又提讯了与李苍降有组织关系的许省五等三人。根据“讯问笔录”所载，与李苍降有关的内容如下：

许省五，卅一岁，在基隆市开广告店，一九四九年一月，在台北市火车站经由周耀璇介绍参加共产党，然后由李苍降与他联络。李苍降介绍林天河给他认识，林天河再介绍他的朋友阮红婴、杨进兴、蔡秋土三人与他认识。一九五〇年五月十五日被捕。

许省六，廿九岁，在基隆市开广告店，听李苍降（化名姓林）说共产党好，于是在一九四九年夏天，经由其兄许省五介绍，在家里入党。

张国隆，廿六岁，基隆市的杂货商，一九四九年四五月，在码头做

买卖时认识想要与他共同做生意的李苍降（化名姓陈）；他说他是小本生意很苦，所以没有合作。

八月十三日，审判官再提讯王荆树、蔡新兴、杨进兴与蔡秋土等四人，其中与李苍降有直接关系的是任职基隆水产公司仓库职员的蔡新兴。

根据“讯问笔录”所载，蔡新兴的供词指出：一九四九年七月廿九日，李苍降在基隆火车站介绍他参加共产党，供给他共产党书籍，要他研究，并要他吸收党员；但他并未吸收党员。李苍降曾经要介绍一位姓邱的台中人与他联络，但他不知道此人的真实姓名。他公司的工作很忙，所以绝对没有为李苍降做过调查或宣传的工作。

八月十五日，审判官又再提讯李苍降、王荆树、许省五、杨进兴、蔡秋土等五人。其中，并安排杨进兴与蔡秋土、王荆树与锺浩东互相对质。李苍降原始的“讯问笔录”如下：

？你是李苍降吗
：是的
？你晓得王荆树是共产党吗
：我不晓得
？蔡新兴是你领导的吗
：是的
？杨进兴蔡秋土你领导的吗
：我不认得这二人、不是我领导
？林天河你认得吗他与你联络吗
：不认得、没有联络

十一、军法处第二法庭的会审

八月廿一日，上午八点，台湾省“保安司令部”军法处再将李苍降、曾碧丽与锺浩东等同案共十四名提讯，由审判长陈庆粹与两名审判官周咸庆和颜忠鲁共同在该处第二法庭会审。其中，与李苍降有关的内容，原始的“会审笔录”摘录如下。

一，点呼锺浩东入庭：

？你所领导的有几个支部

：卅七年八月间领导基隆中学支部卅八年七月间与蓝明谷李苍降筹组基隆市工作委员会

二，点呼李苍降入庭：

？你在基隆工作委员会时吸收哪几个人

：我吸收唐志堂等五名

？你还领导新民主同志会及台湾解放同盟会吗

：我只有参加二个团体并非我领导

？和尚洲小组双园支会士林电厂地质研究所各小组是你领导吗

：是的

？你曾经叫唐志堂与军界人接近收买枪械

：没有此事、我只叫他对本地情形要调查研究

？你还有领导其他团体吗

：还有台湾旅行社姓黄的、还有一位姓朱在台北延平北路周皮肤医院当助手

……

三，点呼唐志堂入庭：

？你是李苍降领导的吗

：是的

？李苍降叫你做何工作

：叫我读书学习、接近军界人员、倘有出卖枪械时要报告上级收买、吸收党员、调查地质

？你有什么最后陈述

：我所说的上级叫我做的事、但是我没有实行请庭上明察

四，点呼李苍降入庭与唐志堂对质：

？李苍降、你曾经叫唐志堂联络军官、调查佃农田主情形、吸收党员、研究学习吗

：我叫他教育党员、吸收党员、自行学习、对汐止镇佃农田主情形要调查、接近军官及时收买枪械事我没说

？唐志堂、他的话你听见吗对不对

：他说的对的、买枪的事或许是我自己想的

五，点呼江支会入庭：

？李苍降叫你做何工作？叫你吸收党员吗

：没有叫我什么事、也没有叫我吸收党员

？你在保密局说李苍降叫你多多〇〇朋友吸收党员、调查基隆情形及〇兵吗

：我没有说这些话

六，点呼蔡新兴、许省五、许省六、阮红婴入庭：

（蔡新兴）

？你是李苍降领导的吗何时入党

：是的、卅八年七月底

？你为李苍降做过什么工作、有无叫你吸收党员

：没有、他叫我吸收党员、但我没有做

（许省五）

？你受李苍降领导吗？何时入党

：是的、卅八年一月

？你为他做过什么事

：我吸收许省六一人

（许省六）

？你是受李苍降领导吗、何时入党

：是的、是去年暑天入党

？何人介绍入党

：许省五

（阮红婴）

？李苍降领导你吗

：不是、我是林天河领导的

七，点呼王荆树、杨进兴、蔡秋土、萧志明入庭。

八，点呼曾碧丽、张国隆入庭：

（张国隆）

？你与李苍降认识

：我认识他是姓陈、只与他见面五次

？他叫你参加共党

：他说现在时局很坏问我要不要参加组织、但我说我不管此事、也没有问他是何组织

？你为他做过什么事吗

：没有

（曾碧丽）

？你丈夫叫什么名

：李苍降

？你丈夫是共产党你晓得吗

：我在被捕前一个月才晓得、我因跟他搬家来台北看到他写抄共党书籍才晓得、我曾劝他不久就被捕了

？你丈夫是共产党何以不报告“政府”

：我看报对共产党〇〇甚严、我不敢向“政府”报告、只劝告他、又是夫妻关系

？你还有什么话说

：没有

九，点呼锺浩东、李苍降、张国隆入庭：

（李苍降）

？家里有几个人

：母一、妻一、女一、弟二、弟妇一、侄一、妹一

？你有无产业

：有四分田是我大弟弟特有财产、其他没有产业

？张国隆有无参加共产党

：没有、因为他对于政治不感兴趣所以我放弃他

（张国隆）

？张国隆、你的确没有参加吗

：绝对没有参加

会审结束了，锺浩东、李苍降等十四人又被还押。

审判长陈庆粹与两名审判官周咸庆和颜忠鲁，以及书记官洪源盛，随即在军法处会议室召开该案评议会。

“锺浩东等案评议录”原文如下：

报告（略）

评议结果　锺浩东李苍降系台湾共产党匪要广收党员图谋不轨应处极刑唐志堂江支会蔡新兴许省五许省六阮红婴王荆树蔡秋土萧志明杨进兴均依参加叛乱组织罪论唐志堂江支会情节较重萧志明杨进兴情节较轻曾碧丽张国隆应依检肃匪谍条例论处

主文

锺浩东李苍降连续共同以非法方法颠覆政府而着手实行各处死刑各褫夺公权终身全部财产除酌留其家属必须之生活费外各予没收

唐志堂江支会共同参加叛乱之组织各处有期徒刑十五年褫夺公权十年

蔡新兴许省五许省六阮红婴王荆树蔡秋土共同参加叛乱之组织各处有期徒刑十年褫夺公权五年

萧志明杨进兴参加叛乱之组织各处有期徒刑五年褫夺公权三年

曾碧丽张国隆明知为匪谍而不告发检举各处有期徒刑一年

十二、判决

八月二十二日，台湾省“保安司令部”军法处审判长陈庆粹，审判官周咸庆与颜忠鲁，根据“锺浩东等案评议录”，草拟完成该案判决书：

被告　锺浩东 男 三十六岁 高雄县人 住基隆中学宿舍 业前基隆中学校长

李苍降 男 二十七岁 台北县人 住…… 无业

唐志堂 男 二十六岁 台北县人 住汐止镇…… 业军民合作站书记

江支会 男 二十四岁 新竹县人 住…… 业准尉驾驶兵

蔡新兴 男 二十六岁 台北县人 住基隆市…… 业基隆水产公司仓库职员

许省五 男 三十一岁 基隆市人 住…… 业广告店

许省六 男 二十九岁 基隆市人 住…… 业广告店

阮红婴 男 二十三岁 台北县人 住…… 业基隆造船厂工人

王荆树 男 二十九岁 高雄县人 住基隆卫生院宿舍 业医师

蔡秋土 男 二十四岁 基隆市人 住…… 业基隆造船厂工人

张国隆 男 二十六岁 基隆市人 住基隆…… 业杂货商

杨进兴 男 二十七岁 基隆市人 住…… 业基隆造船厂工人

萧志明 女 二十九岁 广东梅县人 住高雄县…… 无业

曾碧丽 女 二十三岁 基隆市人 住台北县…… 无业

右列被告因犯叛乱罪一案经本部判决如左

主文

锺浩东李苍降连续共同意图以非法方法颠覆“政府”而着手实行各处死刑各褫夺公权终身全部财产除酌留家属必需生活费外各予没收

唐志堂江支会共同参加叛乱之组织各处有期徒刑十五年褫夺公权十年

蔡新兴许省五许省六阮红婴王荆树蔡秋土共同参加叛乱之组织各处有期徒刑十年各褫夺公权五年

萧志明杨进兴参加叛乱之组织各处有期徒刑五年各褫夺公权三年

曾碧丽张国隆明知为匪谍而不告发检举各处有期徒刑一年

事实

锺浩东李苍降均系台湾著名共产党员锺浩东曾领导基隆中学总支部李苍降曾参加“新民主同志会”“台湾解放同盟”及领导和尚洲双园支部士林电厂地质研究所各小组三十八年七月间由奸党上级派往基隆与在逃之蓝明谷组织基隆市工作委员会以锺浩东为书记蓝明谷李苍降充工委发展群众吸收党员……李苍降所吸收者计有唐志堂江支会蔡新兴许省五许省六等五名均经训练指示活动……本年六月间经“国防部保密局”破获连同尚未参加之党员张国隆曾碧丽二名一并解送本

部审理合予判决

理由

本案被告锺浩东李苍降对于与在逃之蓝明谷主持基隆市工作委员会及领导基隆中学总支部新民主同盟会台湾解放同盟和尚洲小组双园支部士林电厂地质研究所各小组发展群众吸收党员之犯行业经自白不讳核与在保密局初供无异……李苍降所吸收之党员唐志堂江支会蔡新兴许省五许省六五名亦均供认不讳互相参证又与事实相符自堪采信查该被告等竟敢连续密结匪徒且有指示被告唐志堂接近军官收买武器调查地形以备奸匪登陆策应等情其共同意图以非法方法颠覆政府而着手实行已无可疑实属罪无可逭自应处以极刑以昭炯戒……被告张国隆曾碧丽虽尚未加入奸党组织然均知李苍降为匪要而与之接近并不检举亦属触犯戡乱时期检肃匪谍条例罪证明确应予依法论科案关叛乱均有褫夺公权必要被告锺浩东李苍降之全部财产除酌留家属必需生活费外依法均予没收

据上论结除蓝明谷林天河锺国辉俟获案另结外合依“戒严法”第八条第二项战时陆海空军简易审判规程第二条第一项末段第八条修正惩治叛乱条例第二条第一项第五条第十条第十二条第八条第一项戡乱时期检肃奸谍条例第九条刑法第一百条第一项第二十八条第三十七条第二项第五十六条第五十九条第六十六条第七十三条“刑事诉讼法”第二百九十一条前段判决为主文

判决书草拟之后，审判长陈庆粹随即呈送台湾省“保安司令部”军法处长包启黄，并附便条说明：

本案系“国防部保密局”奉“总统”（卅九）午梗机资字第二三〇四号代电发交本部审判兹已审判终结应否先向资料组征询意见敬请核示

八月廿八日，包启黄“核判”了该判决书。

八月廿九日，台湾省“保安司令部”以兼司令吴国桢与副司令彭孟缉的名义，将“锺浩东等叛乱案卷判”发文“总统府”机要室资料组。

九月二日，“总统府”机要室资料组电复台湾省“保安司令部”：

> 本案既经依法拟判本组无意见相应检还案卷二宗判决原本一份复请查照为荷

九月九日，台湾省“保安司令部”再将“锺浩东等叛乱一案罪刑”卷判呈奉“国防部”批示。

九月廿一日，“国防部”参谋总长周至柔批答：

> 核准锺浩东等叛乱一案罪刑
> 希知照并将执行锺浩东李苍降二名死刑日期具报备查

九月廿九日，“参谋总长”周至柔再将“保安司令部”检呈的“锺浩东等叛乱一案卷判”，“签请蒋鉴核示遵”。

十三、与妻诀别书

十月二日，在狱中狭窄的押房里，早就对自己的结局有所觉悟的李苍降给曾碧丽写了一封不见得寄得出去的“与妻诀别书”：

> 亲爱的贤妻：我记得我们相识的时候是一九四八年初春，从此，除夏季你去南京一二个月间暂别之外，我们都过得很甜蜜。你还记得草山之行、狮头山之游及礁溪之游否？那时我们是何等的快乐，呼吸着山间新鲜自由的空气。至一九四九年春，我们排除万难，才能设法筹备费用结了

婚。婚后虽在经济困苦的压迫下挣扎，却因我们精神上的互爱、了解而过得甚快乐。到海边钓鱼拾蛤的快乐，尚历历在眼前。后亏你奉职维持家计，稍得宽畅。但好景不常（长），旋因你养母逝世而往罗东。未几，更接着基隆中学的事件，不得不开始避难流浪的生活，东奔西走，几个月都不得安居。那时你已怀胎，累得你太苦了。后得住南京东路，想从此可暂安居了，不料更住不到两个月而发生这惨情。姊姊、你、我都同时被捕，从此我们快乐的生活更被迫结束。那时适在你生产之前，这个打击及保密局的扣（拷）打，使你身体受不起（而）早产小儿黎红；又你在产褥中更被抛打以致衰弱得疾。你为了我勇敢的（地）忍受着扣（拷）打而不漏一言，又勇敢的（地）忍受着监狱生活的苦楚，且虽有病，身体衰弱，物质困难，你却慈爱地勇敢地保养了小儿黎红。这些都是我感谢不尽之处。现在我将被迫不得不永远离开你的身边，此时我有几句话要向你说明。

一，回忆我们相识至今这一年半的期间，及结婚以来的这一年半，你都时常感觉满足、愉快、感谢的念。综合我们两（俩）之间的事，我实际亏负你的事太多了。你时常帮助我，原谅我的不对，我却不但没有帮助过你，使你安居，且累你受这大难，你却能勇敢地忍受，对我毫无怨心，这些都让我时常感觉对不起你，感谢你，你实在是我最好的伴侣了。我能找到你，这是我生平最感幸福的了。我绝不希望你，为我的死而悲伤，影响你的健康而使我难过，我望你加强气力快些回复你的健康，坚决地继续我的意志，做我未能去做的事业，这是你能给我的最大的安慰了。

二，对你的前途，我希望你能自辟前途，自择良配，不要拘束我，不要拘束旧封建礼教的束缚。你是一个有自主、能力、勇气、学识的女性，我相信你定不会为了这些而束缚自己的前途。你也曾对我说过，发见你比其他各地的女同志都有学识、进步。我相信你如勇敢地去争取开辟前途时，定会发见你的前途是远大光明的。这也是真真我所希望、所期待着的哪。

三，关于小儿黎红的事。她生在狱中，长在狱中，在苦难中挣扎生长起来，因此对她甚觉怜悯，一面也对她很期待能比别儿长得贤明有用。我不希望她做一个娇柔软弱的女郎，而希望她做一个刚毅能干的新时代的模范女性。这也须全依靠你的管教了。虽如此，但我绝不希望你因为有小儿而耽误你的前途，如发生这矛盾时，小儿可交给托儿所，而毫无犹豫地前进你的路。

四，家庭的事。

a. 我家赤贫，我们被捕后定要为维持生活而向亲戚告贷。关于这些负债，或将来家族生活发生问题时，请你将此情详告组织，请求帮助。

b. 我等来军法处后，屡蒙大姑、二姑、三姑等之爱顾，不胜感激，你如有机会请代我致谢，并安慰他们。

c. 你的亲父、养父母、张义母等，代为我致意。

d. 给妈妈、姊姊、弟妹的遗言已写好，放在枕头套内，请你将枕头送回，并对他们说明，拿出来看。

五，我的后事已详细托在（给）同室的几位同志，请你将来详问他们。

这几天真紧张极了。这正表示着时局的紧张及光明的将来临。这是生产前应有的阵痛。我不怕死，许多同志都笑着脸勇敢地赴死了。我们的死将还有些意义！

1. 有许多同志因受蔡孝乾的发表文告、广播的影响而自堕志气，甚至有一部分人更轻视、蔑视组织，对这些人，我们的牺牲将能给一个血的教训，鼓舞他们的志气，加强他们的警觉心、斗争心及心（信）念。

2. 自蔡孝乾的发表文告、广播而使一般人民对我们的组

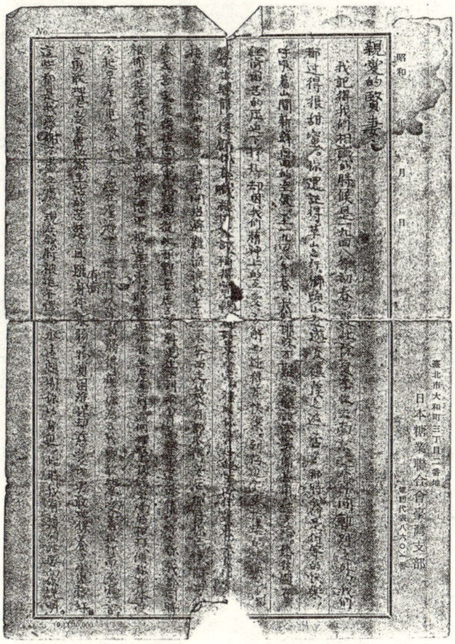

親愛的賢妻：

昭和　年　月　日

臺北市大和町三丁目一番地
日本糖業聯合會臺灣支部

1950 年 10 月 2 日，李苍降给曾碧丽写诀别书。图为作者抢救回来的被水淹过的原信复印件

织发生误会及轻视。我们的牺牲将对（在）人民眼前提出血的反证，使人民了解，蔡孝乾所做的事乃是他个人该负责的，并不是组织全体的责任，我们的组织虽遭破坏，但大部分乃是有骨头的。

3. 对尚未遭破坏、被捕的同志，即能提高他们的警觉心、斗争心。

末了，“冬天有凄凉的风，却是春天的摇笼（篮）”。我们的牺牲是光明前难免的事，你不必为我的死而过度悲伤吧。谨留数言，顺祝您及早回复健康，永远快乐。

十四、枪决与领尸

十月四日，蒋中正以“总统府”代电指示“国防部参谋总长”周至柔：

查本案被告唐志堂系于民国三十七年参加共匪组织据供

且有吸收党员之活动恶性重大核其犯罪情节与仅消极地参加叛乱组织之情形不同除唐志堂一名应以共同意图非法方法颠覆政府而着手实行改处死刑并没收财产外余均准照签拟办理可也

十月六日，“参谋总长”周至柔电告台湾省“保安司令部”：希遵照“总统”核示改判，并将执行锺浩东李苍降唐志堂三名死刑日期具报备查。

十月十四日，上午六时，省“保安司令部”军法处将锺浩东、李苍降及唐志堂三名各提庭宣判，验明正身，发交宪兵绑赴马场町刑场。六时三十分，执行枪决。李苍降得年廿六岁。

颜世鸿：我是台南人，日据台南二中毕业，一九四六年进入台大医学院就读。一九五〇年六月廿一日清晨，我因为“参加台大医学院学生支部”而在学校宿舍被捕；廿四日被送往“保密局”；九月二日转往“军法处”。

在“军法处”，我被关在A区第十房，李苍降和一起被枪毙的基隆案的锺浩东校长、唐志堂都关在B区。我那时候的眼睛很好，所以每位被带出去的人的表情都有看到。

我听说李苍降很早就被逮捕了，但是任凭怎么用刑都刑不出口供。后来，蔡孝乾被派去劝李苍降，他说：“说出来没要紧，只三个月的感训而已。”其实这也是事实。最早被抓去的成功中学和台大法学院的一部分人就是被送到内湖“新生总队”，大概感训了六个月、一年之后就放出去了。不过，那是“惩治叛乱条例”还没有出来的时候。李苍降看到蔡孝乾也被抓来，心早就凉了一半，又听他这么说，所以才供出属于他的组织名单。也就因为这样，李苍降被判死刑。

他们三个被带出来时，我看见李苍降的手被手铐铐住，但还没有被绑起来（到了法庭他们才会被绑起来，然后在背后插上那支“传统文化”的旗牌）。当时，李苍降的太太也被关在楼上。李苍降还以手向他太太表示再见。我想她应该也有看到他被带出去枪决吧。

曾碧丽：我被送去“军法处”的时候，家里的人就把已经七个月大的女儿领回去。在“军法处”看守所，如果当天有执行枪毙，清晨五点多，就会把押房的窗户关起来。所以，每天早晨，住在楼下男生押房的苍降，都会利用放风时间，假借倒马桶，让我看到他。可是那天，一直到早上七点多，我都还没看到他出现。我就知道，他一定是被枪决了。

许训亭：我是看到报纸才知道苍降被枪决的消息。那时，我已经从市政府转到大同中学当会计主任了。那天早上，我在办公室看报，无意间看到苍降被枪毙的报导，说他是基隆负责人。我很震惊，马上打电话回家。我母亲听到后，哭得非常伤心。

李苍炯：大哥在狱中曾经写信回家，要家人不要寄太多菜，但要多寄一些不容易坏的菜脯和小鱼干。他枪决时，我还在跑路，后来听说，是二哥和表弟去马场町收尸。母亲的伤痛当然无法形容。

十月十五日，台北《“中央日报”》及其他各报都根据“军闻社”提供的通稿报导了李苍降三人被枪决的消息。

十月十六日，李苍土花钱请代书写了题为“呈为民兄李苍降犯案业已处以枪决之极刑请予其尸体俯赐领回籍以安置由”的领尸申请书，“谨呈军法处公鉴”。

李苍土：窃民：李苍土，年廿五岁，住于台北县……缘因民兄：李苍降乙名，岂料犯案经审，已受极刑之宣判，嗣于本年十月十四日清晨，业已执行枪决，闻讯之余，不胜恐骇，殊感抱愧，惟民为兄弟手足之情，怨其行为，莫怨其死，窃思应将其尸体领回，以便安置，为此谨将沥情具文恳请钧长察核，体恤下情，将民兄李苍降之尸体，准予领回，籍以埋葬，实所厚望，不胜

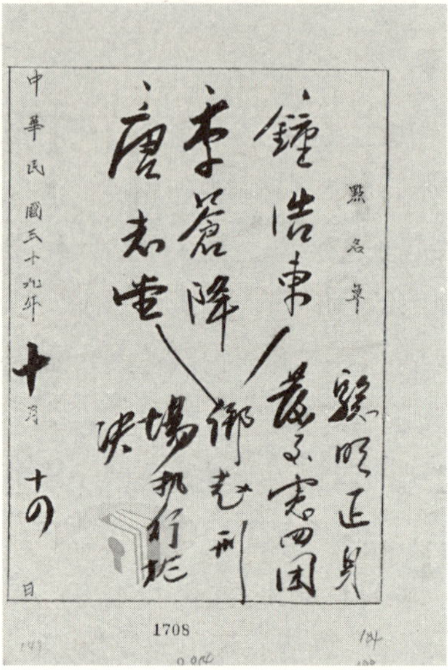
中華民國三十九年十月十四日

點名單

鍾浩東
李蒼降
唐志堂

驗明正身
發交憲四團
押赴刑場執行槍決

1708

点名单

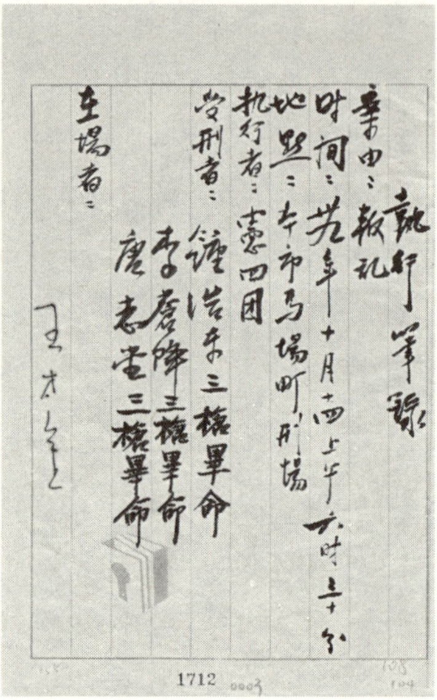
執行筆錄

事由：執行

時間：本年十月十四日上午六時三十分

地點：台北市馬場町刑場

執行者：憲四團

受刑者：鍾浩東三槍畢命
李蒼降三槍畢命
唐志堂三槍畢命

在場者：

1712

宪兵队长的执行笔录

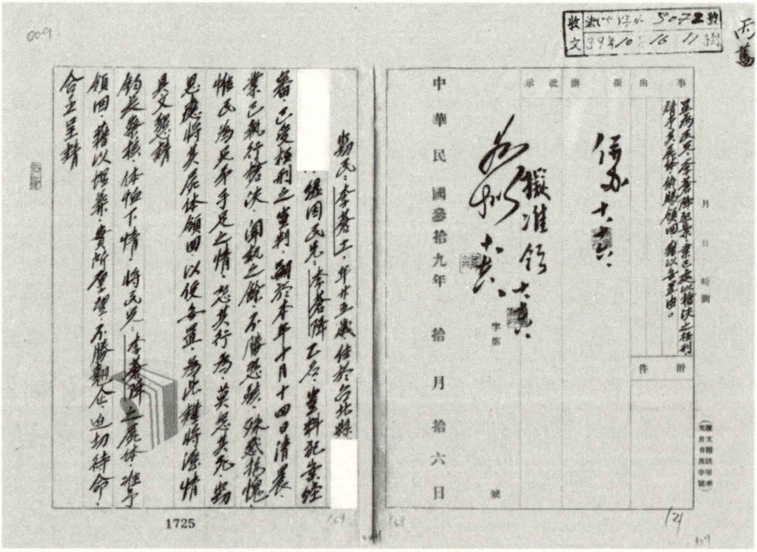
1725

1950 年 10 月 16 日，李苍土花钱请代书写的领尸申请书

翘企，迫切待命，合〇呈请鉴核，实感德便。

十月廿三日，台湾省“保安司令”吴国桢向“国防部参谋总长”周呈报：

> 遵于十月十四日上午六时三十分将叛乱犯锺浩东李苍降唐志堂三名提庭宣判验明正身发交宪兵第四团绑赴马场町刑场执行枪决据报该犯等各中三枪毙命

十一月一日，“国防部参谋总长”周至柔将台湾省“保安司令部”所报“执行锺浩东等三名死刑日期”转报“总统”蒋“鉴核备查”。

十一月四日，“总统府”驻“国防部”联络室主任傅亚夫电告“军法局”：“总统”蒋批示“准予备查”。

十一月十四日，“国防部参谋总长”周至柔电告台湾省“保安司令部”：“总统”蒋批示“准予备查”。

十五、幸存者的感言

徐萌山：在我心目中，李苍降是一个有思想，有理想，政治水平高，有分析能力的台湾优秀青年的典型。他是有钱人家的子弟，要做国民党的官很容易，却积极主动地投入了这场新民主主义革命。这是很难得的阶级觉悟。他若离开台湾，就没事了。可是，他却坚持留下来，战斗至死。

许训亭：一个好好的人竟然被抓去枪毙，一颗子弹就没了，很没彩。我想到就很不甘……

李薰山：我经常想，如果我和林如堉在被捕以后就供出李苍降和李登辉的话，李登辉就不可能有后来的地位，李苍降也不会被枪毙吧。

李登辉：我想他（李薰山）说的可能很对，这段话很心适。新民主同志会成员被掠去的人只有三人，当时我和李苍降已经离开同志会，他们没有说出我们的名字，我们不是这个会的人，他们只讲自己会里的人，这是很巧妙的所在。可能当时特务也不知组织里有几个同志，他们只问被掠的几个人的事情，所以他们也没讲出李苍降和我。

所以李薰山说如果他和林如堉把我和李苍降供出来，不知道我们两人会变怎样，他说的真对……每次他们来掠人我都会紧张，这个问题拖到一九六九年，晚上没一日安心睡觉，都不知何时会怎样，对未来不确定。我当时不知道为什么他们没有来掠我，我相识的人都被掠去了，有的人还被枪毙。

一九六八年我从康奈尔回来，一九六九年警总叫我去，这是第一次，也只有这一次，也是问新民主同志会这个案件……他们……只问我这一件事情，问同志会里谁怎样……他们叫我慢慢想，光想这个新民主同志会的事……他们把我拘留起来，把我放着，有时间就来问，疲劳轰炸，用这种方式约谈，中间也让我吃饭。他们的问话是慢慢“挤”，让你去想。我问他：“究竟你是要问我什么事情？”他们不告诉我，要我自己讲。我那时候没有想什么，只是把“新民主同志会”的经过写给他们……这样被约谈七天，来来去去，后来给我一个“自新证”，说我自新了。

韩佐樑：我和李苍降后来就失联了。我不知道他去哪里，我不知道他是否被抓，也就不知道自己是不是很危险。所以，从一九五〇年年初开始，我偶尔会写点文章。一开始，我是通过一个老乡介绍，帮本来在杭州搞工运逃到台湾后办《中国劳工》的钱江潮写些关于工业安全、劳工训练的稿。我一直坚持用本名发表，我希望李苍降可以看到我的文章而主动与我联系。我想，如果他还没有被抓，我也就很安全。但是，十月十五日，我在《“中央日报”》看到他被枪毙的报导了。我心里很难过，反复回想着从杭高认识他到失联前的一幕幕。因为过了一阵子我都没出事，所以我知道没有事了，就决定去芦洲，看一看伯母，也给他上了香。然后，我就遵照他最后同我说“最好是离开”的交代，离开水湳洞的金铜矿物公司，再度四处流浪。一九七〇年九月廿二日，我在中油炼油厂任职期间，因为申请出国被挖出过去与李苍降的关系而被捕，并以“参与叛乱组织”罪名，判处十年有期徒刑、褫夺公权五年。

十六、艰难的余生

曾碧丽：苍降被枪决那天，早上八点多，我和其他同案十几个人也在“军法处”看守所开庭判决。结果，我被判有期徒刑一年。我头低低的，没有流眼泪。法官问我有何感想，我就对法官说我不服。法官就说我“知情不报”。我反驳说，我不知道这些事情，如果知道，我可以劝他，可是夫妻一等亲，我怎么可能去举报他呢？

判决以后的十月廿四日，我在看守所收到“军法处”传达兵送来的判决书。十月三十日，我又被移送到台北监狱关押。

大哥李苍降枪决之后，十月三十日，李苍土又花钱请代书写了一份题为“为家境清苦母衰子幼恳保徒犯曾碧丽乙名释外支撑家务事”的陈情书，呈送台湾省“保安司令部”军法处。

李苍土：窃小民是居乡下务农为业，家道清苦。因家兄不忠于“国”，死后，嫂曾碧丽被判徒刑一年。母氏年逾天命，精神萎微衰弱，俸侍无人。侄儿未及周岁，抚育无人。提孤家况凄凉之惨状，实堪令人呜咽。又兼徒犯曾氏身烦肺部结核，因家道清苦，在狱内不得十分的治疗。此恳乞钧座开恻隐之心，体恤下情，垂怜小民遭遇凄惨苦境。恳求将徒犯曾碧丽乙名准予暂为保外，支撑家务。则存没感德无涯。恳乞沥情。

曾碧丽：天气愈来愈冷了。我在被捕时所有衣物都被扣押，后来“保密局”派人还了四件，并说其余的经清查后会再归还。我身体病弱又无力购置新衣，于是在十二月十九日写了一份报告交给法官转给“军法处”处长，希望代为转询“保密局”，早日发还我的衣服。

陈庆粹：我接到曾碧丽报告的第二天，随即草拟了一份“为已决犯曾碧丽请求发还衣服请查明见复由”的稿给“国防部保密局”毛局长：

一、据已决犯曾碧丽（女）本月十九日报称“窃民于卅九年一月十八日在台北市被捕所有衣物均已扣押十一月初曾蒙保密局派员送还衣服四件并称其余衣物经清查后即可归还现天气寒冷民身体病弱且家境贫寒无力购置恳请转询保密局俾能早日发还”等情到部

二、请查明办理见复为荷

报告呈给“保安司令部”军法处处长包启黄核判允准后，由“保安司令部”兼司令吴国桢与副司令彭孟缉共同署名，发文士林芝山岩“保密局”。但“保密局”迟迟没有回复。

一九五一年元月十七日，我又以“电请将已决犯曾碧丽被扣衣服送部以便转发由”，再拟一稿，致“国防部保密局”毛局长：

一、本部（39）安源字第三二九二号代电计达

二、已决犯曾碧丽被扣衣服四件即请查明送部转发为荷

这份报告同样经“保安司令部”军法处处长包启黄核判允准后，由“保安司令部”兼司令吴国桢与副司令彭孟缉共同署名，第二天再次发文“保密局”。

在此之前，元月十五日，我曾奉命草拟了一份“希查明叛乱已决犯李苍降唐志堂有无财产具报凭核”的稿，同样经“保安司令部”军法处处长包启黄核判允准后，由“保安司令部”兼司令吴国桢与副司令彭孟缉共同署名，发文台北县警察局。关于李苍降的部分，台北县警察局长刘坚烈于元月三十日回电复请查核。

刘坚烈：据芦洲派出所警员陈永兴前往调查称：“李苍降现有弟二，妻、母、妹各一，弟妇、侄女、长女各一，全家共八口，家无财产，生活全赖其弟李苍土维持，颇为艰苦。”

曾碧丽：一九五一年一月十七日，服刑期满之后，我才出狱。我要出来时，台北监狱的教育科长问我，你对你先生的遭遇有何感想。我因为一时激动而泪流满面，然后回答说，我先生在日据时代就因为抗日而坐牢，为何祖国还要把他枪毙呢？我强调说，我先生是为了理想而牺牲，我觉得很光荣。我又说，打开历史来看，每一个时代都因有这样牺牲的人社会才会进步。那个科长

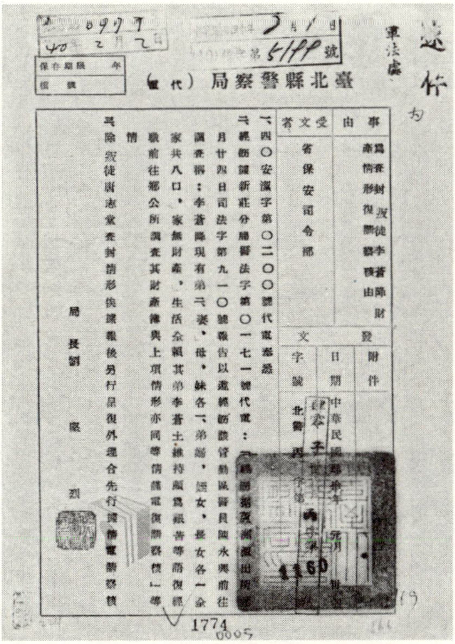
臺北縣警察局（代電）
事由：為查封叛徒李蒼降財產情形復請鑒核由
受文者：省保安司令部
一、四〇安瀛字第〇二〇〇號代電奉悉。
二、經飭據新莊分局譽法字第〇一七一號代電：「[illegible]月廿四日司法字第九一〇號報告以遵經飭該管勤區警員陳永興前往調查稱：李蒼降現有弟二、妻、母、妹各一、弟婦、姪女、長女各一，全家共八口，家無財產，生活全賴其弟李蒼土維持，頗為艱苦等情復經職前往鄉公所調查其財產俱與上項情形亦同等情據電復請鑒核」等情。
三、除叛徒唐志堂查封情形俟據報後另行呈復外理合先行據情電請鑒核。
局長劉堅烈
發文 字號：北警丙字第[illegible]號 日期：中華民國[illegible]年元月[illegible]日 附件
1774

1951年1月30日，台北县警察局长电复李苍降“家无财产”

被我吓坏了，赶紧劝我出去以后绝对不要这样讲。

许训亭：有一天，李太太抱着女儿来我家。我妻打电话给我，说苍降妻来了。我马上赶回去。见了面，我们哭成一堆，没有说话。然后伊告诉我里头的情形。伊说伊在里头每个早上看得到他……他夸女儿的头发很漂亮。我听说，伊因此而让她留到初中才不得不剪短。那次之后，李太太就不曾主动来找我了。

曾碧丽：在那人人自危的恐怖时代，我竟然成了人见人怕的人。有些不明事理的亲族甚至认为，苍降是娶了我才会有这样的下场。我的东西全被没收了，户口也被迁出去了，生活大成问题。我先生的姑姑建议我去卖切仔面。那时，刚好一年一度的清明扫墓节到了，我就担着面摊和木炭上山摆摊。虽然扫墓的人潮都会经过我的面摊，生意却很差，卖了一个礼拜，不但没赚到钱，还亏了本钱。我想，这样下去也不是办法。还好，家叔李友邦还在，我就去找他帮忙。他说我身体不好，又问我有没有什么一技之长。我说我日据时期曾被红十字会派去香港野战医院做过护士，也有证书。他于是帮我作保，介绍我去芦洲卫生所工作。

我在卫生所工作很认真，后来又被派去读“中央研究院”办的预防医学公共卫生训练班。因为我的成绩非常优秀，之后台大护校校长陈翠玉就找我去台大医学院附属医院，帮忙带公共卫生七年级实习医生和护校三年级学生的实习课。在那里，我碰到的一些了解我的遭遇的人都会热情地向我点头致意；但他们仍然不敢与我靠近。

十一月十八日，李友邦被捕。之后，警察就经常来找我麻烦，亲戚见到我更是有如见到瘟神一般，避之唯恐不及。不但是大人，连我女儿也同受折磨歧视；她在上小学时就曾被老师当众骂说“共匪的孩子”。为了生存，我百般强忍各种屈辱，可是我也不能忍到完全没有做人的尊严。有一次，警察又故意来找我的麻烦，我在忍无可忍的情况下就对警察说："你们要是不放心我这个才廿四岁的女性，就再把我抓回去关好了。这样，我也不必又要为生活奔波，还要被你们不断地骚扰折磨。"

尾声：长眠斋明寺

李苍降的英灵后来在台北二中同学协助下暂厝桃园大溪斋明寺。

清道光年间，皈依佛门的大溪垦民李阿甲前往普陀山法雨寺出家受戒，并请回观世音菩萨，结草庵福份官，供奉清修。同治十二年（一八七三），第二任住持迁至占地二公顷多的员树林现址，改名斋明堂，与斋教的龙华派结合。日据清宣统年间，第四任住持江普梅（俗名江连枝）回归佛教，拜鼓山涌泉寺圣恩法师为师，转承鼓山曹洞宗禅学。一九二六年，江普梅传子江普干（俗名江澄坤）为第五任住持。面对殖民当局企图斩断大陆传来的佛寺与汉文化的"皇民化"政策，江普干为延续血脉而策略性地与日本佛教曹洞宗挂钩，将斋明堂改称斋明寺，但暗中仍以我国曹洞宗禅学为师。一九三九年，在台北曹洞宗中学（今泰北中学）习佛的江张仁，从父亲手中接管斋明寺，成为第六任住持，法号会观。一九九九年一月廿二日，时年七十岁的法鼓山创办人圣严法师，在一心让斋明寺回归佛教本源的江张仁三次拜访盛邀之后，接下三级古迹的斋明寺，成为第七任住持兼管理人。这座创建于清道光年间，已有一百五十余年的古刹，于是又从日本曹洞宗禅学系统，回归我国鼓山曹洞宗禅学佛家派下。

斋明寺历经近百年波折后的回归，似乎也象征着安息于此的李苍降的英灵，在历经日据、光复、"二二八"而仆倒于白色恐怖时期的马场町刑场之后，终于有了暂时聊可告慰的结局了。

许训亭：苍降牺牲以后，我一直不曾梦见他。奇怪的是，有一天，他却托梦来找我；他拿一笔钱给我，要我交给大溪员树林斋明寺的住持。我和斋明寺的住持江张仁认识。所以，日据时代，我曾经带苍降去那里玩。梦醒以后的第二天，我把这梦告诉母亲。母亲就说不知他家里人有没有在祭拜。上班后，我就托住芦洲的同事去找李太太，说我有事要见她。我和李太太见了面，立刻就问伊究竟有没有在拜苍降。伊哭着说，苍降的骨灰坛还放在外头，没有入塔祭拜。我就要伊赶快入塔。伊说没这个经济能力。我于是找了那几个二中的朋友。这时，大家对苍降的误会已经消解了，而且对他的刻意保护更加感激。我们于是凑了四百元，让伊将苍降的骨灰迁入斋明寺萃灵塔安息。

曾碧丽：我虽然与苍降前后只有九个月的夫妻生活，但是印象深刻难忘。入塔前一天晚上，我梦见我和苍降在一条溪水碧绿的溪畔又见面了。我们在一座植有各种奇花异草环境优雅的古老禅寺前散步。他温暖地微笑着，然后指着那座位于禅寺后头夕阳斜照的灵塔告诉我，说明天起，他就要住到这里了。第二天，到了斋明寺，我发现，那里的景致竟然就是我昨晚梦境中与苍降一起散步的地方。

二〇一四年一月二十六日初稿

二〇一五年十一月十四日二稿

二〇一六年六月十一日三稿

参考资料

【口述证言】

李薰山先生，一九八八年五月六日，阳明山。

曾碧丽女士，一九八八年九月四日，台北市。

李苍炯先生，一九八八年九月四日，台北市。

林信子女士，一九八九年二月廿六日，台北市。

叶铭聪先生，一九八九年五月廿日，淡水。

韩佐樑先生，一九八九年九月九日，台北市。

陈炳基先生，一九九〇年四月七日，北京。

徐萌山先生，一九九〇年四月九日，北京。

许训亭先生，一九九二年九月廿九日，台北市。

刘英昌先生，一九九三年六月一日，北京。

严秀峰女士，一九九七年七月廿三日，芦洲。

李苍降二姊，二〇一四年十一月十四日，三重。

【文字资料】

李严秀峰，《芦洲李氏古迹沿革简介》。

董舒林，《从两级师范到杭州高级中学》，收录于《浙江省杭州高级中学八十周年校庆纪念册》。

高宁，《杭高台籍校友名人史迹考：李苍降生平小记》，微信公众号“杭州教育发布”，二〇一六年四月五日。

《中共的特务活动原始资料汇编》，香港阿尔泰出版社，一九八四年一月。

李登辉口述，《我为什么加入又退出中国共产党？——回首恐怖动荡的年代》（张炎宪访问）。

《安全局机密文件——历年办理匪案汇编》第二辑：“匪台北市工作委员会郭琇琮等叛乱案”“匪基隆市工作委员会钟浩东等叛乱案”。

苏新，《愤怒的台湾》，台北时报出版公司，一九九三年二月。

裴可权，《肃谍行动忆往——早年基隆“工委会”破获记详》，一九八一年五月十六日《“中央日报”》。

裴可权，《台共叛乱及覆亡经过纪实》，台湾商务印书馆，一九八七年八月二版。

寻找从福马林池捞起的诗人——蓝明谷

序曲：台北桥头大清早的鸦啼

一九九三年五月一日下午。历经多年的寻访之后，我终于在前基隆中学校长夫人蒋碧玉女士的引领下，来到台北市景美区三福街巷弄里一间寻常的公寓房子，见到了因为牵连基隆中学《光明报》案而于上个世纪五十年代白色恐怖时期被枪决的蓝明谷老师的遗孀张阿冬女士，聆听并记录已经八十高龄的老太太追忆当年的受难经过。

张阿冬：一九五一年，农历三月廿四日，台北桥头淡水河边。天还没有亮，我父亲就起来了。他煮了一些吃的东西，然后提着菜篮子，要给拘押在青岛东路军法处看守所的蓝先生送去。他推开大门，跨过门槛。栖息在屋外大树上的几只乌鸦在枝头呱呱地悲啼着。是不是有什么凶兆呢？父亲一边走一边迷信地想着，会不会出事了呢？他的心绪一下子就被这几声鸦啼搞得坏透了。

蓝先生是父亲的二女婿，也就是我先生蓝明谷。他是南部冈山人，光复后才从北京回台湾，原本任教于基隆中学。我在婚后一直跟着他住在学校宿舍。因为这样，我们父女见面的机会就比以前来得少了。自从听到基隆中学出事，校长和许多教职员都被抓的风声之后，父亲就一直担心我和蓝先生是不是也被抓了呢。后来，他看到报上公布：牵连基隆中学

1993年5月1日，蒋碧玉与张阿冬女士在台北市景美区三福街（蓝博洲摄影）

“匪谍”案而被抓的廿二个人之中，有四名外省籍的教职员遭到枪决，其他包括校长在内的十八名则被判“感训自新”。他感到庆幸的是，报上公布的名单里头并没有我们的名字。可是，他还是因为许久没有我们的音讯而感到担心。

日子在忧心中一天天度过。

我和蓝先生先后入狱，并被解送台北刑警总队以后，父亲终于得以再次见到我们。我从宁夏路刑警总队寄给他一纸明信片，上头并没有多说什么，只说我已经在刑警总队了，希望他能够给我带些吃的东西，以及一些生活用品。父亲于是准备了我所要的物品，前往探监。蓝先生的家人远在南部，南北奔波，非常不便。父亲就经常给我们夫妇俩探监、送菜。后来，我被移送台东外海的绿岛集中营；蓝先生则被移送青岛东路三号军法处看守所结案。父亲仍然按时给蓝先生探监、送菜。

这天早上，那几只乌鸦的悲啼声使得父亲一直静不下心来。他提着一篮食物，一路忧心忡忡地走到看守所门口，按照规定填好会客单，交给门口的卫兵。

“蓝明谷？”门房警卫接过会客单，核对了押房名单之后说，“人已经不在这里了。”

“不在这里？”父亲有点怀疑，“上个礼拜，我还来看过。怎么就不在了呢？”

警卫并没有理父亲。

难道，父亲心想，这大清早的鸦啼果真是来向我告凶的吗？然而，在事情的真相还没有弄清以前，他宁可抱着一丝希望，于是试探地问警卫：

“是移监了吗？”

“不晓得。”那名门警用一种傲慢的口气回答。

父亲没敢再问下去，只好提着那篮没有送出去的饭菜，拖着沉重的步伐，原路走回家。到了家里，他愈想愈不能放心，于是给南部亲家拍了一个电报，要他们赶快派个人上来，把状况了解清楚。

一、苦闷的公学校老师

一九九一年四月，我在北京全面采访那些因为白色恐怖而流亡大陆的台湾老人的历史。其间，吴克泰先生在访谈结束后主动问我知不知道一个叫作蓝明谷的我的本家。我说在采写锺浩东校长与蒋碧玉女士的乱世恋曲《幌马车之歌》时已经知道了，但还没有联系上他的遗属进行采访。他就告诉我说蓝先生有个弟弟在北京，同时问我想不想见他。我说当然想啊。这样，两天后，我就在吴克泰先生安排之下，采访了离台已经超过半个世纪而忘了乡音的蔡川燕先生。

蔡川燕：我是蓝明谷的弟弟蔡川燕。我父亲名叫蓝土生，从小没爹没娘，好不容易长大成人，因为做事勤奋，忠厚老实，被冈山当地一户蔡姓人家招赘，与母亲蔡氏妹结为夫妻，住在小地名叫街尾

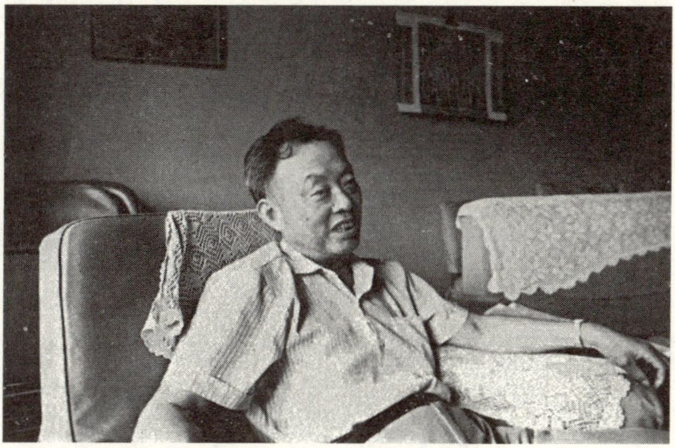

1991 年 4 月，蔡川燕先生在北京（蓝博洲摄影）

仑的农村。冈山的酱油有名，婚后，父亲就以做酱油为生，通过长期努力工作与母亲节俭持家，后来也购置十几甲农地，并且盖了一栋外墙贴有漂亮瓷砖的洋式楼房。他们先后育有五男二女。大哥蓝明谷是长男，本名蓝益远，生于一九一九年。我生于一九二二年，是老二，照规矩从母姓。太平洋战争时期，日本帝国为了辟建空军基地，强制征收我家八甲农地。父亲不得不拆掉那栋新盖的洋房，自己用牛车，把拆下来的建材，一车一车，拖到更偏远的大辽里，另外再盖一栋住房。

父亲是个孤儿出身的人。尽管没有上过学，在日本殖民统治下，他却通过自学而有相当的汉学修养；能读《三国演义》《封神榜》等章回小说，汉民族意识也很强烈。从我五六岁开始，他就在天未亮时，把大哥和我叫起来，读汉文。后来，他又让我们在设于村庙里的私塾念四书。我们不但读过，甚至背诵过《三字经》《大学》《论语》及《幼学琼林》等书。父亲还经常给我们讲日本帝国侵占台湾时发生的故事。他一再向我们两个小兄弟强调，日本征服台湾时，屠杀了难以数计的我们中国人。他又说，当年，日本人常常把小孩子吊起来，逼问村子有没有人反对日本。如果说有，那么，这个村子就要遭到屠杀肃清。因为这样，台湾各地出现了许多“无人村”。通过父亲口述的历史教育，大哥从小就有了深刻的民族意识。他喜欢画画，尤其喜欢刻画孙悟空、杨二郎等皮影戏人物。

大哥在冈山公学校学习的六年期间，成绩非常优秀。然而，因为家里的生活还不太富裕；父亲担心，如果不让我们继续念大学，在日本帝国民族歧视下，我们中学校毕业以后，恐怕不好找工作，因此就不让大哥报考中学校。优等生的大哥只好升上冈山公学校高等科，再念两年。这期间，他不但当了级长，而且在历史课表现的成绩，特别受到老师夸奖。

高等科之后，大哥考上了公费的台南师范学校讲习科；这是专为造就公学校本科乙种教员而设的学校。尽管冈山离台南并不太远，可学校规定学生一定得住校，大哥因此初次尝到离家的滋味。临出门时，大哥掉泪了，母亲也心痛地流着泪。我看到这样的离别场面，不知为什么也哭了起来。这时，父亲才出来劝慰母亲，说孩子是出门念书，不该哭啊。

日据时代，师范教育以培养学生“忠君爱国之志气”并振起“国民志操”为目的；帝国主义的色彩非常浓厚。因此，在台南师范求学期间，大哥写给我的每封家书，总会在一般问候家人平安的字里行间之外，透露对日本殖民统治的不满。其实，大哥的不满，我也能理解；因为，在学校，我同样处处感受得到日本人表现在教育上头的民族歧视。最明显的是，在学校，“台湾话”是不准说的，说了，就要挨打、挨揍。就是升学，台湾人也受到这样那样的限制。基本上，殖民地台湾的中学校就比日本本土要少，而且往往又分作日本人的与台湾人的学校；比如一中（台中一中之外）是日本人念的，二中是台湾人念的。而台湾人就读的学校往往也插进好多日本人。在我看来，那些日本学生都笨得要命，学习也不好。可他们却处处骑在台湾人的头上。在这种“差别教育”的环境下，再加上大哥劝我要理解父亲的难处，我也就不再奢望进入一般中学校。像他一样，后来，我也顺从父亲的想法，去上屏东农业学校。一九三八年，大哥修完三年的师范学校后被分到屏东的枋寮公学校任教。

自从一九三一年“九一八”事变以后，日本就走上了法西斯道路，积极准备侵华战争。就日本殖民统治者而言，师范教育所培养出来的毕业生，实际上扮演着日本帝国向外侵略的尖兵角色。在这样的教育环境下，年轻的大哥一直不太情愿地履行着师范公费生的教学义务。他经常通过书信向就读屏东农校的我抒发内心苦闷。他在信上这样写道，他这个老师实在当得很辛苦，当局要求他们把台湾小孩教成一个“忠君爱国”的日本人；可这种话，他实在说不出口。他无奈地说，他现在所能做的就只有教他们努力当一个好人……

大哥还向我提到，日本帝国主义统治台湾有几个阶段，先是镇压，然后是安抚，现在则是同化，而殖民当局就是以同化台湾人的名义，在台湾施行奴化教育。“我现在不就是日本人奴化教育的帮凶吗？”大哥这样自我批评道。同时，他也在信里向我表明不想当老师的意愿。可受到公费服务的规定制约，他又不能率性地辞职不干。为此，他感到非常苦闷。

我在给大哥回信时也不知说些什么才好，就安慰他说只要他好好地教下去，以后总会有出路的。可我没想到，大哥立刻回信批评我，说我这种想法一点民族观念也没有。只要我坚持这样的看法，他就跟我绝交。我收信后立刻回信向大哥认错。当我再见到他时，竟然忍不住一阵鼻酸，眼泪也不由自主地掉了下来。

二、东京兴汉会的殖民地青年

一九三七年，日本军国主义者制造了卢沟桥事变，中国的全面抗日战争爆发。台湾全岛也进入所谓“战时体制”，日本帝国也加紧对殖民地台湾进行所谓“皇民化运动”。与此同时，长期以来孤军作战的台湾人民抗日民族革命运动，不再只是台湾一地人民反对日本殖民统治，要求民族解放的运动而已。它已经纳入国共两党重新合作的中华民族抗日统一战线，并且成为世界反法西斯统一战线的一个组成部分。

蔡川燕：大哥非常喜欢文学和历史。因为小时候经常听父亲讲述日本侵台时台湾人民的抗日史事，他不但自学了世界史与中国史，而且一直向我表示，希望能够亲身到台湾各地采集民众的历史。他曾经在信里跟我说：“真希望有一天能够写出一本站在民众立场的台湾人民抗日史啊！”

我记得，卢沟桥事变发生以后，还在台南师范求学的大哥，在给我的信上谈到了这件事，并且问我事变为什么会发生。那时，我对历史还没有深刻的了解，回信时就按照日本当局的说法回答，说有一名日本军人在演习时被中国军队开枪打死，双方就打了起来。大哥接到我的信后立刻回信批评我，说他觉得我看问题太表面化了，而且没有自己独立思考的能力；依他看，这根本就是日本为了侵略华北而策动的阴谋。大哥又在信里头给我建议，说他认为我应该学点历史，这对提高我独立思考的能力会有帮助。后来，他每次写信给我，都会出一道跟现实有关的历史问题，要我回答；每一次，我都老老实实作答，然后寄给他批改。

通过这样一来一往的书信讨论，我的思想提高了许多。农校毕业时，我也接受大哥的建议，准备报考设于伪满的“建国大学”。大哥告诉我，我可以从那里，想办法到大陆，参加抗战组织。

一九四〇年，我到了东京。因为父亲反对，我报考“建国大学”的计划未能落实而改考医学专门学校，但落榜了。落榜以后，我并没有回台湾去，在东京一个叫蓝丁婴的堂兄家里住了下来。有一个长荣中学毕业，跟我同样是落榜生的台湾青年刘世英，也住在那里。我们两个人同是落榜生，年纪又差不多，因此常在一起聊天，而且谈得很投机。我们发现，彼此都对日本帝国主义的殖民统治非常不满；我们也都认为，中国人要对抗战做点事情，就一定要回祖国打拼。

补习了一年之后，一九四一年，刘世英考上东京第一高等学校文科；我则考取四年制的东京医学专门学校。不久，大哥也来到东京。我们两兄弟就在早稻田大学附近租房子，共同生活。

大哥告诉我，他在枋寮公学校教书时，有一次，带学生到海边郊游，有名学生不小心掉到海里，失踪了；事后，校方追究责任，就把他贬调客家庄的内埔公学校。经过这个事件打击之后，他辞退教职的决心更加坚定了。于是不到一年就不辞而别，直奔东京。

大哥对文学和历史非常有兴趣，想报考高等学校文科。可在日本本土，殖民地台湾师范学校三年制的学历不被承认具有中学校资格，不能报考高等学校。所以，到了东京以后，他准备了一年，才通过考试，取得等同于中学校毕业的报考资格。

就在这时候，日本发动了太平洋战争。

那天，一早起来，我和大哥突然听到房东说，日本和美国打起仗来了。我们高兴极了。这样一来，日本早晚必定战败，大哥向我分析说。可我们没有意料到，日军竟然在战争的初期有了很快的进展，因而心情感到沉闷。

为了寻找救国的途径，大哥于是学习孙中山组织兴中会的举动，把我和王荆树、张顺安等在东京的台湾青年组织起来，成立兴汉会，学习三民主义。当时，除了大哥以外，我们对社会和政治都不甚了解。我们只有一个共同想法，那就是：台湾同胞要想从日本帝国主义统治下解放，就需要有强大的祖国做靠山。因此，我们都把希望寄托在祖国的胜利和强大之上。

后来，局势愈来愈紧张了。大哥一再强调，他必须想办法赶快到大陆去。可他却一直苦于找不到门路。因为没有别的办法，最后，他决定报考设在北京的一所东亚经济学院。他无奈地告诉我，局势演变到这个地步，也只能先到大陆再说了。

三、前往沦陷的北京

一九四〇年二月十一日，也就是日本“皇纪纪元二六〇〇年”纪念日，日本殖民当局又通过户口规则的修订，制定台湾人改换日本姓名的规则。台湾的“皇民化运动”也通过这样的“改姓名运动”进入最紧张的阶段。尽管保持原来的姓名而不改的话会有种种的不利，但是一直到半年后的八月十一日止，却只有一百六十八个“希望能够‘看起来更像日本人’”的台湾人改姓名而已。为了鼓励更多的台湾人改用日本姓名，十一月廿五日，台湾精神动员本部公布了《台籍民改日姓名促进纲要》；同时又制定一种奖励方法，规定说日语的家庭为“国语家庭”，在诸如物资配给等实际生活上给予和日本人同等的待遇。[1]

在那样的处境之下，蓝明谷想要去大陆的心情，也许可以通过在他之前只身奔赴华北沦陷区，先后担任北京艺术专科学校兼训育主任、新民学院日语教授的张深切（1904—1965）得到理解。他在一九六一年十二月出版的《里程碑》一书，曾经这样自述抗日战争爆发后自己为什么要奔赴北京：“我想我们如果救不了祖国，台湾便会真正灭亡，我们的希望只系在祖国的复兴，祖国一亡，我们不但阻遏不了殖民化，连我们自己也会被新皇民消灭的！”

蔡川燕： 东亚经济学院的招生报名和考试都在东京。大哥报了名，也考上了。他就写了封家书，把自己最新的情况禀报父母；同

1 黄昭堂，《台湾总督府》，台北：自由时代，一九八九年初版，页一七二、一七八。苏新，《愤怒的台湾》，台北：时报，一九九三年初版，页八五。

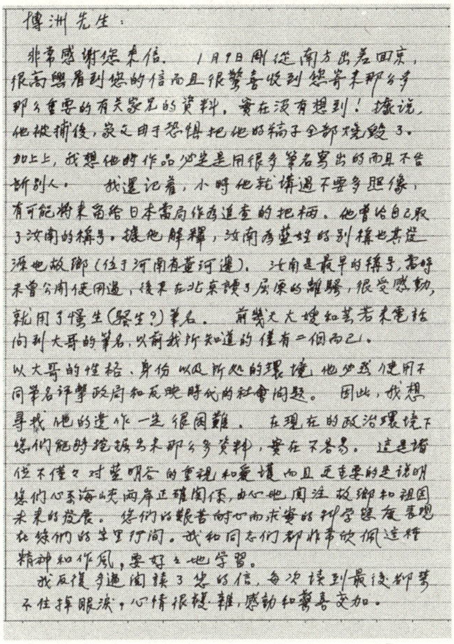

博洲先生：

非常感谢您来信。1月9日刚从南方出差回京，很高兴看到您的信而且很惊喜收到您寄来那么多那么重要的有关家兄的资料，实在没有想到！据说，他被捕后，家父由于恐惧把他的稿子全部烧毁了。加上，我想他的作品少是是用很多笔名写出的而且不告诉别人。我还记着，小时他就讲过不要多照像，有可能将来留给日本当局作为追查的把柄。他曾给自己取了汝南的称号。据他解释，汝南为蓝姓的别称也其发源地故乡（位于河南省黄河边）。汝南是最早的称号，当时未曾公开使用过，后来在北京读了屈原的离骚，很受感动，就用了慢生（騒生？）笔名。前几天大嫂和芸若来电话问到大哥的笔名，以前我所知道的仅有二个而已。

以大哥的性格、身份以及所处的环境，他必或使用不同笔名评击政府和反映时代的社会问题。因此，我想寻找他的遗作一定很困难。在现在的政治环境下您们能够挖掘出来那么多资料，实在不容易。这是诸位不仅仅对蓝明谷的重视和爱护而且更重要的是说明您们心系海峡两岸正确关係，由心地关注故乡和祖国未来的发展。您们的艰苦耐心而求实的科学态度表现在您们的字里行间。我和同志们都非常钦佩这种精神和作风，要好好地学习。

我反复多遍阅读了您的信，每次读到最后都禁不住掉眼泪，心情很複杂，感动和惊喜交加。

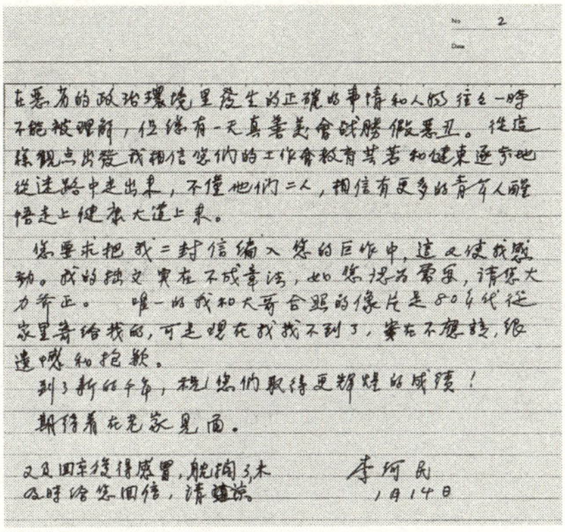

No 2

Date

在恶劣的政治环境里发生的正确的事情和人的往往一时不能被理解，但终有一天真善美会战胜假恶丑。从这个观点出发我相信您们的工作会教育芸若和健东逐步地从迷路中走出来，不仅他们二人，相信有更多的青年人醒悟走上健康大道上来。

您要求把我二封信编入您的巨作中，这又使我感动。我的拙文实在不成章法，如您认为需要，请您大力斧正。唯一的我和大哥合照的像片是80年代从家里寄给我的，可是现在我找不到了，实在不好意思，很遗憾和抱歉。

到了新的千年，祝您们取得更辉煌的成绩！

期待着在老家见面。

又及回京后得感冒，耽搁了，未及时给您回信，请谅谅。

[illegible]

1月14日

蔡川燕致作者信之一

时安慰父母，到了北京，立刻会写信回家。

家里的回信到的时候，大哥还在东京。因为父母亲都不懂得日文，信是由妹妹写的。妹妹以为大哥已经离开东京了，信就寄给我。信上说，父亲尊重大哥的决定，没什么意见；可母亲却难掩思子之情，直说愈走愈远，愈走愈远……最后，妹妹在信上写道：“最近，日本当局经常派人来家里，要求我们改姓名。你说该怎么办？”我立即回了信。信上，我气愤地写道：“祖先给了我们一个很好的姓，绝不能改！你就这样告诉他们吧。”信还没发出去，大哥看到了，就劝我说：“你这样写不行。”我不太服气地说：“怎么不行？”大哥心平气和地告诉我：“你这样只能让妹妹为难。”我问：“那要怎么写？”他想了一下，说：“你就叫妹妹跟他们说，哥哥不在家，我们无法做主。先把它拖过去再说。”我觉得大哥说的有理，同时也打心里佩服他处理事情的方法，于是说：“你还是比我行。”

一九四二年，大哥终于如愿前往思念许久的祖国大陆。我仍然留在东京，继续未完的学业。兄弟俩因为住不到一起了，又恢复以往互相通信的习惯。

通过大哥寄来的书信，我体会到，尽管当时的故都北京已是日本帝国占领下的沦陷区，可他还是因为踏上祖国大地而心情激动。然而，一段时日以后，大哥看到的故都景象却是在日本占领下，一般老百姓非常困苦的生活。他在信里头告诉我，街上经常有人饿死，到处都有乞丐在翻垃圾桶，找东西吃。相对地，他也看到一些高层的中国人过着另外一种完全不同的生活。他的心情变得非常苦闷。还好，大哥是个爱写信的人，通过给我写信和写诗，他那苦闷的心情总算还有条疏通的出口。因为时代的动荡，我早就丢失了大哥当年写给我的信和诗。可多年以后，我仍然清晰记得大哥有首诗里头的意象—— 一个疯了的老太太，在路上，一边走，一边叫着自己孩子的名字，然后走过一座长桥。读了这首诗以后，我只觉得它似乎反映了一种凄惨的现实生活，让人不得不跟着对沦陷区的现实感到失望。尽管失望，可大哥在后来的信里头又告诉我，说他对中国的未来并不绝望。但是，他并没有向我具体说明他的理由。

大哥在东亚经济学院只念了一年。他在信上告诉我，说这所学校不合他的兴趣，他想到北大学文学。然而，北京的物价很高，涨得又快，生活费比在东京和台湾都贵，家里供不起他。他不愿再靠家里寄钱来念书，干脆就不再上学了。为了生活，他经人介绍，到河北省南部的新乡（原文如此。新乡地处河南省北部。——编者），给一位姓刘的台湾生意人记账。到了新乡，他才知道，这个刘姓商人做的买卖主要是向老百姓搜购粮食，卖给日本军队。这样，一心抗日的他一刻也待不下去，就辞职不干了。

因为穷，也因为苦闷吧，写作，也许就是战争末期在日本占领区的大哥所能做的事情之一吧。他因为喜欢屈原的诗与爱国情怀，于是取《离骚》之意，以笔名“慅生”，开始向北京的一些报刊投稿。

四、一个少女的死

一九三七年“七七事变”后，五四时期曾经作为中国新文化、新文学运动中心的北京，因为华北沦陷区的文学刊物（含报纸副刊）仍然有三分之二集中在那里，使得沉寂的北京文坛多少有点生气，并继续作为华北沦陷区文坛的中心。然而，此一时期，它主要的文学思潮却表现为个人主义、唯美主义和浪漫主义等同现实、时代“疏离”的三种倾向。

从一九四一年起，伴随着出版界的复苏，文学思潮的相对活跃，华北沦陷区文坛才迎来了长达三年的“中兴期”，同时也发生了几次关于“色情文学”“乡土文学”及“小说内容和形式问题”等文学思潮的论争。基于华北文坛在创作上展现的“中兴”局面，一九四三年，有人于是延续华北沦陷前期“文艺复兴”的口号，提出“文艺复兴之再出发”的口号。

北京这种文学思潮活跃的现象，意味着华北文坛自身的某种觉醒。然而，随着战时的政治和经济形成统制的形势，这种文学的觉醒自然也要纠结于日伪的文化钳制之下。

一九四三年初，汪伪政府“对英美宣战”“击灭英美”的文化思想在文化界甚嚣尘上，日伪宣传机构力图把各种文学口号纳入其“东亚思想战”的轨道。这时，“国民文学”的口号就被强调提出，几乎成为一九四四年沦陷区文学中的“文学旗帜”，并把沦陷区文学捆绑在“击灭英美”“复兴东亚”思想战的战车上。华北沦陷后期开始的富有建设性、民族性论争的文学思潮，也就在这种力图把文学同政治捆绑一体的“国民文学”的口号下终结了。

到了一九四四年下半年，由于战争造成的民穷财竭，纸张奇缺，报刊生存日益艰难，北京原有的八家报纸仅存三家，杂志由九十二种锐减至六十八种，文艺杂志也仅存五种，随出版界的复苏而出现的文坛“中兴”，也很快走完了它的路程。[1]

基本上，蓝明谷在北京开始文学习作的时期，就是华北沦陷区的文学从“中兴”走向衰落的历史阶段。他的作品以诗为主，兼及散文体的小说与其他类别的文章。他的写作除了抒发心中的苦闷之外，另方面也想借着微薄的稿酬来维持起码的生活所需。但是，在日本占领区的华北伪政权统治下的北京，可以想见，像他这样初习写作又具有抗日民族意识的文学青年所写的作品，是不会有什么发表园地的；除非他昧着良心写一些没有立场的东西。然而，那应该不会是他的行事风格。因此，他在这段时期的作品，目前仅见的就只有完稿于一九四五年二月廿八日的短篇小说《一个少女的死》。

蔡川燕：大哥向来都很关心弟弟妹妹们。当他在枋寮公学校当教员时，小妹蓝票正在念公学校四五年级，因为功课不好，他就把她接到枋寮一起住；一面帮助她学习，一面照顾她的生活。有一个周末假日，我从屏东到枋寮看望他们。趁着小妹不在的时候，大哥感到灰心地跟我说，票妹的学习底子太差了，他觉得他要帮她已经太晚了。

为了把台湾人同化为有日本精神的“日本人”，殖民地台湾“皇民化运动”的中央机关“皇民奉公会”，不断举行各种“职能奉公”运动与训练，胁诱台湾人民协助推进侵略工作。它还在全岛设立了五十所“妇女训练所”，以救急、看护为主要课目，一共培训了六千名以上的台湾未婚女子，派往华南及南洋。

在北京时，大哥通过我写给他的信得知，两个妹妹先后被迫接受“特殊看护妇”的训练，然后分别派往香港与海南岛“奉公”。结果，在海南岛的小妹蓝票却因为感染疟疾而病逝。

1 徐乃翔、黄万华，《中国抗战时期沦陷区文学史》，福州：福建教育出版社，一九九五年七月，页九～一〇、三二一～三四〇。

“皇民奉公会”在全岛设立五十所“妇女训练所”，以救急、看护为主要课目，一共培训了六千名以上的台湾未婚女子，派往华南及南洋。图为台湾女学生在阿里山

大哥应该就是根据小妹蓝票的真实遭遇，写了小说《一个少女的死》。

三月八日

昨晚我们商量了一夜，决议向K大夫请求辞职回家。刚由梦中醒来，P便挽着我的手，很兴奋地说道：“我们不该再有错误与无谓的牺牲！C姊，你想对不对？”这句话是由她大兄给她信里所说过的。P受过这句警告的影响，她完全改变了从前温柔而受动的思想态度，而且时常如发泄什么箴言般地对我提说。当时我马上表示同情，而且心里感到莫名的兴奋。

我催促她起床梳洗。早餐后带着昨日收到的电报，我们一齐上班去。签到以后，到外科室去找K大夫。K大夫刚上班，正坐在沙发上，把雪茄悠然地吸着。我们照常地说声

“先生您早”，而后是P先开口：

“K先生，让我们辞职回家吧，家里来电报叫我回去。”

K大夫似乎很感觉意外，然而他还保持着冷静的态度。

“电报是谁拍来的，让我看。”

“是家父。”

“有事速辞职回乡父。”他低声地念了电文，歪着头脑海里思索一下，才开口道：“恐怕院长不准回去，因为你们订下的四个月的合同，还剩下一个月的期限。”

“可是……我母亲很担心我，又听说H岛的风土病热带很普遍……我两个哥哥和姊姊都到海外去了，我母亲很盼我回去。您是我们同乡的老前辈，请您帮帮我们的忙，向院长告诉一声。”

“你别焦心风土病，我们为国家，为社会服务，总得拿出勇气来；至于你母亲的担心是无谓的，我能够写封信劝慰劝慰她。”

如在眼前荡漾着的幸福红霞，只有一丝希望，它被一把快刀打断了，被沉黑的风云遮覆了……P低着头离开了外科室，我们回到看护室时，她汪汪的双眸带着泪珠，表示她难说的痛苦与失望。她突然昂起头来说道：

“我们为国家服务，我们到底为谁的国家服务呢？C姊，你能够解答我么？”

似乎劈头受了霹雳的击打，我只有感到惊愕，而慢慢地变为一团难消的疑云缠绕着我，抑压我，渐渐地使我难喘息。但终于我不能开口解答她……

这天，直到正午，P始终精神不振，脸色苍白。她告我说，觉得有点畏寒与头晕。我以为她对于回乡的事，想得太过于迫切了，至于精神恍惚。我劝她万事向开处想，再等一个月，合同期限完了，我们不是就正正堂堂地能够回乡了么？然而，她却说，与此事无关，一定是因为昨晚受了凉的原故。于是我劝她请假，好好地休息，勿过于勉强。然而她却不听从。我很知道她坚强的性格。

到了下午，我们上班的时候，恰好来了一个满身血迹模糊的外伤病人。他在生死关界彷徨着的灵魂，时常泄出断续的苦痛呻吟。本来P很胆小，尤其今天又有点精神不快乐，所以我劝她离开病人。然而她始终帮着大夫处置病人的疮口，一到了完全告终，才无力地坐在椅子上出神。

下午四时。是下班的时刻了。我拾掇完了诊疗室，想叫P一同回宿舍，才知道她已经跟K大夫外诊去了。我后悔怎么不早就劝她告假。她这样完全不顾自己身体，如果害了病，叫我怎么办呢？

P由外诊回到医院时，脸色格外显得火红，全身颤栗，体温上升到了三十九度八。请内科T大夫来诊疗，据他说，胸部并无异状，亦非神经系的病症。T大夫即命采血，随之检查，追究病因。果然锦查氏染色的检查玻璃板，经显微镜的透视，现出弦月形热带摩拉利原虫的形态。热带热——在H岛是普遍全岛的风土病，亦即是热带地方最可怕的，不知道侵蚀了多少宝贵生命的热病。这三个月的经验告诉我们，它有可怖的侵蚀力，尤其是在这设施不十分完善的医院里，是很有生命危险的。我很担心P的病状，踌躇了一会，向T大夫询问。他说："不要紧，叫她安静地躺着，安静是最必要的。服用那奎宁剂就可以回复原态，奎宁剂是疟疾的特效药，这是你们所熟知的。"

然而，我发见他眉头尚有一抹忧色。我知道热带热的特效药是德国的阿提普咎与普拉斯摩恨，但不幸这里却并无这些药品，真是无可奈何。只服用盐酸奎宁恐怕不能获得全功。

P躺在卧房，似乎丧失了思考能力，只闭上眼睡，呼吸短促而窒困。我刨开冰块装进冰枕里，代替她的枕头，又把毛巾湿过冰水按住她前额。她虽然闭着眼睛，情感似有微动，口唇稍微地颤了颤，做出欲说不能的样子。我安慰她，劝她心身都得安静才好。她是我的好同学，在这异乡的唯一伴侣。她生出病来，如何叫我不焦心？

听差送来药粉与药水。服侍她吃了药水。等半个钟头后，又吃了药粉。盖上被子，一个钟头后便出了一身热汗。体温亦复了大半了。

三月九日

大清早，醒来的时候，我便挨近P床边，伸手按住她的额。体温已经回复了平常了。她握住我的手微笑着，而后很正经地向我道谢。我亦笑了，截住她话，不再让她客套地恭维，而且说道："难道我病了，你不服侍我了么？我们何用客气呢？"我又把话柄转换过去，安慰她，虽然是热带热亦不大要紧，不过三四天亦就愈了。

我们正在唔喃地谈话的时候，听见有拍门声，开门一看却是听差送来一封信。是P的胞姊由S寄来的信。她总是在S的病院服务的。据P说，她在一年以前毕业女中，为着强压的国民精神总动员、效忠国家等等名目，就由学校当局派去S服务。当时我们的信函是一概互相公开的；P与我各拉住信纸的一角，读起来。

忽然她微笑地说："哦，姊姊亦快要回去了！"她兴高采烈。但这兴奋随着书信内容的进展，而渐渐地变为忧郁了。信里说：

"P，因你姊姊做着这种不出息的榜样，才叫你亦受如此之苦，我恳求你原谅。我现在后悔那时为何不反抗，至现在才受这无谓的痛苦。我们的痛苦是有价值的么？……

"我们到底为谁服务呢？我不能坦白地告诉你，让你自己去思虑，我希望你能够发见我们所必据的真理与途径……"

看完了信，昂起头来的P，那玛瑙色的，汪汪的双眸带忧郁地注视着我，要催促我发表什么意见似的……

“日本断然不是我们的国家；我们虽然不能为国家服务，我们至少还能够为同胞服务，P，这H岛不是我们祖国的一部分么？虽然H岛既在敌人铁蹄下呻吟……”

“为同胞服务？……可是我们无意中还得为他们虚伪政策的帮手你信不信？

“C姊，你怎么健忘亦不能忘记前几天的屠杀，我们虽然不曾亲眼目睹，听风声亦足够推察那凄惨状况，而使人恐怖，战栗了。我曾听见我们故乡有个地名叫‘消人’的，现在正式名称不知道改为什么了。据我祖母说，当日本占台之时，许多的村镇整个地男女老幼都为之虐杀殆尽了，这就是‘消人’的起缘……他们自吹自擂地宣传着道义建设，到底道义何在，是不是虚妄呢？”

她说到这里十分感动的样子，沉默了一下。

“我们知道必须为人众服务，可是到底为谁服务呢……”

她的语调很激昂。我亦十分难过。经过暂时沉默而后，我恐怕这样兴奋于她的病有不好的影响，就催促她起来洗脸。

晨曦已射进屋来。书台上的镜子，受着阳光反射出来柔和的光线。窗前的芭蕉叶颜色分外鲜明。

我理完发，吃罢早餐，也就上早班去。我看见她吃了两小碗米粥，有点放心。

到了中午，下班回来的时候，又发见她盖上被子呻吟着。畏寒，发烧，头痛，恶心……这种种的病状与昨日无异。

三月十日

上午，P体温平常。经院长允许不上班，在屋里看护P。她精神还好，我们无意地又杂谈起来。她似乎很高兴地谈起家乡的种种回忆。

她说，她特别喜爱母亲，对于父亲却有点生疏与畏惧。

当她离开家乡时，母亲只说一句“P呀，你珍重？”倚立门闾，眼睛却不敢直视她。她记得很明了，很清楚。末了，她还说道：“过去，我是个很顽皮的孩子，时常使母亲操心，母亲的白发不知道为此增添了多少！要是回去，我一定做一个孝顺的儿女，不再会有今日的错误。”

她忽然忆起她哥哥寄给她的明信画片。她叫我打开抽屉，给她拿出来。故都北平的古迹名胜，以鲜明的原色印刷出来，可以想象到故都的幽雅与壮丽，令人羡慕不过。她微笑着说道：“你看，多么美丽的故都呀。这画片似乎有一种力量吸住我，这种力量也许就是故都的魔力吧。C姊，你看怎么样？……要是可能的话，我很愿意合家搬到北平去住，也可以永远离开受压迫的故乡……”

她忽然推翻被子，势欲下床。我急忙按住她肩上，叫她必须保持安静。她对我要求准她写信；由要求而至哀求。然而我总不允许她，劝她多等几天，身体回复了，再写未迟。

下午，体温又上升到了三十九度一分。

三月十一日

P的眼睑与眼结膜变为黄疸色。眼见来诊的T大夫面上有忧色。恐怕病症恶化了。热带热是很有恶变为黑水热的可能的。倘有普拉斯摩恨，或者不至于此。呵，普拉斯摩恨！

她精神好似极不快乐，终日没有谈过话。

三月十二日

P的体温升至四十度八分，皮肤变为黄疸色，小便带着葡萄酒样的色彩。下午，小便再变为黑红的血色，而且排尿时诉痛不止。

黑水热！现在医学界的谜，如一条毒蛇缠住她纤弱的身体……而把她，这纯真的灵魂，一步一步地推进绝望的黑渊去！

三月的天空格外清朗。地平线上浮着飘飘的絮云。由不远的海边传来悠扬而漫长的浪声。窗外的芭蕉已经放出花朵了。蜜蜂在狂欢喜舞，飨受春的盛宴。虽然这H岛是位于热带的海岛，三月已超过温暖的程度而使人感到闷热。但春神对于自然的恩惠是平等的，春的氛气弥满了天空，而潜在一切生物的空隙，甚至侵入这孤客的病房……

转眼看见了黄疸而无力的脸面，不觉地滴下酸苦的泪珠……

三月十三日

P诉苦终日。呕吐不止，一日竟至数十回。头痛非常。她说：如受一把铁锯，锯着脑袋。可怜的P呀！她丰颊消瘦得可怕。她玛瑙色的大眼睛已经丧失灵活，紧紧地锁闭着，或无力地半开着。她长卧在被褥上，如丧失了生活能力的皮肤，毫无意义地披掩着一把骨头。她这样衰弱得令人为难相信，疑是在做梦。

数天前，是个多么活泼，多么健谈的P，令人不敢相信便是现在的她……

她时常泄出苦痛的呻吟。她孱弱的手腕无力地颤动……这些无一不令人伤心！

三月十四日

上午，定时来诊的T大夫说，据尿色考察，今早倒有点回复的气色，若无再度恶化，即有一缕希望可靠。然而，到了下午，体温不但没有降下，而且上升了不少，仍使我愁眉不展。

三月十五日

清早，被P呼唤母亲的叫声惊醒。她双手揪住被角，锁住眉头，口唇颤动着，叫她眷恋不忘的“妈妈”。我不觉目酸喉塞，滴下眼泪来。伸手去触她的额与手，还感到灼身的热度。

“妈妈……你别伤心，我……姊姊，你别告诉妈，说我病了，她一定……姊姊……”

她紧握着我的手，直喊她姊姊。她面容焦悴而沉郁，有时还泛出两点泪珠，更令人伤心。我真不知道怎样安慰她才好。而且，无论我怎样劝慰，她似乎已丧失了理解的能力，毫无响应。她的呓语，起初还有点脉络关联，而终至片段的，毫无联系的片言只语，而且面容显得更悲痛，更寂寞。

我向T大夫陈诉，要他施用更有效力的疗法救治。他说，黑水热是现代医界的谜，如地球的南极或北极，甚至可比阿佛利加州的幽谷森林，是个完全无人踏到的境地。所以关于病原在世界的医学界并无一定的学说，治疗方法亦各人有各样的见解，未曾发明更有效的疗法。所以他只有采用对症疗法了。服用盐性凉水，为救治过度衰弱起见，打了一针盐性水。又注射一针保护心脏衰弱的珂玢强心剂。

三月十六日

病状不但无起色，尚且加增沉重，渐渐地迈入绝望的深渊！她呻诉全身痛疼如刀割。尿量亦缺少了。打了一针盐性水。

终日精神未曾清醒。在梦幻之中时常呼唤母亲。她思考力完全缭乱而至于丧失了。她呼唤“妈妈”孱弱的声音，直伤着我心肠，叫人难过。

上午十点许，K大夫来看病。自P病卧以来，他只来过三次，每次，机械地询问一两句平常话，就走出去。他照例地询问病人的起居。当然是我代答的。而后他还说，昨天有个重要的医学实验，解剖一个活人，是一个俘虏，实验其身体的机能。

哦，天呀！活剖俘虏。这是怎么回事？那是为国家奋斗过的勇士，是我们的同胞，不幸被俘虏了，而竟把他活剖！这就是“道义建设”么？无论其目的如何崇高，我们没有要求牺牲，到底不是罪恶是什么？

这苦惨的事实，铭刻在我脑里，使我难过，而至于悲愤充满着心胸。这个事实，不是充分地证明侵略者与屈服者的关系么？这里到底有何道义存在呢？

我猛然忆起P所说的“我们为谁服务？”这句话。现在，我才知道这句话的谜了。

P却完全不知道这个世界有过一件惨虐的秘史发生，只在昏迷境界彷徨……

三月十七日

P终日精神迷蒙，已陷入危笃状态。到了下午，天气变为特别闷热，风云亦加急起来。傍晚，来了一阵沛然的骤雨。

三月十八日

早起，P啜了一碗冷牛奶。十一时，施以救急处置。以葡萄糖液灌肠。又因小便极少，再施以导尿。打一针珂玢强心剂，精神似乎清醒一点，但不过如风前将灭之灯，显出最后的一闪。她振出最后的毅力要揭破覆住她眼前的昏暗世界，然而只在一瞬之后，力衰气尽，渐渐地坠入灰色世界去……

下午，又降有骤雨，屋背靠近窗前一棵芭蕉，把苍翠的叶扇，任凭旋风飘弄，鹅黄色的花朵受骤雨与急风吹打，掉落地上，与杂草枯叶混在一堆。我把窗户悄悄地关了。不觉滴下眼泪，我心里的悲伤要扩到无边……

P把口唇颤了一颤，装作要招呼“妈妈”的样子，却没有喊出；突然又拉住我的手，叫了一声“姊姊”。我的心恰似被锐利的尖刀挖了一大口地感觉空虚无主，而又悲痛难受。

下午七时，将近黄昏的时候，脉息升沉不定；呼吸渐向微弱，突然又叹息似地呼出一大口气。继之，双颊变抽着风般颤动着。最后，打了一针强心剂，亦无法挽救她的英魄……

下午八时三十二分，触不到脉搏。三分后的八时三十五分，富于春秋的少女，告终她十八年的生涯，竟与残花俱谢了！

骤雨正淋漓逞猛，从不远处听到海潮的怒吼。这少女生在征服者压迫之下，未曾听到光明的消息，而无声无息地，如那骤雨的一滴飞沫，或如凶浪的一滴水波飞迸，消逝……

五、胜利后的旅平台湾同乡

这篇日记体小说《一个少女的死》开场于国际妇女节的三月八日。通过感染热带热的少女P的肉体死亡过程，蓝明谷描写了被日本帝国主义以“国民精神总动员”及“效忠国家”等名目，强制派到中国战场服务的殖民地台湾少女民族意识的觉醒：

“我们不该再有错误与无谓的牺牲！”

“我们为国家服务，我们到底为谁的国家服务呢？”

小说还谴责了日军在H岛（海南岛）进行的屠杀，并以此带出他小时候听到的“消人”的故事，批判了日本帝国主义“自吹自擂地宣传着道义建设”的“虚妄”，同时也揭发日军解剖活虏的残暴事实。此外，除了严厉批判日本军国主义发动的侵华战争之外，小说也通过少女P对美丽的故都“北平”的向往，暗示着台湾人民只有回到祖国怀抱，才能“永远离开受压迫的”处境。

从内容来看，我们也不难理解，在抗战末期的北京，《一个少女的死》应该是不太可能公开发表的。也因此，一直要到一九四六年二月廿八日，完稿整整一年后，它才能够以笔名“慅生”，在胜利后的旅平台湾同乡会机关刊物《新台湾》第二期公开发表。这个事实，已

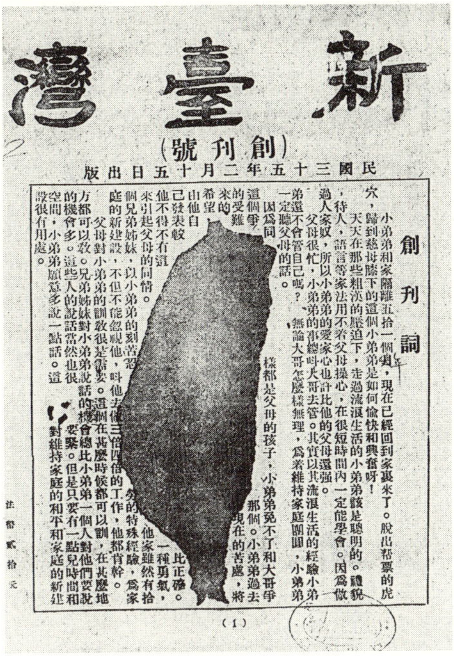

新臺灣

（創刊號）

民國三十五年二月十五日出版

創刊詞

小弟弟和家隔離五拾一個年，現在已經回到家裏來了。脫出稆票的虎
穴，歸到慈母膝下的這個小弟弟是如何愉快和興奮呀！
天天在那些粗漢的壓迫下，走過流浪生活的小弟弟該是聰明的。禮貌
待人，語言等家法用不着父母操心，在很短時間內一定能學會。因為做
過人家奴，所以小弟弟的愛家心也許比他的父母還強。
，父母很忙，小弟弟的事總叫大哥去管。其實以其流浪生活的經驗小弟
弟還不會管自己嗎？無論大哥怎麼樣無理，為着維持家庭團圓，小弟弟
一定聽父母的話。樣都是父母的孩子，小弟弟免不了和大哥爭
因為同 那個。小弟弟過去
這個爭 現在的苦處，將
的受難
來的
希望，
由他自
己發表較比正確。
他不得不有這一種勇氣，
來引起父母的同情。他家雖然有拾，
個兄弟姊妹，以小弟弟的刻苦忍努的特殊經驗，為家
庭的新建設，不但不能忽視他，叫他去做三倍四倍的工作，他都肯幹。
父母對小弟弟的訓教很是需要。這個在甚麼時候都可以訓，在甚麼地
方都可以教。兄弟姊妹對小弟弟說話的機會總比小弟弟一個人對他們要說
的機會多。這些人的說話當然也很要緊。但是只要有一點兒時間和
空間，小弟弟願意多說一點話。這對維持家庭的和平和家庭的新建
設很有用處。

法幣貳拾元

（1）

1946 年 2 月 15 日旅平台湾同乡会创刊《新台湾》

经足以说明蓝明谷当年写作环境的恶劣情况了。

蔡川燕：因为战事的关系，一九四四年九月，我提前半年完成了东京医专的学业。毕业后，我马上到了北京，准备与大哥会合，寻找参加抗战的路。初到人生地不熟的北京，先来的大哥却不在这里。在无处可去的状况下，我只好凭着自己刚刚修完的医学专业，在天坛对面的先农坛，一个挂牌华北防疫处的单位找到工作。防疫处主要是培养疫苗和血清，工作单纯。可我后来才发现，这个防疫处竟然属于日本侵华组织同仁会系统。我没想到，自己一心想要为祖国的抗战贡献一己之力，却糊里糊涂成了日本侵华的间接帮凶。在日本占领区，尽管人们不一定这样看待我的工作，我却是这样自责的。然而，现实生活的压力实在太严峻了。我不晓得，自己一旦走出这个防疫处大门，还有什么地方能

够暂时栖身呢？这样，我就继续待了下去。

刘世英：一九四五年六月，东京帝大经济系毕业以后，我也辗转经由长春来到北京。我寄宿在蔡川燕的宿舍——什方院，我们准备与蓝明谷会合后一起寻找参加抗战的路。但是，蓝明谷不在北京，我们在人生地不熟的华北占领区，始终找不到进入大后方的门路。在时代的闷局里，我们的日子就无奈地一天天度过，因为有友人做伴，才比较没那么难熬。

蔡川燕：八月十一号早上，北京老百姓之间忽然盛传，重庆的中央广播电台已在昨天晨间播出抗战胜利的消息。我在上班前听到了这个令人振奋的风声，可走在路上，却没有看到有人敢大声高呼。在办公室，也没有人敢对这个消息有所表示。而且，伪政府办的《华北新报》仍然载满了日军在太平洋的捷报。因为这样，人们仍然存着戒心，不耐烦地等待着胜利消息的正式公布。

十二号一早，上班的时候，我看见街头报板的周围都挤满了抢读当日报纸的民众。报纸仍然满版都是日本在各战场及太平洋海面上的赫赫战果。可总的来说，街头却要比平常来得冷清许多。

刘世英：十三号，一早起来，我就看到《华北新报》在头版醒目的地方，刊载了一则日军华北最高指挥官下村的布告。布告的要点是：听说，近来北京巷间谣传日本无条件投降于联合国的消息，这完全可说是侮辱“皇军”的举动。若是有人胆敢再散布这种谣言，则日本军事当局决定将以军法从事……

“小心点啊！”我和蔡川燕看了这则报导后互相警戒说，“不要在这光明来临的前夕，叫疯狗咬上一口。”

终于，胜利的消息在人们万分忍耐的等待中传来了。

十五号，中午十二点，日本天皇在东京向他的“忠良臣民”们做了无条件投降的广播：“帝国政府已受旨通知美、英、中、苏四国政府，我国接受彼等联合宣言各项条件……”下

在北京的锺理和（戴帽者）
与友人（锺铁民先生提供）

午两点，北京广播电台立即将全文译成中文，放送出来。听了广播之后，我们从屋里走出来。我们看到，青天白日满地红的国旗已经在天空中和家家户户的门口飘扬起来了。街上的人们都跳了起来，高声呼喊着：胜利了。

蔡川燕：几天后，大哥也回到北京了。他说他一听到日本投降的消息，立刻跳上一辆从新乡开往北京的火车，急着要到北京来跟我会面。尽管战后的交通秩序还很混乱，火车也时通时停，可他却顾不了那么多。他手里拎着一个仅有的包包，挤上拥挤的火车车厢，脑子里头随意想着未来的生活计划。火车走走停停，终于还是驶抵北京车站了。下了车，他就直接奔往我的住所。可在路上他却碰上了抢徒，把手上的包包抢了。这时候，他就真的是一无所有了。

“包包被抢，我不觉得难过。”大哥向我描述遇抢经过时说，“可惜的是，里头有好几本我这几年来写的日记和一些文稿啊！”

胜利了。可是，在北京的我们暂时都处于失业的状态。就像大哥的朋友锺理和所讲的，“胜利”似乎没有改变多少社会的现实。

锺理和：“七七事变”后日本人来到华北硬把北平改作“北京”，此外把时间改快了一小时。于是中国人也跟着用起“北京”，并且把时钟拨快一小时。日本投降。祖国光复了“北京”，于是又把“北京”改回原来的北平，把时间拨慢一小时。

于今想起来像是历史的戏弄亦只有“平”“京”两个字的改换而已。上至紫禁城之大，下至街头乞丐之微，以及跳舞场、麻将、香槟、戏子、妹妹我爱你、高德旺在广播电台说相声、各个院子的秽水与脏土使主妇们皱起了眉头……这些这些，一点儿不改旧样。[1]

蔡川燕：大哥到新乡之前就认识锺理和了。因为同是台湾人，又都爱好写作，两人谈得来，很快成为好朋友。那时候，锺理和

1993 年，蔡川燕先生在东华门后南长街的锺理和旧居（蓝博洲摄影）

1 《锺理和日记》，一九四五年十月一日、廿九日，收录于新版《锺理和全集·六》，锺理和文教基金会，二〇〇九年六月初版一印，页一七、四三～四四。

带着家眷住在东华门后的南长街，单身的大哥经常去找他聊天。后来，大哥到新乡工作，两人就没机会再见面了。回到胜利后的北平，大哥特地去了一趟南长街。但是，锺理和已经搬家了。一直到同乡会成立那天，大哥才又与锺理和重逢。

洪炎秋：平津的台湾同胞，除了来应会试和候选的外，五十年前有陈顺龙先生在北平廊房头条开设牙科医馆，是为滥觞。自此以后，逐渐增加，天津多商人，北平多学生，他们来此的共同动机，是要避免日本的压迫，所以来的人都是爱国者。

平津两地因台省学生频频往来，由是而引起一般台胞的注意，首先来者为医生，随后有水果商、茶商、汉药商，以至其他商人，接踵而来，各方面越来越多。嗣后也有入机关做事者，也有在学校办教育者，但因籍贯关系，兼避日人干涉，故所报籍贯，不是福建，便是广东，所以平津两地，几没有注意到台胞的存在。中日战事发生后，台胞为逃避日敌的征用，跑回祖国者更多，多冒称闽粤人——后因日敌注意此点，故又有改冒他省籍贯者——在各方面做事糊口。做大学教员二十余名，医师八九十名，矿业工程师四五名，化学工程师七八名，电气工程师六七名，在机关及公司中做事者二百余名，其他则从事大小商业，计北平将近千名，天津则有一千二百余名。此外还有被日敌强制征用的军属九十五名。

平津的台湾同胞，爱国家爱乡里的精神，都非常热烈，所以八月十五日日敌宣布投降的时候，男妇老幼无不兴奋万分，甚有感激涕零者。北平的台胞，即于是夜集合庆祝，随即成立台湾省旅平同乡会筹备会，发表宣言，开始工作。第一步要求敌军立刻释放由台湾强制征来的军属士兵，交由本会收容，第二步联络各界同乡，协助地方当局，维持治安。

九月九日敌人在南京签降，该会即在这历史上可纪念的日子，假座大光明戏院，召集成立大会。[1]

刘世英：那天，吃过午饭后，我和蓝明谷及蔡川燕兄弟一同前往西单大光明戏院，参加台湾省旅平同乡会成立大会。会场里头充满着热情与兴奋的谈话声，人人的脸上都是笑着的。

锺理和：人声、唤呼、笑颜、热情……太阳、青天。大门交插着飘扬的国旗与党旗。在异族支配与蹂躏之下，踱过五十余年的人们，感慨当无量也。[2]

刘世英：就在这时候，蓝明谷看到一个朋友一脸微笑地走来，立刻兴奋地走上前去，伸出手来，跟他紧紧地握手，然后向蔡川燕和我介绍说这位是锺理和，美浓客家人，出过一本短篇小说集《夹竹桃》。蔡川燕和我随即先后向锺理和伸出手，彼此握了握手。蓝明谷然后又向锺理和介绍蔡川燕和我，并且强调说我们两人都是为了抗日而从东京来到北京。锺理和就说他很敬佩我们的爱国心，蔡川燕和我立即异口同声说哪里哪里。我又接着说，说起来惭愧，还没有机会投入抗战工作，日本就投降了，对祖国一点贡献也没有。这时，讲台上的主席宣布大会开始，原本嘈杂的会场突然就安静下来了。

锺理和：中央没有来宾莅场，祖国对台湾是否抱有关心？疑问、苦闷、不满。但无论如何，吾人有需反省的地方很多。[3]

《新台湾》：出席者共有五百多名，讨论百出，情绪热烈，其盛况洵谓近年来未有见之，公选执行委员七名，即梁永禄、洪槱、林朝棨、张我军、张深切、吴敦礼、洪耀勋，监察委员二名，即陈天锡、苏子衡。[4]

锺理和：一部分的青年不满足以往曾做过日本军走狗“密探”的某一二个——其中一个旗色不甚鲜明——老年辈居然被选为委

1　洪槱（櫆），《平津台胞动静概况》，《新台湾》创刊号，一九四六年二月十五日，页二。

2　前引《锺理和日记》，一九四五年九月九日，页七。

3　前引《锺理和日记》，一九四五年九月九日，页八。

4　《台湾省旅平同乡会成立》，前引《新台湾》创刊号，页八。

旅居北京的台湾人：张我军、连震东、洪炎秋、苏芗雨（左起）
（台湾民众文化工作室收藏）

员，大部分的青年则因对于张我军——即张四光的一篇《论台湾人的国家观念》一文中太过蔑视了青年的存在——据说那是太过侮辱了青年而激起忿懑与纠纷。[1]

张我军：日本殖民当局尽管从正反各方面，用积极消极各种方法，要使台湾人忘记自己是中国人，甚至要他们厌恶或轻侮中国，而在台湾人脑中种下效忠日本的“国家观念”，但是结果如何呢？仔细分析起来，自然是相当复杂的，因为这五十年之间变化不少；然若就现状而言，约略可以将台湾人的国家观念大别为三种：第一种可以说根本就没有国家观念，这种人所求的只是安居乐业……不过，若说他们完全没有民族意识却又未必，因为他们，与其受异族的统治还是宁受同族的统治呀。第二种是身在台湾而心在中国……他们无时不盼望着中国早日复兴从速收

1 前引《锺理和日记》，一九四五年十月廿九日，页四二。

回台湾……第三种是相对地信奉日本是他们的国家，他们便是日本的臣民。大体来说，知识阶层大多属于第二种人，二三十岁以下的青少年一大半属于第三种人，其余属于第一种人。

……第三种人虽然似乎有些问题，但是在他们身上循行着的血是汉族的血，是先天的，他们所受的教育是后天的，是可以矫正的……何况在环境已经大变的今日，要改造一部分台湾青少年的国家观念，当然并不是一件太难的事，这是可以断言的。还有一例可以说，这次中日战争开始后，有一部分台湾青年，甚至改成日本式姓名，纯粹当了日本人来到中国做着日本的事的；但是和国人一接触，他们身上的民族血便叫醒了他们的民族意识，不几年就恢复为一个爱国的中国人了。所以，台湾人的国家观念，虽然必须国人努力工作，然而绝不是一部分人所担心的那样严重的问题。

唯有一事，千万要注意！青少年的心是单纯而坦白的，对于一切事，第一印象最为深刻，所以当接收伊始，由国（府）遣派前往的党、政、军人员，必须慎重选择，万勿在台湾青少年同胞的脑中留下不良的印象！[1]

锺理和：那时候一个青年学生站起来要求为保持同乡会面子起见，须撤消此辈汉奸委员之职。同乡会分裂了。二个阵营对垒相持。——老年与青年，拥护学生与拥护学生所攻击的张四光与汉奸的二派。

两个“时代”的斗争，青年与老辈的斗争。忿懑、热血、不平、真诚！张四光（张我军）对青年的谢罪、辩解。老辈的妥协与惨败。至今日，我才真正感到青年的力量，此力量之伟大。唯其如此，青年亦当自觉其存在，不要使此存在无意义。老辈不

1　张四光，《台湾人的国家观念——台湾光复后的问题》，原载一九四五年九月三日北平《华北新报》“专论”；转引何标主编《老北京台湾人的故事》，北京：台海出版社，二〇〇九年十二月第一版，页一六二～一六三。

曾认识青年的力量而忽视青年的存在，此是他们的失败。

不意五十余年来的奴化政策，尚未麻痹或消灭这些人的道德与正义感。正义万岁。青年万岁。[1]

蔡川燕：会后，我们三人和锺理和一同走出会场。在路上，两人并排，前后走着，大哥和锺理和走在一起，我和刘世英走在一起，边走边聊。几天后，某日下午，大哥和我来到南池子胡同缎库后巷，按址找到锺理和的住处。但是，在言谈之间，我们发现，锺理和对台湾青年的主观期望很快就灰心了，他的情绪跟几天前简直有天壤之别。

锺理和：现在正是要求我们青年努力与活动的时候，但我却痛切地觉到自己的空虚。直至今日，都未见我所写的（《为台湾青年伸冤》）原稿登出。没想到在开旅平同乡会那天，青年那种

1993 年，蔡川燕先生在南池子胡同缎库后巷寻找锺理和旧居（蓝博洲摄影）

1 前引《锺理和日记》，一九四五年十月廿九日、九月九日，页四二、四七、四八。

真挚与热烈，过了几日便消逝得这么干净。如此一来倒觉还是年老一辈做事脚踏实地之可靠了。可怜亦复可叹。因此我遂把自己的热情压抑下去。而（把）写得只剩一页的《为海外同胞伸冤》稿子收起。

我想这样也好。本来我是打着不干涉任何公事与政治活动的旗帜的。然则我现在正可本着自己的内心的要求做点自己的事了。

青年销沉可叹。

“青年万岁！”是的，这是我在开始时写的一句话。这是我始终信而不疑的一句话。如果这句话有需订正，那就是世界上最可悲哀的时候，也是最可悲哀的一件事。[1]

蔡川燕：大哥不知如何安慰锺理和才好，就说其实他也不必那么灰心。一阵沉默之后，大哥说他觉得锺理和未免太过于感伤了，就用一种鼓励的语气劝慰他，有空不妨多出去走动走动，毕竟青年一代还是有希望的。

我们又随意聊了一阵之后，锺理和说有一位名叫谢人堡的台湾同乡有事找他……哥哥打断锺理和，问说谢人堡是不是那个曾经参与一九四三年关于“色情文学”论争的谢人堡。“对！就是他。”锺理和继续刚刚被打断的话，说他听说谢人堡正在和平门里旧帘子胡同筹办一个新报《新中华日报》，因此也想去了解一下，看看有没有合作的可能性。他问我们能不能陪他走一趟，我们没其他事就陪同他前往西城区，探访谢人堡。可到了谢人堡的住处，他却还没下班。锺理和给他留了字条，然后又带领我们转往东铁匠胡同，拜访他的表弟邱连奇。

因为我在胜利后也失业了，生活比较困难，第二天起，大哥就决定暂时寄住邱连奇家。这之后，因为住得比较近，他就

---

1 前引《锺理和日记》，一九四五年九月十、十三、十四日，十月十六、廿九日，页八、九、一〇、三一、四二。

经常去找锺理和聊天。[1]

《新台湾》：台湾省旅平同乡会继于九月十一日开第一回执行委员会议决各委职务分担如下：主任委员，洪槱。事务组委员，洪耀勋。文书组委员，张我军。联络组委员，张深切。调查组委员，吴敦礼。学务组委员，林朝棨。宣传组委员，梁永禄。自该会成立以来所做之工作如下：办理同乡登记，发给会员证。为新来之台胞开设国语讲习会。斡旋同乡学生转入中国学校……[2]

锺理和：九月十八日，阴微寒。各报咸竞登“九一八”纪念文，街衢国旗飘扬，全市皆浸在回忆纪念与狂欢之中。十四年前的今日——然中国已胜利，国耻已雪矣。

瑞如至。不知他而今有何感想。他却说急欲回台纠合昔日同志复行报国工作。可笑，可乐，此种人至此时候，又复摇身一变，一下子又变为一个热烈的爱国者了。[3]

蔡川燕：大哥告诉我，在锺理和的印象中，瑞如这人，在日伪统治时期是一个投机分子。但是，此时却已经摇身一变了。他原来心里还想着瑞如“而今有何感想”，可他立刻知道自己毕竟多虑了，对瑞如这种人，没有什么变化是不能适应的。他的心情反倒被瑞如的来访搞得低落了。还好，傍晚的时候大哥来找他。他因为心情被瑞如的来访搞得低落，就带着幼子铁民，跟大哥一起到中山公园走走。进了公园，他们就直接走到音乐堂。这时候，音乐堂的广场已经挤满了看戏的民众，他们挤不进去，于是就走到一处高坡上，远远地俯瞰音乐堂的舞台上正在演出的京戏。其实，像这样看戏也蛮有意思的。锺理和向大哥说，如果把人生当作一

1 另见前引《锺理和日记》，一九四五年九月十三、十五日，页九、一一。

2 前引《台湾省旅平同乡会成立》，《新台湾》创刊号，页八。

3 前引《锺理和日记》，一九四五年九月十八日，页一二。

出戏的话，这也未尝不是一种生活的态度。你说的没错，大哥回应锺理和。只是，这也未免太过消极了吧。那么，你又能怎么样呢？锺理和辩解。历史不就是忠奸不辨吗？你看，从前当日军走狗或是投机分子的人，现在摇身一变，不都成为同乡会的委员或“爱国者”了吗？大哥没有回应锺理和，静静地望着坡下看戏的人群。可他心里却一直寻思着：为什么向来性情温和的锺理和会变得那么愤世了呢？他们彼此无语地又坐了一会儿，然后从高坡走下来，继续走向游人稀少、古木幽深的公园里头，边走边聊，聊时事，也聊文学写作的事。

锺理和：此日音乐堂有李万春与李世芳之纪念剧。立于纪念堂外面，沿高坡之上瞰眺京剧，又别饶兴趣。

公园古木深幽，游人甚稀，立于园后护城河岸铁栅栏边，翘望对岸巍峨之紫禁城——角楼、午门，与苍苍的墙，和静谧的护城河。风光固依稀昔时也。然它也知道人间、历史已经有何转换么？[1]

蔡川燕：几天后，大哥与锺理和又同往太庙，观看美国新闻处举办的第二次世界大战图片展览。他们对法西斯发动的战争及其在世界各地的暴行，都抱以绝对批判的态度。[2]

锺理和：那里有“法西斯的毁灭”一节，观看之后，人莫不怀恐怖憎恶与寒心之感。

记得家乡有这么一段趣事。某人以不正当之秤与人粜谷，秤起来既减其三分之一，而经过记录时，记录者更减其三分之一。村人某见状出为大家说：

“不但过秤的要损阴德，只怕看见的人都要绝子绝孙哩！”[3]

---

1 前引《锺理和日记》，一九四五年九月十八日，页一二。

2 另见前引《锺理和日记》，一九四五年九月廿二日，页一四。

3 前引《锺理和日记》，一九四五年十月十四日，页三〇。

六、白薯的悲哀

按照《开罗宣言》与《波茨坦宣言》的规定，台湾在日本投降以后复归祖国。一九四五年十月廿五日，台湾行政长官公署长官陈仪在台北中山堂接受日军投降，从这天起，台湾全境的领土主权及人民即复归中国统治。陈仪并且公开声明："台湾人民自民国三十四年十月二十五日起一律为中华民国之国民。"外交部也早已电告驻外使节照会各国政府表示："台胞自民国三十四年十月二十五日起一律恢复中国国籍。"

按理，台胞身份已经与各省省民全无二致，也应该与其他各省人民享有一致的权利和义务才对。但是，重庆政府在处理台胞及其财产的态度上却不是这样。

一九四六年一月十四日，行政院公布《集中管理台胞令》，在北平的许多台胞因此被第十一战区长官司令部司令下令集中。同一天，北平的《世界日报》又登载了一则《行政院核准公布〈关于朝鲜人及台湾人产业处理办法〉》的中央社电讯。办法规定：

> 一、凡属朝鲜及台湾之公产，均收归国有。
>
> 二、凡属朝鲜及台湾人之私产，由处理局依照行政院处理敌伪产业办法之规定，接收保管及运用。朝鲜或台湾人民，凡能提出确实籍贯，证明并未担任日军特务工作，或凭借日人势力，凌害本国人民，或帮同日人逃避物资，或并无其他罪行者，确实证明后，其私产呈报行政院核定，予以发还。[1]

这两则命令相继披露以后，原本因为复归祖国怀抱而欢腾雀跃的

1 台湾省旅平同乡会、台湾革新同志会同启，《关于处理台湾人产业之意见书》，前引《新台湾》创刊号，页五。

旅平台胞，立即掉入“人人自危”“家家不安”的紧张状态；有的人因此停掉原有的营业，有的人则贱卖财产，还有一些人甚至被当地的不肖分子抢劫。

政府的政策这样，一般民众对台胞的看法也是这样。许多台胞走在街上时常听见“台湾人也是日本人”的话，而说话者往往带着“一种不理解与轻视的特别眼光”。[1]

锺理和：日本投降时，我尝听到国内很有些人士对台人所抱的那侮辱式的关心。据他们说台湾人之有饭吃，是完全依赖于日本势力的。实际，台湾人并非依靠于日本势力，然而依靠于历史与社会环境，却系事实。他们过去受的是日本教育，法律上又是日本籍民，然则他们只好、也只能借此教育与国籍赐予他们的能力与方便吃饭。如此，他们很自然的都在伪政权之下解决了生活问题。这固不是他们的权利，也绝不是他们的责任。[2]

蔡川燕：那时，我们在报上读到一则短评，作者引用鲁迅先生说过的话：“蒙古人征服中国以后，把他的‘臣民’分为蒙古人、色目人、汉人和南人等四种。南人与汉人本来都是汉民族，因为南人做奴隶的时日比汉人较迟，所以他的奴隶地位也就比汉人较劣一等。”从而揣摩出沦陷区也有四种人之别的说法：第一种人当然是日本人，第二种是朝鲜、台湾人，第三种是东北人，第四种人则是沦陷区的同胞。

鲁迅这段话应是出自一九三四年一月三十日作，发表于二月四日《申报》“自由谈”，后来收入《花边文学》的《北人与南人》一文，其

---

1 《台湾省旅平同乡会消息》，前引《新台湾》第四期，一九四六年五月一日，页一五。

2 锺理和，《祖国归来》，收录于《锺理和全集·三》，高雄县：高雄县立文化中心出版，一九九七年十月，页一二～一三。

中提到："二陆入晋，北方人士在欢欣之中，分明带着轻薄，举证太烦，姑且不谈罢。容易看的是，羊衒之的《洛阳伽蓝记》中，就常诋南人，并不视为同类。至于元，则人民截然分为四等，一蒙古人，二色目人，三汉人即北人，第四等才是南人，因为他是最后投降的一伙。最后投降，从这边说，是矢尽援绝，这才罢战的南方之强，从那边说，却是不识顺逆，久梗王师的贼。孑遗自然还是投降的，然而为奴隶的资格因此就最浅，因为浅，所以班次就最下，谁都不妨加以卑视了。"

蔡川燕：按照那则短评的逻辑，那就是做日本人奴隶越久的人地位越高了。我们都对这种不可思议的说法感到气愤。大哥也感慨地说，他原先以为祖国同胞对台湾人的这种看法，只是因为台湾人原属日本籍民而有的一时误解，随着胜利后台湾人恢复国籍的事实，这种偏见自然会云消雾散的；但是，从政府最近颁布的几项政令看来，他的乐观是不大可靠的。

我们知道，其实，很多台湾青年虽然受过十几年的日本教育，但是他们未曾忘记自己是中国人，还感觉着胸膛里潜流着的热血——不是日本人的，而是汉民族的热血。但他们有什么办法呢？他们过去在法律上确实是日本人，受其压制，丧失行动自由，无论如何也不能摆脱殖民统治的镣锁，除非祖国富强起来。他们相信，祖国一天不富强，台湾就一天不能解放；首先必须拯救祖国，才能拯救台湾。为了拯救祖国，也为了拯救台湾，他们觉得继续接受殖民教育是不对的，于是设法摆脱监视，返回祖国，来到沦陷区的北京，寻找参加抗战的门路。然而，在这异乡，他们不得已只好在这城市漂泊，终日饱尝着举目无亲的苦闷。同时，他们必须先解决生活的问题；为了挣饭吃，就不能不工作。因为这样，在一些国人看来，台湾人和奴才就似乎一样了。人们提到台湾人时都要带着侮蔑的口吻说：那是讨厌而可恶的家伙。

锺理和：北平没有台湾人，但白薯却是有的！并不是没有台湾人，而是台湾人把台湾藏了起来！白薯——就这样被大用起来！

北平是很大的。以它的谦让与伟大，它是可以拥抱下一切。但假若你被人晓得了是台湾人，那是很不妙的。那很不幸的，是等于叫人宣判了死刑。那时候，你就要切实地感觉到北平是那么窄，窄到不能隐藏你了。

白薯是不会说话的，但却有苦闷！

秋天是风雨连绵的季节，而白薯，就是在这时候成熟的。

仔细别让雨水浸着白薯的根。如此，白薯就要由心烂了起来！

烂心——那就是白薯苦闷的时候！[1]

蔡川燕：大哥认为，这种现象是历史的错误造成的。他于是写了一篇反映问题的《问答小天地》（四月七日），发表于五月一日出版的《新台湾》第四期：

A：你姓名？

B：姓风……

A（厉声地）：你姓名？

B：……？姓风，风雪游。

A：岁数多大？

B：二十五。

A：你哪国人？

B：中国人！

A：中国人？既是中国人，籍贯哪儿？

B：台湾。

A（带着奚落似的迷笑说道）：台湾人不是日本人么？

1 江流，《白薯的悲哀》，前引《新台湾》第二期，页一一。另见前引高雄县立文化中心出版《锺理和全集·三》，页二、三、九。

B（认真地，焦急地）：蒋主席已经认定台湾人是中国人，您却说是日本人，我没法抗辩了。

A（气咻咻地）：你敢把本官看当朋友么？这里是司法房呀，本官依法审问，少说废话！……既是中国人，为何腔调好像日本人？

B：我们平常说的是南方话，与北方话完全两样，而且受过好几年日本教育，我在北方又才住过八个月，当然腔调有点不顺。

A：你上过什么学校，什么时候到此地来的？

B：我在日本XXX大学经济系，念了两年并没等到毕业，去年七月初旬就回国来……因为我不愿意继续下去了。我感到自己的错误，以为国家于累卵之际，还在敌人压制下继续着学业是不对的。我受过十几年日本教育，但还感觉着我胸膛里潜流着的热血不是日本人的，并且我未曾忘掉它是中国人的，汉民族的热血。但我们有什么办法呢？我们过去在法律上确实是日本人，我们受其压制，丧失行动的自由，无论如何我们不能摆脱压制者的镣锁，除非祖国富强起来。我相信祖国不富强，台湾不能解放；然而当时祖国不是在敌人铁蹄下呻吟么？我确信必须拯救祖国，才能拯救台湾；为拯救祖国，为拯救台湾，青年们必须奋斗；可是我不能插翅腾空，怎能够摆脱敌人的监视，返回祖国呢？而且受敌人政策的瞒蔽与环境的束缚；抱歉得很，往往未免生出怀疑与踌躇。但当时我已恍然澈悟了！……有人劝我继续学业，以为读书亦即救国之道；但我总是不能屈服，由怀疑而至于苦闷，以为国族一旦沦亡，求学又有何益？在这时候，敌人已经渐渐地丧失其威灵，敌首都东京以及其他都市已经被破坏得缭乱不堪了。老实说，当时我感到极度的焦急，在敌人监视之下，万一当轰炸的牺牲，宝贵的生命，毫无意义地化为炮灰，这是何等痛苦？何等难过？我以为宁可化为故土沙砾，万不能呆在敌国等待无谓的牺牲……到了去年七月，所谓天下不觉苦人心，朋友由祖国给我送来消息，他替我办理回国一切手续，这时我很兴奋，很感谢他，我打算回到祖国，再和他往后方去。如此当我找回到祖国时，事实又不凑巧，他——我朋友——已先离开此地往后方去了。想不到我竟成为无可依靠的异乡之客，而且又不懂北方话，我失去了生活动力，而不得不依靠同乡们了……

A：你抱着如此热情，回到祖国，又有相当学问，为何现在干这样没出息的事情？

B：是，我很有热情，很愿意为国家，为民族尽点年轻人应该尽的力量；不过我先为挣得饭吃，所以才干这没出息的事。我来到这沦陷区的大城市，朋友又跑到后方，给我失去参加抗战的机会；所以不得已只好漂泊在这被敌人压制的城市，终日饱尝着这举目无亲的异乡苦闷。未几国家光复了，我们故乡重还祖国，我以为我的前途必有光明来临，但，怎知现实情状，距离光明尚有千万重之远！抱歉得很；在抗战期中我不能效劳祖国，在这时候我虽然知道应尽的义务，然而我须先解决生活，我相信不能生活什么都谈不到！在这物价惊人的时代，在这举目无亲的异乡，一餐两个窝头、一碗白菜汤都要成为问题，您怎能够叫我不干没出息的小生意呢？买破烂，这生意于您当官的看起来，也许是没出息的，但于我是很重要的，靠这笔收入，我才能够维持生活。况且我并没有做过亏心事，虽然我是买破烂的……

A（冷笑地说道）：嘿，你没做过亏心事？你带的那笔钱？是哪里来的？

B：那笔钱？是朋友借给我的，因为我要做小生意……

A：我不信，你穿着这一身不整齐的衣服，污秽的裤子，破了大窟窿的西服褂子，没有带子的鞋子，散乱的头发……这个样子，谁敢借给你钱？我不相信！既然是跟朋友借来的，你怎么连数目也不知道呢？我不相信，世上有这么回事？十几万块钱虽然不算很大数目，但也不能借给穿破烂的朋友呀！而且难道说，人家不点明数目肯把钱借给你么？你想这怎么讲？

B：借来的数目，我却并未忘掉，但因为借来二十万元已经过了好几天了，其中化了几万块钱，所以剩下十几万；不过我却忘掉了详细数目。假如你不相信，可把我的朋友群天明叫来，当面见证。

A：我总不相信……

B：您不相信，我不能再三抗辩了，您可叫群天明来，万事就明白了。

A：也不用多费事了。（他站了起来，命令巡警把这形色可疑的流浪者，带回监房，临走时还带着警告的口吻，向流浪者说道）我告诉你说，你吃饭是不碍的，但像你这样人不该做事，做事便要犯法；你不该穿破烂，穿破烂便不该带钱，带钱便是形色可疑！

B：……？

七、中国往何处去？

胜利以后，久经战乱的中国老百姓都沉醉在欢欣鼓舞的兴奋状态之中。他们以为，从此以后就能够免除战争的威胁，过着安定的正常生活了。但是，中国的政治现实却不是他们所希望的那个样子。美国《时代》周刊驻华记者白修德（Theodore H. White，1915—1986），即便是一个外国记者，目睹过抗战胜利后重庆国府官场百态的他，也已看到中国的隐忧，而在《中国暴风雨》一书中写道：

白修德（Theodore H. White，1915—1986）

> 和平是到来了，但那陈腐的政府，那由来已久的苦难，那照旧的恐惧，全部依然存在。中国并没有较从前丝毫接近改革，反而是离开国内的和平更远一些了。战争是已经过去了，但是中国还会有长期的大流血和大斗争。

白修德的预测其实并没有脱离事实太远。

实际上，中国的政治现实是因为日本的侵略而暂时隐退的国共两党之间的斗争暗流，一直支配着整个中国的政局发展。

从抗战胜利到一九四六年七月全面内战开始以前，是中国共产党从抗日战争过渡到解放战争的历史阶段，它的主要任务是保持土地改革的成果，以及尽速进入东北。

相对地，国民党的新使命则是重建它在一九三七年以前的辖区的统治秩序，以及迅速进入东北，进而消灭共产党。与此同时，为了不让八年抗战的果实落入中共手中，美国大力动员陆、海、空军力量，支援以蒋介石为代表的重庆政府，赶紧把军队遣送到中国最具重要性的华北和华中沿海城市去接收。于是，到北平接收的国民党军队走出各处的群山峻谷，带着过去所受的身心苦难和疾病，沿着当年被日军击溃时曾经走过的道路，胜利地重聚汉口美军基地。然后，以解放者的姿态，搭乘美军C54巨型运输机，飞往共产党军队心脏地带的北平古都，用亮晃晃的刺刀和美国星条旗重建国民党的权威。[1]

十月十日，蒋介石与毛泽东在重庆谈判后签订《双十协定》。然而，《协定》刚刚签订后的第三天，十月十三日，他就向各战区发出“剿共”密令，一手撕毁两党协定。一直到该年年底，为了深入华北，并为进兵东北打开陆上通道，国民党动用了一百九十万人以上的兵力（其中包括正规军一百二十万、伪军三十五万、日军三十五万），沿津

1 戴国辉、叶芸芸，《爱憎二二八》，台北：远流出版公司，一九九二年二月十六日初版一印，页四九～五一。

浦、同蒲、平汉、平绥铁路，大举进犯共产党的解放区。

与此同时，中共中央也发出《关于双十协定后我党任务与方针的指示》：和平方针虽已奠定，但暂时许多局部的大规模军事冲突仍不可避免，对国民党军队的进攻，应进行自卫还击。

锺理和：十月二日。随着嘹亮而且撩人的号角的吹鸣，胡同里的人们都一致翘起首来凝望着，几天来阴云溟黯而今天豁然开朗的碧空。好像要由空中捕捉号角声。然一颗心却既在胸腔里兴奋踊跃而且燃烧了。

据说今天盟军即以飞机抵平。——普海腾欢。

十月四日。号角吹鸣。欢迎国军。人心欣忭而起舞。

十月七日。欢迎盟军，街头俱为人群所堵。诚可谓人山人海，国旗招展，青天白日旗与星条旗。车上人的旗与车下人的旗。车上人的笑颜，车下人的欢呼。摇曳的槐树。辽旷的秋空。二个民族的真诚的流露。崇高的感激，感激的瞬间，而历史便在此等旗影与人群后面，静静地展开了别一个新的不同的面。[1]

蔡川燕：目睹这样的变局，大哥和我以及周遭一些台湾青年的心情，与锺理和并没有什么不同。然而，美军进城以后，我们却经常看到他们开着吉普车四处乱撞，“市虎伤人”的事情日有数起。民间甚至流传说：“撞死一个中国人，还不抵撞死一头驴！”大哥和我谈起这事时愤愤不平，说中国老百姓的性命竟然连一头牲畜都不如。

锺理和：沦陷区政治界的颓废委靡、腐败、贪官污吏的横行，这些使国民陷于绝望与诅咒，故人们对内地抱有甚大的希望与期待。然被憧憬与被信仰的重庆，果能满足他们的此种欲望——企求与渴望否？

---

1 前引《锺理和日记》，一九四五年十月二、四、七日，页一八、二〇、二一。

1945 年 9 月，台湾省旅汉同乡会组织队伍，高举大幅标语，欢迎进入汉口的国军部队

第一个官僚，第二个官僚，第三个还是官僚！[1]

蔡川燕：大哥认为，问题不仅仅是官僚主义而已。更要不得的是，尽管国民政府表面上在惩治汉奸，可它暗地里却为了私利而与南京和北京的伪政府秘密往来。它希望在战争的最后关头，伪政府控制的军队会在必要时倒戈，攻击日军；更重要的是，不论在什么状况下，也都要把枪口对向中共所属的八路军。就在国共两党濒临对决的紧急关头，整个的伪组织果然都投入了国民政府的怀抱。据报载，过去在汪精卫伪政权担任过“行政院长”、“上海市长”等职的周佛海，现在摇身一变，又被蒋介石任命为“军事委员会上海行动总队总指挥”。在华北，也有六个曾经替日本帝国主义打共军的将官，已经被国民党收编，再度高举国民党的旗帜，抗拒共军向铁道及城市逼近，以便等候国民政府来接收。

锺理和：摇身一变的时代与摇身一变的人们。什么都是摇身一变，都

1　前引《锺理和日记》，一九四五年十月九日，页二四。

在摇身一变。只差变得像与不像而已。有的变得惟妙惟肖，比真物有过之而无不及。但可惜都与孙猴子相仿佛，一条尾巴虽变成了一柱桅杆，然而却因不能挪在前边而露出了马脚。某东北人最近又在第十二军获得一份好缺——中校。据说系因为他有一知友也是东北人，在该军里身当要职。他得意扬扬地问我的姑表（邱连奇）"要不要也来一份，尉级是拿得准的"。他原系在伪政权之下得意过一时的。当政府正在忙于捕缉汉奸的时候，他却很顺利地摇身变了过来。

这便是祖国胜利，高呼建设、军政刷新的时候的现象，可哀可叹！[1]

蔡川燕：是啊！在敌人指挥刀下舐血的走狗，一跃而为"抗战的英雄"；杀人不见血的刽子手，一变而为"地下工作者"。历史没有是非，忠奸不分，甚至于颠倒。大哥因此语重心长地说，他认为，国民政府迟早要失去民心的。问题是，中国将往何处去呢？而我们台湾青年面对这样的变局又该如何？

刘世英：时序进入十月下旬的时候，北平的清晨惯常地会有重重的浓雾淹没着胡同里的屋檐；天气阴晴不定，温柔而微黄的阳光偶尔从屋外照进大杂院的院子里；北平的冬天眼看着也将来临了。然而，中国的政局似乎并没有随着蒋介石与毛泽东签订《双十协定》而稳定。那段时日，我们经常望着这一片迷蒙的景色，忧心地想着中国的局势发展与自己的出路问题。也许是受到时代的闷局的影响吧！到了夜里，听到胡同里传来小贩悠悠地吆喝着"烧饼，羊杂碎！"的夜卖声时，总觉得也比往常要来得寂寞些。

蔡川燕：为了了解中国的局势变化，寻找中国往何处去的答案，大哥经常和我及刘世英等一些在北平的台湾青年聚在一起议论时事。起初，锺理和也会跟着大哥一起来参加讨论；但后来就

1　前引《锺理和日记》，一九四五年十月三、十二日，页一九、二七、二八。

借故推辞了。大哥劝他听听其他人的想法，不要老是在家里闷着。他就说，去也没什么用的。

锺理和：青年徒高空论究于事实何补。少说话多做事如何，不如平心静气，多看一点书为佳。而今我只能在艺术里，在创作里找到我的工作与出路、人生与价值、平和与慰安。我的一切的不满与满足、悲哀与欢喜、怨恨与宽恕、爱与憎……一切的一切，在我都是驱我走近它的刺激与动机。甚且是粮。[1]

蔡川燕：我们就国内的政局与台湾的情事互相交换意见。因为年纪较大，再加上对社会现实也有相对深刻的认识，因此，每次聚会，其他人就会习惯性地要大哥首先发言。那天，他起了个话头说，据报载，现在，北平一般老百姓对于那辈“五子登科”式的人物已经恨之入骨了……什么叫“五子登科”式的人物？有人不解地插话问说。所谓“五子”，大哥解释说，是金子、车子、房子、女子和票子；因为这“五子”都是接收大员的接收对象，所以，人们就称他们是“五子登科”式的人物。

刘世英：除了“五子登科”，这些人还有一种说法是“天上掉下来”或“地下钻出来”的人。这怎么说呢？所谓“天上掉下来”，是指这些接收官员都是坐飞机来接收的。至于“地下钻出来”，是说有许多接收官员原本都是在伪政府做过事的人，可他们摇身一变，都编造说自己过去是“潜伏的地下工作者”。尽管蒋介石曾经告诫那些接收官员：扰民者，杀无赦！可谁来执行命令？那些官员以为受降就是要分配，于是大家就动手抢起来了。所以，在“五子登科”式的接收下，北平的复员工作只能停摆。市面上只见“捧西洋、骂东洋、抢大洋”，一片“三洋开泰”的气象。物价也由胜利之初的狂跌变为狂涨了。

蔡川燕：我们这些年轻人，起初，因为对国内的政治不了解，再加上过去一直接受日本帝国主义的反共教育，虽然知道中国

---

1 前引《锺理和日记》，一九四五年九月廿三日、十月廿五日，页一五、三八。

还有一个共产党，却不太清楚它的究竟。因此，我们都把中国的未来寄望于国民党，我们认为，国民党是国父孙中山先生创立的；因此，它是中国正统的代表。可是，胜利以后，先是重庆的国民政府对台胞的处理政策充满着歧视。当国民党接收北平的大小官员来了以后，我们又亲眼目睹了他们贪污腐败的作风。因此，我个人认为国民党的三民主义在中国已经走不通了。我的论调立刻遭到一个在北大任教的叶姓副教授反驳。他站起来，说三民主义既不是资本主义，也不是社会主义，而是一种混合的主义；它没有那两种主义的弊害，却有那两种主义的优点。所以他认为，三民主义和国民党仍然是中国唯一的希望所在。再说，国民党有美国做后台，他强调，共产党一定不敢再跟国民党打的。有人不以为然，说共产党也有苏联做后台，所以还是会打起来的。即便是这样，姓叶的北大副教授马上又反驳说，共产党还是不敢怎么样的！毕竟美国有原子弹。

刘世英：蓝明谷眼看再这样争辩下去，将会发展为没有焦点的意气之争，甚至伤了彼此的感情，于是就出来打圆场，说我们也不必再这样争辩下去了。我们大家对国内与国际的政治局势，认识都有限，所以，也不能说谁的看法一定对。问题是，我们不妨认真研究一下，为什么国民党会既怕又恨共产党呢。如果说，共产党和国民党一个样的话，那么，国共之间就没有什么矛盾了；这样的话，国民党也就大可不必害怕和痛恨共产党了。他指出，现在国民党接收官员的表现我们已经现实地体会到了，可我们对共产党却仍然不很了解，如果从另一个角度来看的话，我们应该思考的是，共产党既然反对国民党，那就肯定表示它和国民党的主张是不一样的。所以，我们不妨先搞清楚共产党究竟是一个怎样的党，它为什么反国民党，反对什么。在这样的认识基础上，我们的讨论，乃至于争辩，才有它的意义吧。

他的提法不但没有遭到其他人反对，还引导我们学会从另一个角度来看中国的前途问题。

锺理和：台湾光复纪念日——廿五日。也即为受降日。

这几日来夜里都有枪声。但沉溺于都会的繁荣与享受的人们却丝毫也不去理会它，好像根本没有这回事。

在汽车的笛声与轮声和邻人们的高谈纵笑以及胡同里的夜卖，至于不知由哪里送来的平剧的转播，张君秋那古典的、悲哀的、缠绵悱恻的歌声。在这一切声浪交响乐之下，那枪声是显得那么渺小、软弱，而且觉得滑稽。

听说近日捕得几个日本人，由他们的身上搜出了台胞身份证出来。据他们说那不是假的，明明盖有宣抚会台胞办事处的图章。使当事者莫名其妙地发了大半天的呆。然而这里并没有什么稀奇。不过他们把东安市场的原理——衬衣一领四千元，皮鞋一双二千五百元等等适用到这上头来罢了。

一份台胞身份证十万元。如此而已。

然而，然而……中国的风也吹到台湾来了。

十一月七日。这几天来都为八路军之事占满了报纸的篇幅，惊扰了人们的心。实在说来，中国的此种现象在这种场合，在国家的发展上、前途上是吉是凶谁也不会知道的，然而此事可于民众的态度上，多少获得一种朦胧的解答与途径。

歌谣二首：

此处不留爷，自有留爷处，处处不留爷，大爷投八路。

盼中央望中央，中央来了更遭殃。

十一月廿七日。《世界日报》社论强调，人民只有一个愿望，赶快复员；国家只有一条出路，统一和平。

晚上，雪悄悄地落着，它像感知中国运命的可悲似的悄悄地落着，不叫人知道。

雪哟，落在中国的雪也是这样的可哀吗？[1]

八、奔向解放区

内战的阴霾布满中国的上空。国共两党以外的各民主党派纷纷发表宣言：呼吁停止内战，要求迅速召开政治协商会议。十一月间，重庆各界群众成立了"反内战联合会"。十二月一日，昆明各校师生为反战而联合罢课，国民党当局武装镇压，制造了"一二·一惨案"。国统区人民反内战、反独裁、要和平、要民主的民主运动因此不断高涨。

面对这样的形势，美国总统杜鲁门不得不于十一月廿七日调回"扶蒋反共"的赫尔利，改派陆军上将马歇尔为"特使"，来华"调处"国共争端。

一九四六年一月五日，经过多次谈判之后，国共终于达成"关于停止国内冲突的协议"，并由张群（后为张治中）、周恩来、马歇尔组成三人小组，就停战细节展开协商，最终达成停止国内军事冲突的协议。一月十日，国共双方分别下达停战令。同一天起一直到卅一日止，中国政治协商会议也在重庆召开。十三日，午夜十二时，停战令生效。同一天，由郑介民、叶剑英和美国驻华代办罗伯森三人组成的"军事调处执行部"在北平成立，负责国共双方关于停战协定的实施。此后，在停战协定与政协决议的约制下，国共两党的关系基本上处于"关外大打，关内小打"的局面。[2]

就在这时，北平的一百七十万市民迎来了抗战胜利以后的第一个春节。然而，由于内战的阴影笼罩，再加上物价、粮价像噩梦一样地直线上升，过年，只给那些投机者带来喜悦而已。过年前后，北平一连下了三天的大雪。对传统的中国农民来说，原本该是"瑞雪兆丰

---

1 前引《锺理和日记》，一九四五年十月廿六、廿八日，十一月七、九、廿七、廿八日，页二九、四一、四二、四五、四六、四七。

2 王功安、毛磊主编，《国共两党关系史》，武汉：武汉出版社，一九八八年八月初版一印，页五一五～五二三。

年”。可小型的《北平日报》副刊“太平花”却有人引证战事、金价、物价三事，把它写成瑞雪兆“疯”年。民心的积愤不平，由此可见。

……

由于电厂存煤递减，北平市区开始在白天停止供电。这样，水源自然也成了问题。电力又影响磨面，面价因此高到八万多一袋（四十四市斤），合二千元一斤；小米面也高涨到五百多一斤。在这种情况下，抢劫、自杀对北平市民来说已不算是新闻了。

随着形同虚设的军调部的解体，北平市民的内心又更增加一点凄楚，并对和平暂告绝望了。对于国共的破裂与大打，他们感觉得更真切了。北平就像全国各地的许多城市一样，成了一座愁城；而且就像北平某家报纸所形容的那样——北平北平不太平，永定永定不安定。[1]

蔡川燕：随着军事调处执行部的成立，以叶剑英为首的中共代表团，也合法公开地在北平出现，并出版了《解放三日刊》。也就在国共两党“一面谈、一面打”的这段“调处”期间，大哥和我们这些台湾青年有了较好地认识共产党及其主张的客观条件。由于以前有关社会主义的书或介绍中共的书被禁得很厉害，看这些禁书被抓到的话，是要坐牢的；所以，我们过去也不太敢去看。这样，我们对共产党的理论、主张，也跟一般台湾青年一样不太了解。随着国共两党的矛盾日渐尖锐，内战随时有一触即发的可能，我们于是就有一种想要去了解的主观愿望。尽管内心里头还是怕怕的，可我们还是偷偷地到北平新华书店，买一些相关的书来看。

我读了中国著名教育家，也是中国民主同盟领袖之一的黄炎培，考察延安之后所写的《延安之行》一书，以及郭沫若描写延安生活的诗集之后，对延安时期的共产党也有了初步的

1 子冈，《愁城记》，转引姜德明编《北京乎》，北京：生活·读书·新知三联书店，一九九二年二月一版一印。

了解和认同。就在这时，我才发现，大哥的政治立场也是倾向共产党的。大哥向来就非常喜欢研读鲁迅的作品。在东京时，我只要在内山书店看到有关鲁迅的书，一定买下来，寄给他。所以，对于他的左倾，我并不觉得意外。有一次，大哥跟我讨论国内局势时告诉我，说他知道我的思想倾向；同时也向我坦白，说他起先也是对国民党寄予很大的希望，但是，经过胜利以来的观察、研究后，他认为，中国只能走社会主义的路，别的路已经走不通了。

我们兄弟俩也对周遭一些台湾青年的思想状况做了讨论。我们认为，有大部分人的想法跟我们是一致的；但是，也有一种持中间态度的人认为，中国人是爱争权夺利的民族，国共两党的矛盾，不过也是为了争权夺利而产生的。这种人，大哥批判说，一心所想，只是如何让自己的生活过得更好而已；不管是中国或世界的未来发展，都与他们无关。他们根本不知道，个人的生活是被外在的社会决定的。基于一种对朋友的关心，我想要理解锺理和的政治态度如何，于是就问大哥对他的看法。大哥说锺理和这个人很好、很正派，有强烈的民族感情，是一个和平主义者；可他并不理解共产党，也不大同意共产党的主张。不管怎么样，大哥强调，他是我们的朋友。

锺理和：黄炎培说：中共的政治作风已经改变了。不是变向别的而是变向平凡。而此平凡大概可以由它的谈话来解释。

即打倒主观主义和宗派主义。

向老百姓学习。

工农分子的知识有时倒比知识分子多一点。

读了马克思主义没有能根据它来研究中国的历史事实，创造出合乎中国需要的自己的理论，做了中国共产党党员（却）看不见中国，只看见书架上的革命文献，这种马克思主义理论家还是少一点好。

这年头教会了人们不相信任何一种事物……但这里却明明白白的有一个例外，是毫无疑义的，那就是棒子面——谢天谢地，这是穷人们维系生命的造物主所赐予的东西——在今天是一斤五百元钱的，到了明天准是一斤七百元钱，后天便是一千元钱，往下类推——这种事情。[1]

蔡川燕：通过那次的思想交心之后，大哥和我之间开始有了更深刻的思想联系。为了解决生活上的经济来源，六月初，我进入北平协和医院第一卫生事务所学习；学习完成后即可取得医生资格。

在协和医院，我遇到一位东京医专时比我低二三级的大陆籍学弟；他看我经常对社会现实与政治局势发牢骚，就主动找我聊天。经过一段时日的观察、试探以后，他判定我基本上是对共产党抱有好感的台湾青年，就拿一些解放区出版的报纸和刊物，包括毛泽东写的《论联合政府》等小册子，给我阅读。这样，我对解放区的情况也有了更进一步的了解。有一天，他便向我表明他是中共在北平的地下党员，问我愿不愿见见他们的人。我觉得自己如果再在北平这样待下去一定会闷死的，于是说愿意。

后来，那名学弟就安排我见到了中共地下党派来的人。这名地下党人的年纪和我差不多，不过二十来岁，人很朴实；可说话态度诚恳，见识、谈吐都比我深刻、稳重。我于是就打从心里感到佩服。从谈话中，我知道这名党人主要是向我传达一个讯息——如果我或其他台湾青年想去解放区，他可以设法安排。

因为找到了党，我的心情非常兴奋。我随即去找大哥，把这个消息告诉他，并听听他的意见。大哥听我把状况说了之后，就鼓励我去；同时表示虽然他也很想去，可他

1 前引《锺理和日记》，一九四五年十二月卅一日，一九四六年一月七日，页四九、五六。

还是决定回台湾。大哥向我说明自己不能去的理由，他说我们兄弟俩已经离家四五年了，爸爸、妈妈年纪都大了，弟弟、妹妹又还小，家里总要有人照顾；他身为家里的长子，当然要回家。这是第一点。再说，从报章、杂志有关台湾的报导看来，国民政府接收以后的台湾社会，跟北平的情况一样糟……就是啊！我插话说，我听说台湾现在正流行着一首《天地歌》，说是“轰炸——惊天动地，收复——欢天喜地，接收——花天酒地，政治——黑天暗地，人民——唤天叫地”。我认为，这首歌基本上具体概括了光复前后台湾民众的心理状态。大哥说我说得一点也没错。他说他也看到一则报导说，现在台湾民众到市场买猪肝，不说猪肝一斤，却说“陈仪一斤”。由此可见，那些腐败的国民党接收官员已经被叫作“猪”了。他接着非常感慨地说，以前，在日本帝国主义统治下，我们总是偷偷把日本人叫作“狗”，并盼望着赶快把那些“狗”赶走，回到祖国的怀抱；没想到，台湾光复了，竟然演变成“狗”去“猪”来的局面……

一阵沉默之后，大哥又向我分析说，照这样下去，就像上海《密勒氏评论报》的社论所说：“今天即便是最大的乐观主义者也同意；如果该岛现在的统治继续下去，一定会有不可救药的危险发生！……台湾的现状是埋藏着炸弹。”他的看法是，内战在大陆地区是无法避免的；台湾既然也是国统区，内战的烽火迟早也会蔓延到那里。所以他鼓励我去解放区；而台湾民众懂中文的不多，会写的更少，他能说普通话，又懂中文，回去以后，不但可以写文章替老百姓说话，也可以帮助他们了解中国的真实面貌，至少还能起一些作用。

我和大哥商量以后，随即介绍一个彰化青年张文华进入解放区。张文华本名张文源，一九三五年三月毕业于南二中；日伪时期，在北京日本华北轻金属工业公司任职；七十岁那年病逝上海。

几天后（六月廿六日），蒋介石在美国的武装援助下撕毁了停战协定和政协决议，大举进攻共产党的中原解放区，并对其他解放区发动全面进攻。中国的全面内战从此展开。在这样的形势下，我来不及处理一些生活琐事，立即和刘世英及另一名台籍青年林汉章，在地下党的安排下，化装成一般商人或老百姓，分头在北京车站搭上火车，前往解放区。

九、祖国归来

根据当时的台湾广播电台报导，抗战胜利以后，虽然有一小部分的台湾人，已经陆陆续续从各地自行返乡，但是在一九四六年三月以前，大约还有八万名台胞流落大陆各地，过着痛苦的难民生活，等待台湾当局赶紧设法将他们接运回家。其中，海南岛有三万多人，华中一万多人，华南约三万人，东北约三千人，华北约四千人。

一九四六年二月中旬，旅平同乡会为了日后返乡工作联络、组织上的方便，开始在台胞之间着手“邻保”组织。二月十九日，“邻保”组织的工作还在进行，北平行营饬交通部特派员令天津航政局转令招商局通知同乡会，准备用由南方驶来的海苏号轮船，于归途载送首批三百名台胞回台；并规定于廿一日在天津集中，廿二日在塘沽上船。同乡会于是挑选了三百名生活最困窘的台胞（其中台籍日俘一百一十六人，天津、北平两地台胞各九十二人），先行让他们返乡。然而，二十日下午，同乡会却突然接到天津招商局通知，说是海苏轮因为要“运送肥料”，临时改变原本载运台胞返乡的计划。因为这样，那些准备返台而“已将房舍退租，被褥什物全部变卖”的台胞，大都陷于吃住均感恐慌的生活绝境里头。

因为国民党当局在“海苏号事件”上所表现的“轻诺寡信”，台

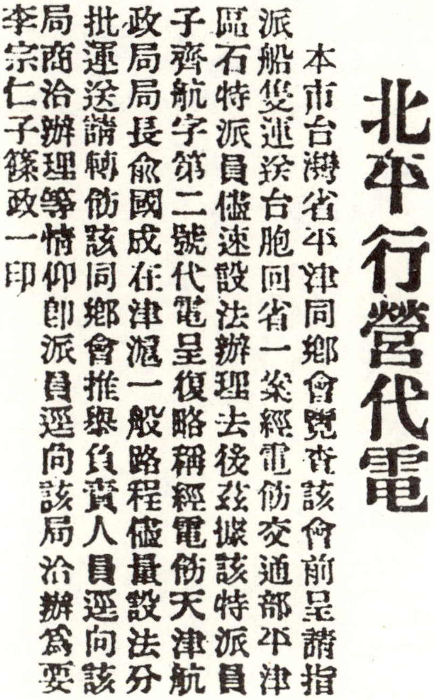
北平行營代電

本市台灣省平津同鄉會覽悉該會前呈請指派船隻運送台胞回省一案經電飭交通部平津區石特派員儘速設法辦理去後玆據該特派員子齊航字第二號代電呈復略稱經電飭天津航政局局長俞國成在津滬一般路程儘量設法分批運送請轉飭該同鄉會推舉負責人員逕向該局商洽辦理等情仰卽派員逕向該局洽辦為要

李宗仁子篠政一印

1946年2月19日，北平行营载送首批三百名台胞回台的电令

湾同胞的爱国心再次受到相当伤害。他们因此愤愤不平地抱怨说："难道肥料会比人更重要吗？"然而，更令他们感到纳闷的是，他们听说，台湾当局竟然以台湾缺乏粮食的理由拒绝流落在外的台胞返籍。他们承认，国民政府载肥料到台湾是很重要的事；但是，"人"终究比"物"还重要，仅知向台湾运肥料而不知运回使用肥料的人，也是不能种田和收获的。同乡会也呼吁国府当局：能够"本民主精神，处理台湾同胞之事宜，绝不可歧视，亦不可轻视"。[1]

三月上旬，同乡会终于在"联合国善后救济总署冀热平津分署"的协助下，安排了四十名第一批返台的平津台胞，由塘沽经上海，平

1 前引《新台湾》第二期：《台湾同胞之回籍》，页一；《航政局拒绝台湾同胞回籍》，页五；《台湾消息述评·一，流落在各地的十四万台胞急待返乡》，页六；锺理和，《祖国归来》。在日期上，上述报导略有出入，此处以《台湾同胞之回籍》的说法为主。

安归返台湾。

三月十九日，联合国救济总署又再通知台湾同乡会，该署拟于卅一日再遣送第二批平津台胞二百六十名返台。到了卅一日，包括锺理和一家在内的这二百六十名台胞，终于“笑嘻嘻地”在塘沽搭上轮船，经由上海，开往“恋恋的”台湾去了。[1]

四月廿九日，同样是在救济总署的安排、协助下，台湾省平津同乡会联合会会长洪炎秋又率领一百零九名由台籍日俘组成的“台湾青年团”团员，及四十名由太原避难来平的台胞，搭上轮船，经由上海，返回故乡。[2]

锺理和： 抗战终结，随之内战蜂起，烽火所及，交通悉遭破坏。这阻塞了海外台胞的回台，而尤以在华北者为甚。华北遥隔台湾，海洋重叠，又以战争，大陆船只激减，既无直航驶台的船只，势非环绕上海不可。同乡会以台胞回台事，由去年起，即在行营、救济总署、行政院、招商局与台湾行政长官公署之间，不断地奔走、交涉、呼吁、叩头、发电。然而当时正忙于内战、接收、复员等问题的国家，于人民的此种请愿，原系区区小事，不值一顾的。至此，台胞也只好与各省流落至平津等地的难民同其运命。踯躅，并且辗转于异乡。斯时风云告急，谣言四起，人心惶惶，物价扶摇直上。被隔绝于华北的台胞，以时局及生活艰难之故，既不安，又紧张，其焦急与烦忧之状，有如热锅里的蚂蚁。

到了三月二十日，回台消息复起。那时候，当地连落几场春雪，特别于三月十六日所下的雪最厚。据说二十年来已没有下过这么大的雪了。街衢白雪皑皑，胡同寂然。现实世界虽

---

1 《台湾消息·五,二六〇名台胞被救济总署遣送回台》，前引《新台湾》第三期，页九。

2 《台湾省旅平津同乡会消息·二，第三批平津台胞回乡》，前引《新台湾》第四期，页一五。

非如此，但雪却把大地盖下深深的静谧与和平。台胞看着下在院子里的雪，心里有何感想，那是要他们自己才会知道的。是忧思呢，是感伤呢，是和平，抑是怀远？然而眼看着窗外霏霏春雪，想到己身之困留此地，归期无信，心里该如何地寂寞呵！

然而就在三月廿一日，同乡会召开班长与组长会议，报告与研讨救济总署决定送我们回台事，及回台事宜。人数仍是三百人，北平分得一百六十名额，余分天津。此次因救总非军事机关，故军属完全除外。此日议决将回台人员组织团体，人事方面，则效法"邻保"组织，编成五组……据外面所传此去路途甚不平静，旅客遇抢事，时有发生，故非将团体组成一富有弹力性的有机体，对外既不能有所备，对内，则不能不取得坚强与紧密的联系，与照应。

本说廿四日要走的，廿四日没走了，又延至廿六日，到廿六日不但不能出发，且连信息都渐见稀疏与不确，致谣言四起，群情纷纭。然而归心如矢的他们不管如何受骗、吃亏都行，却绝不抛弃热烈的期待，与守候的，而期待并没有背弃他们。因为现在他们已确确实实回到他们的老家——台湾了。[1]

蔡川燕：早在成立之初，台湾省旅平同乡会就把因为抗战胜利而恢复自由的台籍日俘组成台湾青年团；除了救济他们的生活，替他们"向同乡代募衣服，以资御寒"之外，并聘请教师及同乡有志，教他们讲普通话，以及《三民主义》、中国史等，以期他们成为具有国家理念的健全之中国国民。[2] 从一开始，能讲普通话，又懂《三民主义》与中国史的大哥，就志愿前往台湾青年团，担任那些原台籍日军的讲师。可他并没

1 前引锺理和，《祖国归来》，页二〇、二四、二五。

2 另见前引《台湾省旅平津同乡会成立》。

有跟随台湾青年团的团员一起返乡。我后来听说，他之后才和我冈山公学校的同学王荆树一起离开北平。太平洋战争期间，王荆树前往日本九州医专求学，还没毕业，日本就投降了。一心向往祖国的他，于是搭乘前往大陆载运日本侨民的船只，从九州辗转来到北平。

十、组织派人来了

青年李伟光（右）与简吉（台湾民众文化工作室收藏）

根据一九五九年四月“安全局”为了“教育干部，策进工作”而编纂出版的内部机密文件《历年办理匪案汇编》第一辑“匪台湾省工作委员会叛乱案”所载，一九四五年八月，应抗战胜利后殖民地台湾复归中国的新形势，中共中央派任曾经参加两万五千里长征的台籍干部蔡孝乾为“台湾省工作委员会书记”。九月，蔡孝乾从延安出发，间道潜行三个月以后抵达苏北解放区的江苏淮安，并向中共华东局（原华中局，《双十协定》签订后随新四军撤退山东，成为华东局）洽调来台干部。一九四六年二月，蔡孝乾率嘉义籍干部张志忠等，分批到上海，与“华东局驻沪人员”会商，并“学习一个月”。同年四月，张志忠率领首批干部，由上海搭船，回到台湾，先行展开组织工作。同年七月，蔡孝乾潜返台湾，正式成立“台湾省工作委员会”，并由他自己担任“书记”，领导组织。[1]

1 《安全局机密文件》，李敖出版社翻印，一九九一年十二月卅一日，页一二。

李伟光：我是彰化二林人，当时的上海台湾同乡会理事长。一九四五年十一月下旬，张志忠带着台湾文协（文化协会）的老朋友蔡（孝）乾的介绍信，从新四军出来，到上海来找我。年底，蔡（孝）乾也到了上海。我安排他们两人住在我（的）疗养院，蔡介绍张执一（新中国成立后曾任中央统战部副部长，1911—1983）和我联系。从此，张执一一直领导我在上海的地下党工作。一九四六年三月，我设法送张志忠等人回台湾工作，蔡（孝）乾也于七月回台湾去了。[1]

张执一：我是湖北汉阳人。日本投降的当天晚上，中共中央华中局经高级干部会议后，决定派我以“中共中央华中局和新四军代表”名义，首先化装潜入上海……一九四六年夏秋之交，中共中央成立“上海局”；下设“台湾工作委员会”，书记蔡孝乾，负责领导台湾地下党的工作。从一九四六年秋冬之交到一九四九年年底，我曾经代表上海局，四次前往台湾，检查与布置工作。[2]

裴可权：我是浙江杭州人，民国二年生，浙江警官学校、中央警官学校特警班高级系毕业，历任军统局情报工作十年、忠义救国军政治部上校秘书代主任、青岛警察局分局长、台北市第六分局局长、“中央警官学校”教官、政工干部学校高级班教官。[3]

蓝明谷于一九四六年经北平“台湾同乡会”遣返上海，五六月间抵沪，住上海“台湾同乡会”，认识同乡会办事员林 ×。林 × 本为共产党徒，将左倾书报杂志交付给他阅读。直到十月中旬返台前，均与林 × 交往，思想深受影响。返台后，初任教育

1 李伟光自述，《一个台湾知识分子的革命道路（下）》，蔡子民整理，《台声》杂志总第廿八期（北京，一九八六年十一月），页四五。

2 张执一，《在敌人心脏里——我所知道的中共中央上海局》，原载政协文史资料研究委员会主编《革命史资料》第五辑，一九八一年十一月；转引《中共的特务活动原始资料汇编》，香港：阿尔泰出版社，一九八四年一月，页七三～一〇六。

3 裴可权，《台共叛乱及覆亡经过纪实》，台湾商务印书馆，一九八七年八月二版，作者简介。

青年吴克泰（台湾民众文化工作室收藏）

会办事员。一日突有姓张者登门造访，告以系林 × 之友，鼓励他继续读书。次年元月，在张某敦促下，提出自传加入共产党。[1]

吴克泰：我的本名是詹世平，一九二五年生于宜兰三星乡佃农家庭，就读台北二中（今成功中学）期间，通过低我一级的学弟戴传李得知他姊姊蒋碧玉等五名台湾青年，自行组团到大陆参加抗战，就想起而效法。一九四四年九月，我于是放弃念了一年多的台北高校学业，前往上海。一九四六年三月中旬，我从上海回到台湾，一面回台大念书，一面在报社当记者。四月下旬，我终于通过张志忠先生和台湾的地下党联系上了，从此在校园和舆论界积极地展开活动。

根据一些材料看来，上海台湾同乡会在蔡孝乾把李伟光医师介绍给张执一联系以后，就是中共上海局与台湾省工作委员会之间的联络站；包括蓝明谷在内，许多从大陆回台湾的

1 裴可权，《肃谍行动忆往——早年基隆“工委会”破获记详》，《“中央日报”》，一九八一年五月十六日。

人，就是通过这样的安排而和岛内的“地下党”连上线的。

张阿冬：我听蓝先生说，十月中旬，他终于回到阔别多年的台湾，随即先回冈山老家，探望父母。光复后，我公公辛苦一生仅存的三甲多地，又被政府征收了三甲，作为冈山农校的实习用地，家里的田产只剩几分地而已。因为家里的经济不再像从前那样优裕，蓝先生下头最小的两个弟弟，也就没有条件受到好的教育。对此，他内心里头很为自己没有尽到身为长兄的责任而内疚。后来，他在台湾省教育会编辑组找到一份工作，就只身北上。

教育会位于东门附近。蓝先生于是和先后从北平回来的冈山同乡陈本江、王荆树，在桦山町一条通合租一栋老旧的日式房舍。王荆树因为九州医专还没毕业，回台以后就插班台大医学院附属医专。陈本江则是日本早稻田大学毕业生，曾经在华北伪政权统治下的北大任教，思想进步，也常参加蓝先生等台湾青年的讨论会。当时，陈本江虽然还没有固定的工作，却很活跃，每天忙着四处拜访朋友。那时，我就在他朋友经营的贸易公司上班。

一九一三年，我出生于台北大桥头淡水河边水门旁一个木工家庭，排行老二。因为家里穷，大姊身体又不好，父母亲听算命仙说我的命爱“占大”，因此没几个月就送谢家当童养媳。我很爱上学读书，但养父母家境清寒，所以读完蓬莱女子公学校后就无法继续升学，出外谋生。大约在十八岁至二十岁的时候，我在养父母软硬兼施之下，被迫与我到谢家后才出生的弟弟结婚了。我对他一点感情也没有，太平洋战争爆发后，他被征调去当日本兵，我就逃离了。

我和蓝先生会认识，是因为陈本江介绍他和我的一位好朋友相亲；我陪她去。没想到，蓝先生却看上年纪比他大的我。陈本江就邀我下班后去他们住的地方聊天。后来，我们就在年底结婚了。[1]

叶纪东：我是蓝明谷在台湾省教育会的同事，我的本名叫作叶崇培，高雄苓雅寮人。当时，我寄住在一名老台共廖瑞发的家里，白天和蓝明谷一起在台湾省教育会编辑组工作，晚上还到刚刚创立的延平大学上课。因为在廖家看了一些马克思主义的书，思想比较激进。在教育会，我们的工作主要是编写中小学教科书的参考教材。编辑组组长是一名从东北回来的台湾人，曾经在伪满当过什么市长之类的官职。蓝明谷和他说不上什么话。相反地，我虽然比较年轻，中文能力较差，做的也是比较简单的工作，可蓝明谷也许是从我的言谈之间注意到我的思想倾向，对我特别关心。

在我眼里，蓝明谷是一个非常有才华的人，文质彬彬，平易近人，虽然大我七八岁，对待我却像同辈一般，一点也没有居高临下的态度。渐渐地，我们就通过共事与交谈而有了更密切的往来。他还没有结婚时，我曾经到过他的住处拜访，他跟陈本江和另外一人（我没见过）住在一起。他特地把自己的作品剪报三大本拿出来给我看。我还借了其中一本回家，抄录了好几首喜欢的诗。他当时也知道，我除了白天上班，晚上上课之外，还在台北的一些大学生间串联，搞读书会。我想，他凭着敏感的嗅觉应该也闻得出来：我一定是和他同一条路上的人，甚至跟组织有关吧。可他却能耐下性子，不向我多问什么。

吴克泰：一九四六年年底，北大女学生沈崇被美军强暴的事件发生之后，我和台大同学周自强、陈炳基等人组织了一月九日抗议美军暴行的游行示威。第二天上午，张志忠代表省工委给我正式的口头表扬，然后又交给我两项重要任务：一项是接

---

1 另见曹钦荣等采访整理，《流麻沟十五号——绿岛女生分队及其他》，台北：书林出版公司，二〇一二年十二月初版，页三八一～三八四。

待掩护来自延安的长征干部程浩夫妇及同来的上海交通员林昆，另一项是成立台北市学委会。林昆比我小几岁，个子比我高，长相穿戴有些像上海的花花公子。他是从新四军文工团出来的上海人，父母都是潮州人，会说潮州话，与我们说的闽南话只在腔调上差一点点，在台湾可以通。当时他在上海旅沪台湾同乡会当干事，他就与我同住在我的小房间里。不几天，台北市工委书记廖瑞发带张志忠的条子找我。他告诉我，台北市学委会的成员还有两位，一位是叶崇培，另一位是蓝明谷，都在教育会任职。从此以后，学委会经常在我家和附近蓝的宿舍开。同是由北京回来的《中外日报》专员陈本江也在那里住，这是老台共陈义农（木匠）家的后半部。[1]

叶纪东：有一天，廖瑞发通知我说："蓝仔也是我们的同志。""二二八"前两个星期，蓝仔、詹仔和我三个人就组成台北市的学委领导小组。我和他原本就来往密切，这样又加深一层组织关系。我们开了两次会，讨论如何开展工作。不久，"二二八"就爆发了。我与吴克泰失去联络，所以就不知道蓝明谷的情况。但我知道，在此之前，他已经转去基隆中学了。他还要我帮他领教育会的最后的薪水，寄放在廖瑞发家里。

张阿冬：一九四七年二月，蓝先生通过锺理和介绍，从教育会转到他兄弟锺浩东主持的基隆中学任教。蓝先生告诉我，自从北平一别，先后回到台湾之后，他一直就没再见过锺理和。他只听说锺理和在屏东内埔教书，因为交通不便，一直没去拜访。在此之前不久，陈本江告诉他，锺理和因肺病吐血，住进台大医院。陈本江的弟弟陈通和在基隆中学任职，他的讯息就是这样来的。蓝先生还说，在战后的北平，他曾经带陈本江一起去拜访锺理和。尽管是初见面，陈本江还是批评了锺理和战前出版的小说。

---

1 另见《吴克泰回忆录》，台北：人间出版社，二〇〇二年八月，页一九三～一九七。

锺理和：北大化学系教师，同乡陈先生批评我的《夹竹桃》说，由这书所表示的态度来说，是应属于林语堂与周作人——同乡张我军先生亦可归入此派——一派的有闲主义的作家的。因为曾思勉（《夹竹桃》的主角）有超然社会生活之上的漠不关心的那种态度。实属意料之外。他又说与其《夹竹桃》，他个人倒喜欢《薄茫》，这篇艺术的情绪甚为浓厚。

但陈先生于林、周二氏有多少认识，那是可疑的。[1]

张阿冬：蓝先生说，因为话不投机，他就没再刻意安排他们两人见面。没想到，回到台湾以后，他们又因为彼此的兄弟，一个当校长，一个当职员，还是发生了间接关系。

新婚不久，蓝先生就带我前往医院探望锺理和。两个久别重逢的老朋友，见了面，激动地紧紧握着手，久久不语。他先向躺在病床上的锺理和介绍站在一旁的我，然后关切地问锺理和怎么会病成这个样子。锺理和苦笑了一下，然后说，从北平回台湾，一路奔波，又在难民船上过了二十天吃不饱、睡不好的海上生活；再加上，回到屏东以后，过分劳苦的教书生活，终于把他原就虚弱的身体毁坏了。我们望着锺理和瘦削的病容，一时之间，除了叫他静心养病之外，也不知要说些什么来安慰了。反倒是锺理和问蓝先生想不想到基隆中学教书。他说他的兄弟一直要他去教国文，如果蓝先生能够去的话，他去不去就无所谓了。

锺铁民：一九四七年春，叔叔和鸣在基隆中学任校长，父亲在南台湾的屏东内埔任教，叔叔多次招请他去基隆，他就一个人先北去看望兄弟。住在学校宿舍，那是日本人留下来的日式住宅，榻榻米地板，许多纸门隔间。父亲睡一间四叠榻榻米的精致小房间。那时他常常失眠，有时睁着眼到天亮。事情发生时父亲说他很清醒。隔壁客厅中的大挂钟正敲十二点，在钟声中，父亲

1　前引《锺理和日记》，一九四五年十月卅一日，页四四～四五。

觉得两脚开始麻痹……到最后他发觉除了眼球以外，全身都已僵直。这时他感到身边有人，用眼球往下瞄，依稀有一白衣女子坐在蚊帐里，紧紧依在他的腰侧，他看不清她的年龄与面貌，感觉中应该是一个少女，长长的头发披在肩后。静静地坐着一动也不动。父亲……因为一向是无神论者，所以心中一点也不害怕，只是目不转睛地盯着身侧的女子看，一心想要看清她究竟是什么长相。时间并不很长，忽然他感到僵直的身体又恢复知觉可以动弹了，就在这样的恍惚之间，身边的女子已经不见。灯光依然，好像什么也没有发生过。

第二天，父亲告诉与叔叔一同生活的祖母，祖母吓得要他立刻换一间房子，因为祖母知道曾有女学生在那儿服毒自杀。可是父亲执意不搬，因为他决然不相信鬼。那天晚上祖母就睡在隔房，只隔一扇纸门，要父亲一有动静就呼唤。那晚上父亲说他倒是有心等待了，他想了解事情是怎么发生的，蓄意期盼能更清楚是否真正遇了鬼。情形与前一夜完全一样，十二点的钟声一响起来，他又感到身体开始僵直，然后白衣女子一模一样地坐在身侧。他想发问却无法开口，在片刻之后，一切就又消失了。

第三天，父亲就离开基隆回屏东来。弟弟当校长，自己去当教师，这是一种心理上的结，他不打算到基隆去……但在他从基隆回来后不到一个月就肺疾发作，吐血住院。[1]

张阿冬：二月中旬，蓝先生离开教育会，以锺理和介绍的形式，转到锺浩东主持的基隆中学任教。在新学期开学前，他就带着我，住进位于小山上的学校宿舍。

基隆中学包括初中部和高中部，其中高中部只有高一和高二各一班，初中部一、二、三年级各一班。蓝先生担任初一和初二的国文老师。由于学校老师大多数是校长亲自聘

1 锺铁民，《我的父亲锺理和先生遇鬼记》，《台湾时报》副刊，一九九〇年九月廿一日。

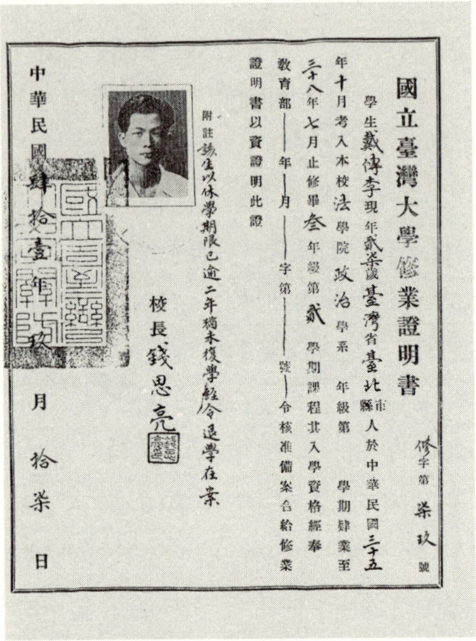
國立臺灣大學修業證明書

修字第柒玖號

學生戴傳李現年貳柒歲臺灣省臺北縣(市)人於中華民國三十五年十月考入本校法學院政治學系 年級第 學期肄業至三十八年七月止修畢叁年級第貳學期課程其入學資格經奉教育部——年——月——字第——號——令核准備案合給修業證明書以資證明此證

附註 該生以休學期限已逾二年猶未復學經令退學在案

校長 錢思亮

中華民國肆拾壹年玖月拾柒日

戴传李的台大政治系修业证书
（台湾民众文化工作室收藏）

请的，素质都不错；再加上校长民主办校的作风，所以，学校里头，不管是教职员之间或是师生之间的关系，处处表现出一派和睦、蓬勃的气象。因为这样，蓝先生对这个新的工作感到相当满意，也想利用这样的环境好好写一些计划中的作品。

吕镇川：我是基隆中学第十八届毕业生，毕业于一九五〇年。我们看到老师们住在校内的学寮里，空间确实十分拥挤狭小，只是用布幕一一隔成一小间，甚至有些老师就在音乐教室或骑楼走廊下隔间，把校园当成住家，一家人就住在里面。我们每天都可以看到他们的生活，真的十分刻苦。[1]

戴传李：姊夫锺浩东当基隆中学校长时邀请我去教高一的英文和数

1 黄克武，《基隆中学毕业校友访谈记录》，《戒严时期台北地区政治案件口述历史》，台北市文献委员会，一九九九年九月，页一四一。

学。一九四七年过完年后，刚刚年满二十岁，只比学生大一两岁的我就以台北高等学校毕业证书当文凭，前往任教。因为我还在台大政治系一年级就读，所以课都安排在台大刚好没课的星期一、三、六，每日六小时，每周一共十八小时。开学不久，“二二八”事件就爆发了。

十一、“二二八”

一九四七年二月廿七日，晚上七点左右，台北市延平北路因查缉私烟爆发民警冲突，一民众遭查缉员误射死亡。廿八日，不满的台北市民集结行动，在长官公署广场遭机枪扫射，当场多人死伤。警备司令部发布台北市区临时戒严令。三月一日，台湾行政长官陈仪宣布解除台北市区戒严令。三日，“二二八”事件处理委员会成立。四日，台北市的暴动发展为全省性的抗争。七日，“二二八”事件处理委员会向陈仪提出三十二条处理大纲。八日，陈仪拒绝接受三十二条要求。九日，国军第二十一师在基隆登陆；警备总司令部再度宣布台北市戒严。十四日，台湾省警备总司令部宣布：全省已告平定，即日开始，肃奸工作进入绥靖阶段。十七日，戒严令扩大在全省各地实施。

吴克泰：廿七日晚上，我同率领新中国剧社来台北演出的话剧泰斗欧阳予倩先生约好，带叶崇培和蓝明谷前去台北车站对面的旅馆，向他请教如何组织和开展学生界的戏剧活动。欧阳先生亲切地一一给他们指点。谈话结束，八九点钟的时候，我们从旅馆出来。我在回报馆的路上，就遇上了一大批群众，从大稻埕方向正往警察局方向跑。

锺理和：二月廿八日，下午两点……半顷，在自己所住第一内科病房后面不远，忽然传来一连串怪似鞭炮的声音，看看街道则见很多人惊惶而跑，状极慌乱。据云那地方是长官公署，那声音是枪声，事情是长官公署前已架好了机关枪，正在向手无寸铁的无辜扫射……由窗口望出去，只见由一扇齐人肩高的红砖墙隔着的沿着院左的街道及与由南方截来的街道相衔接的丁字路口，聚着一大堆黑魆魆的蠢动的民众。由此一堆里发出来怒吼、哀叫、惨呼，从墙面看见他们像发疯似的东奔西窜，抡拳挥棒，抓起自转车像砸一个什么可恶的东西，恶狠狠地砸下去了。而不绝的紧密的枪声，便在那某处不远的地方响着。

有几个外省同胞——年轻人避到这里来，像脱兔惊惶而悚惧。大家都在为此事而议论起来……三时吃完牛奶后走出大门口。在放射线科的南边的过道上放着一具刚由五六个学生抬进来的少年的死尸。少年约十五六岁，躺在一只绿帆布的担架上。面如蜡苍白，唇紫。一手放在小肚上像在熟睡。脸部颊鼻额处略有尘土，黑中山服的上衣，草色裤子。被撩起着的腹部，有几道很薄的血迹，模糊不清。子弹是由左胸乳边入，左胁出。入口有很深的，看着就像一个黑洞的伤口，出口则拖出一颗小肉团贴在那里。

综合那几个学生因激奋而致语无秩序的片段的言语，像似他们由长官公署那边抬来的，又那边还躺着好几具同样被机枪扫死的尸体无人管……伤者一个个接连着往医院抬，或者搀扶进来……大门口集着很大堆的人，有逃离的，有看热闹的。全在议论着，兴奋着，恨骂着，笑着。在离医院不远的公园门口，更有如黑云般黑压压的一团，那是发疯的民众，正在将人来打躺的民众。[1]

戴传李：廿八日傍晚，听说台北的暴动已经扩大到基隆了，蓝明谷老师就和我一起到基隆街上了解情况。我们看到，各处的警察派出所已经被民众袭击并被缴下一部分枪支；一些平常欺压百姓的贪官污吏的官舍也都被捣毁了；无论是街头巷尾、亭子脚或十字路口，都有人在打“阿山”，尤其在高

---

1 前引《锺理和日记》，一九四七年二月廿八日，页六一～六四。

砂戏院及中央戏院，打得特别厉害。看到这种现象，蓝明谷就跟我分析，说打“阿山”虽然过分，但也是大规模群众运动时难免的现象。然后他又忧心地跟我说校长一早就穿着中山装出门了，他不太会说闽南话，又在大陆待过几年，神态看起来像外省人；他很担心，在这种混乱的情况下，校长会被当作“阿山”而挨揍。他说毕竟那些外省官僚的脸上并没有写着哪个有贪污，哪个没有啊！我说我也很担心，因为我们出门前，碧玉姊告诉我，校长一早出门时只说要出去了解台北暴动的情况，并没有说要去哪里。我于是建议说，我们就继续在街上溜达，一边寻找校长，一边观察暴动的情况。夜渐渐深了，听说基隆对外的火车和汽车都已经停驶，一切交通都断绝了。我们找不到校长，于是着急地走回八堵的学校。一路上，站岗的宪兵与巡逻的武装警察都在临检；或远或近的枪声不断传来。周遭充满着兴奋、不安与恐怖的气氛。

锺理和：三月一日，依样时阴时晴。靠医院的砖墙望出外边。马路上行人稀少到可说没有踪影……柏油马路上有二只斑鸠，从容不迫地在踱着方步。据今日的传闻，事件似乎北由基隆南至高雄，差不多波及了全省，火车连今天已有二日不走了。人心动摇而惶惶。上午佐富（堂侄）至，他是由学校为探问浩东的安全而特来台北的。因为浩东穿的是青色中山服，碧玉难放心。

下午不认识的一少年至。据他自己报名是锺枝水，润生兄的大儿子。他在数日前听见浩东叔的话才知道我住在病院，今天有暇，所以特来看我。

终日枪声频起，像进入战争状态，形势是越来越紧张了。[1]

戴传李：三月一日早晨，基隆要塞司令部正式宣布戒严。尽管如此，

1 前引《锺理和日记》，一九四七年三月一日，页六八～七一。

到了下午，蓝明谷和我还是冒险前往基隆市参议会，旁听临时大会的会议情形。在戒严令下，基隆市区几乎成了一座死城，街道上只有武装士兵在巡逻。当我们走进市参议会时却看到旁听的民众早就挤满了会场。大会由副议长杨元丁主持，参加者有参议员，也有民众代表，竞相上台，激昂地批评政府官僚贪污腐败的作风，要求解除戒严，并且提出多项改革政治、经济的草案。

第二天，一大早，碧玉姊说，校长联络上了；他要我和蓝明谷设法到台北。我就去找蓝明谷。因为火车和公路汽车仍未恢复通行，我们于是搭上一辆货车前往。然而那辆货车实在太老旧了，一路上出了几次毛病，走走停停。货车驶抵松山时再次故障，不能发动。蓝明谷就说我们还是下来走吧。我说也只能这样了。他又说他想先去台大医院探望锺理和，要我先去见校长，他随后就到。

锺理和：三月二日，夜雨，终日阴沉低压，乱云飞舞。晌午前蓝先生至。他是由基隆搭载货车来的，但车在路上出了几回毛病，到了松山，不能走了，他们只好走过来。他说基隆情形严重并不减台北。又说他在中途遇见一辆载着满满的插着枪刀的一队兵的货车，车上还绑着一个高等学校学生。

“火车今天不走，我明天还来看你。”他临走时说，“但也许能多留几天。”

“学校呢！”我说，“不回去行吗？”

“都罢课了，他们！”他说着苦笑起来，“不过这倒好像和这次的事件没有关联，而是响应大陆的罢课的！”[1]

戴传李：我和蓝明谷分手后随即转往宁夏路我大姊所拥有的一栋洋房，与锺浩东碰面。蓝明谷离开台大医院后也按址来到，他循着楼梯爬上三楼时，我和锺浩东正忙着写海报。我们

1 前引《锺理和日记》，一九四七年三月二日，页七一～七二。

的主要诉求大都是比较有系统、思想性的要求民主、改革的口号；其中也有劝告本省人不要乱打外省人的呼吁。蓝明谷陆续看了几张已经写好的海报。锺浩东一边写着海报，一边跟我们分析说，目前情势还不明朗，暂时还不宜涉入。蓝明谷也拿起毛笔，一边听锺浩东分析情势，一边就在空白的纸上帮忙写标语。到了晚上，我们就趁着夜色，到外头四处张贴。

第二天，也就是三月三日，我和蓝明谷又回到基隆中学。我们遵照锺浩东的指示，一面安抚学生，一面设法安排学校里头的几名外省老师，到锺浩东的姑表邱连球的南部老家，暂时避难。锺浩东担心，情势如果照这样发展下去，这些外省籍老师一直在学校里头躲着，也不是长久之计；最起码，吃就会成问题。而邱连球的老家是农村，吃，不是问题。

三月五日，四处都在流传着国民党军队即将来台湾镇压的风声，人心惶惶。

三月八日下午，国军从基隆上岸了，到处都听得到枪炮声。我和蓝明谷商量以后，决定暂时离开学校宿舍，等到风声平静以后再出来。我们于是沿着铁道，从八堵一路走到瑞芳，在我大姊夫的一位亲戚家躲藏起来。

张阿冬：“二二八”事件发生时，蓝先生躲避过。记得当时天冷，我们把藏在屋顶的枪取下藏在大衣里，埋到花园内。他避到五六月才回来，继续回到基隆中学教书。[1]

十二、文学写作

根据目前所能见到的材料看来，从“二二八”事变前，一直到基隆中学的地下组织建立以前，蓝明谷也曾有过一段文学活动。事变

1 前引曹钦荣等采访整理，《流麻沟十五号——绿岛女生分队及其他》，页三八六、三八七。

前夕，他以笔名“蓝青”，在高雄《国声报》先后发表了三篇针砭社会现象的短文。第一篇是一月八日的《今孟子见钱县长》，刻意模仿《孟子》的体例，讽刺唯利是图、独裁、不行仁政的地方官僚。

蓝明谷：（一）今孟子见钱县长，县长曰：“叟不远千里而来。亦将有以利吾县乎？”今孟子对曰：“县长何必曰利，亦有仁义而已矣，县长曰何以利吾县，区长曰何以利吾区，乡保长曰何以利吾家，老百姓曰何以利吾身，上下交征利而县危矣，苟为后义而先利，不夺不餍。”县长亦曰：“唯利而已矣，何必仁义。”

（二）今孟子见钱县长，县长操琴为乐曰：“贤者亦乐此乎？”今孟子对曰：“贤者而后乐此，不贤者虽有此不乐也。百姓曰时日害丧子及汝皆亡，民欲与之偕亡，虽有弦歌乐舞，岂独能独哉？”县长无对，顾左右而言他。

（三）钱县长曰：“鄙人之于县也，尽心焉耳矣。甲区凶则移其民于乙区，移其粮于甲区，乙区凶亦然，察邻县之政未有鄙人之用心者，邻县之民不加少，鄙人之民不加多何也？”今孟子对曰：“县长若发政施仁，明是非辨黑白，整饬纪纲，贯彻命令，则耕者皆欲耕于县长之野，商贾皆欲藏于县长之市，行旅皆欲出于县部之途，其若是民之从之者如水之就下，沛然孰能御之。”

第二篇是一月廿六日的《才和财》，直接指出当时社会之所以争执、械斗不断，是因为充满着一批批“为财而死”的“卖国汉奸们”。

蓝明谷：“才”和“财”这两个字，音虽同而意义却大有差别，“才”是属于君子的，“财”是属于小人的。君子则视财如水，慷慨解囊。小人则视财如命，一毛不拔。

本来“财”是人们所爱，不过君子爱财取之有道，小人爱财，贪滥无餍。君子是凭天赋的天才去发明，创造新科学，来贡献于人类。小人则凭榨欺取财的“才”，去追求财富。前者是以高尚的人格与技能取财，而后者却是以谄媚与屈服取财。

现社会上所有争执、械斗，完全是为了对财的本身，没有正确的了解和认识，所以往往会为财而死。

眼看一批批的卖国汉奸们，哪个不是为了爱“财”——这不义的“财”。但是爱财的结果，“财”反把他们一个个都送上了断头台，“财”，毕竟是厉害的家伙。

第三篇题为《传为佳话》，发表于二月廿一日，通过对“怒发冲冠”“锦上添花”“空前绝后”“脚踏实地”等“传为佳话”的民间“口头禅”的解释，反映一般民众物质生活的艰困情况。

蓝明谷：物价如脱缰的野马，飞也似的奔跑，这些挣扎在饥饿线上的薪水阶级人员们，生活的车子，远在物价后面数千里，所以新近有许多口头禅，传为佳话：

头发长了，没有钱理发，这叫作“怒发冲冠”。

衣服破了，补了又补，这叫作“锦上添花”。

袜子穿破了足尖及后跟，这叫作“空前绝后”。

鞋子穿破了底无钱修补，这叫作“脚踏实地”。

事变后的五月，蓝明谷写了一篇题为《鲁迅与〈故乡〉》的论述文章。早在任职台湾教育会时，蓝明谷即为长期受到日本帝国主义殖民统治的台湾同胞，尤其是广大的台湾青年，编写学习普通话的教材而努力着。这篇《鲁迅与〈故乡〉》，就是他为自己译注的一本“中日对译，拼音注解”的鲁迅的《故乡》所写的导言。

在这篇导言中，蓝明谷高度评价了五四运动的反帝反封建意义，并指出鲁迅是坚持“五四”正确方向而不妥协逃跑的代表人物之一。他认为，鲁迅的伟大之处在于：尽管人们称他为“世界文豪”“青年导师”或“革命健将”，他却宁可做一个在民众队伍中，理解民众，运用文字与民众共同进行斗争的“摇旗呐喊的小兵”。他指出，《故乡》跟鲁迅以前的作品《狂人日记》《孔乙己》《药》《风波》等比起来，有很大的不同。首先，在内容上，它把向来“对黑暗面的暴露”放在次要的地位，而以对劳苦大众的热烈挚爱为主要；在形式上，它也“注入了抒情的色彩”，不再只是“客观地讽刺描写”；在思想上，它也超越以往作品“生物学的、进化论的倾向”，阐明“只有依靠实践才能实现希望”的积极态度。这就是他之所以尝试将《故乡》用这种形式介绍给台湾青年的主要动机。

蓝明谷：如果太平天国运动是中国近代史最早的开端，那么五四运动就是具有中国近代史意义的急进的自觉意识的行动。中国时至今日仍处于帝国主义和封建势力的两重桎梏之下。

由于这种历史背景，中国反帝反封建运动在大多数民众中，特别是在觉醒的青年知识分子层中得到热烈支持，致使广泛而炽烈地展开是绝非偶然的。从而率领此项运动的领导者所担任的历史责任也是极大的。如今回顾“五四”以来的历

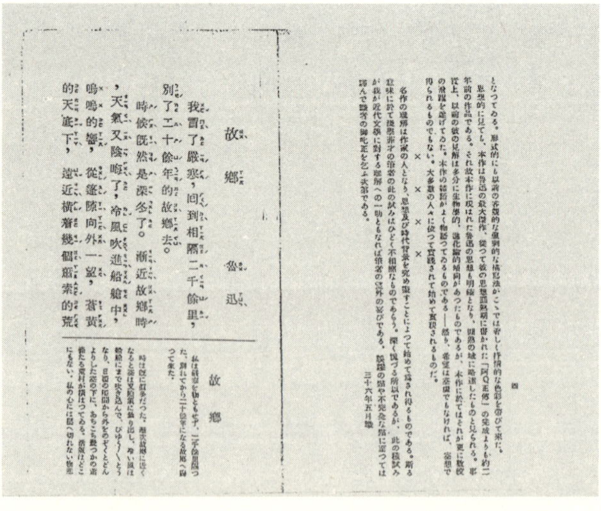

となつてゐる。形式的にも以前の客観的な諷刺的な描寫法がこゝでは著しく抒情的な色彩を帶びて來た。思想的に見ても、本作は魯迅の最大傑作、從つて彼の思想圓熟期に書かれた「阿Q正傳」の完成よりも約二年前の作品である。それ故本作に現はれた魯迅の思想も明確となり、圓熟の域に略達したものと見られる。事實上、以前の彼の見解は多分に生物學的、進化論的傾向があつたものであるが、本作に於てはそれが更に數段の飛躍を遂げてゐた。本作の結語がよく物語つてゐるものである——即り、希望は空想でもなければ、妄想で得られるものでもない。大多數の人々に依つて實踐されて始めて實現されるものだ。

×　×　×

名作の選擇は作家の人となり、思想及び時代背景を究め盡すことによつて始めて爲され得るものである。斯る意味に於て淺學非才の譯者の此の試みはひどく不相應なものであらう。深く愧づる所以であるが、此の種試みが我が近代文學に對する理解への一助ともなれば譯者の望外の喜びである。誤譯の點や不完全な點に至つては謹んで識者の御叱正を乞ふ次第である。

三十六年五月譯

四

故鄉　魯迅

我冒了嚴寒，回到相隔二千餘里，別了二十餘年的故鄉去。

時候既然是深冬了。漸近故鄉時，天氣又陰晦了，冷風吹進船艙中，嗚嗚的響，從篷隙向外一望，蒼黃的天底下，遠近橫着幾個蕭索的荒

故鄉

私は嚴寒を物ともせず、二千餘里隔つた、別れてから二十餘年になる故郷へ歸つて來た。

時は既に眞冬だつた。漸次故郷に近くなると空は又陰氣に曇り出し、冷い風は船艙にまで吹き込んで、ぴゆう〳〵と鳴り、苫の隙間から外をのぞくとどんよりした空の下に、あちこち幾つかの蕭條たる荒村が横はつてゐる。活氣はどこにもない。私の心だは悲へ切れない物悲

《故乡》内文首页

史，即可看到这些领导人中，除有成为帝国主义的“代言人”，倒在封建军阀的凶刃之下外，还有为数不少的自封的所谓领导者，他们或是中途与敌人妥协，或是意气沮丧地向“安全地带”逃避。

然而中途不变节，自始至终都投身于反帝反封建运动中的也并非没有，鲁迅就是其中一个。

鲁迅无论如何也是“五四”以来给予中国思想界重大影响的一人。人们称他为“世界文豪”“青年领导”或“革命健将”等。而他却认为自己并不是“斗阵的战将”，宁可做“摇旗呐喊的小兵”，而且事实上他与所谓的领导者不同的是一直战斗到最后，不，由于生病，直到咽气的最后一瞬间，他仍在战斗。他不是在战线后方简单发布命令的领导者，而是在民众队伍中，理解民众，运用文字与民众共同践行斗争的“小兵”。“如果认为老百姓是什么都不知道的愚民，那是十分错误的，他们往往能够正确地看到‘正人君子’们所见不到之处。”他曾说过这种意义的话。这正是他的文学态度，同时也示意着他生活中一直也是这种态度，他的伟大也就在这里。

这里，蓝明谷所引：“如果认为老百姓是什么都不知道的愚民，那是十分错误的，他们往往能够正确地看到‘正人君子’们所见不到之处。”鲁迅的原话为：“老百姓虽然不读诗书，不明史法，不解在瑜中求瑕，屎里觅道，但能从大概上看，明黑白，辨是非，往往有绝非清高通达的士大夫所可及之处的。”

蓝明谷：关于鲁迅生平，由于篇幅所限，写到底也不免有“隔鞋搔痒”之感。关于略历介绍因散见于近来的各种刊物上，这里也就割爱。如果希望了解详细的研究情况，请参考其他人的专著（日本人小田岳夫的《鲁迅传》，内容与事实稍有出入，但大体可做参考书。近来也出版了该国译本）。

郭沫若氏称赞《故乡》与《阿Q正传》有不同的意义。的确，《故乡》是一篇与《阿Q正传》在情趣上不同的杰作。本作品写于一九二一年一月，如果把它与它以前的作品《狂人日记》《孔乙己》《药》《风波》等篇相比较，可以看出本作品不仅在内容上有所不同，而且在写作方法上也有所差异。《风波》前的诸篇作品以"暴露"封建社会的弱点为主要内容。而在《故乡》中，对杨二嫂也就是对黑暗面的暴露被处理到次要的地位。与此相反，把对苦斗纯朴的闰土的热烈挚爱作为作品的主要内容。形式上以前多为客观的讽刺描写法，这里则注入了抒情的色彩。

从思想上看，本作品也是鲁迅的最大杰作，与他思想成熟期所写《阿Q正传》完成时相比，本作品的写作时间虽然约在两年前，但作品表现出来的思想是明确的，证明已近于成熟期了。事实上，以前他的见解多有生物学的、进化论的倾向，而在本作品中却有了一个很大的飞跃。本作品有很好的结尾语——诚然，希望是空虚的，空想是得不到的。对大多数人们来说，只有依靠实践才能实现希望。

理解名作，首先要深入研究成为作家的人，研究作家的思想以及时代背景，从这个意义上来说，浅学菲才的笔者在此一试是极不相称的，深感惭愧。如果这种尝试对理解近代文学能助一臂之力的话，笔者将喜出望外。误谬之处和不足之处，谨乞识者斧正。[1]

事实上，《故乡》结尾的那句话——"诚然，希望是空虚的，空想是得不到的。对大多数人们来说，只有依靠实践才能实现希望"应该就是蓝明谷当时的思想状态吧。

同是五月，蓝明谷还写完一篇题为《乡村》的散文，反映当时

---

1 王惠敏中译，原载《鲁迅研究月刊》一九九八年第一期，页五四～五五。横地刚先生提供。

的乡村生活与农民心情，揭露农民“买不到肥料”，“得不到牲口的饲料”，以及缴不起涨了“几乎一百倍”的“税捐”，“只好硬吞着‘签担米’过日”的现实，从而批判了一般都市人认为乡村生活是“松懈或悠闲”的错误看法。

蓝明谷：“人到了乡下便像压紧的弹簧骤然放松了似的。”茅盾先生这样说。这句话的真实，尤其是生长在乡村，而且饱尝过都市风霜的人们，才能充分地领会。——在都市里辗转了几年，已经心烦气餍的我，刚回到乡村时，曾这样想着。

辽阔而油绿的田园，朦胧的云山；东天未发曙白，悠扬的鸡鸣就响遍每个角落；夜晚月光普照着时，一群天真的儿童在捉迷藏或哼着歌谣；白天，连那墓地里放牛羊的小牧童也吹着怡人的草笛……这些多么使人神往，几乎疑是世外桃源——不只是我，也许每一个尝过都市每一分钟不能放松味道的人们，都要这样想着的。然而，当我在这静穆的乡村多住过几天，与左右邻家的男的女的老的少的攀谈过，便听到他们平凡无奇的谈话里，透露着深刻的苦衷。他们不但不过大地宣传自己的苦痛，反把那苦痛抑压着，忍耐着，至多也借以一口两口叹息为发泄而已。他们所谈的不外于播种收谷，儿女的嫁娶；时常还唠叨着说：近来买不到肥料，得不到牲口的饲料；或更说：税捐涨到几乎一百倍，缴早就过去了，但还抽不出钱等，然而，毕竟乡村还是没有都市那样“压紧的弹簧”似的紧张；因为它的环境使其然，它深深地躲在自然的怀抱里，而自然却像一团暖烘的、松软的棉被，扫开那紧迫的，在饥饿线上彷徨着的氛气，而维护着乡村，造成一重缓冲的围幔，我想着。

那时我很希望永住在乡村，多在悠扬的氛气里，但因为生活所迫，不能不再投到都市的压迫太难堪了。物价，别的不敢说，单就米价讲，它的威胁够使每一个薪给低微的小职员感到束手无策了。

这时我又想到故乡，南部的小乡村；因为人们都在说，乡下的米比较丰富，价钱又便宜，尤其是南部的乡下。

然而当我回到乡下时，我失望了，我后悔自己为何竟这么糊涂。那已经不是世外桃源，或松懈愉快的乡村；他们吃的都是番薯，有些稍有余裕的自作农的三餐，每一碗饭里，才能发见点缀着番薯饭的寥寥可数的白米。他们这样地解释说：穷人哪里藏得住好宝贝，一看到米价稍有起色，谁都急着化钱，都卖得一干二净了。而现在他们只好硬吞着“签担米”过日。

乡村的松懈氛气，由于淳朴的自然造就，但更由被剥削成为惯例的人们，丧失了气力的，貌似坚忍风气所造成的，从而说现在的农村松懈或悠闲未免太过于枉诬吧。

我想着，悄然离开了它。

眼看路旁墓地里小牧童还在放牛羊，他们肩上还背着婴儿……使我忆起都市的街头巷尾转着叫卖零食的小孩。

十三、地下活动

八月一日，《乡村》以笔名“慍生”在《台湾文化》第二卷第五期发表。同样是八月，蓝明谷译注的那本鲁迅的《故乡》，作为中专以上台湾学生学习普通话的教材，由现代文学研究会出版。然而，从此以后，台湾的各种报刊杂志就再也看不到任何一篇署名蓝明谷、蓝青或“慍生”的文章了。

蓝明谷怎么会突然停笔不写了呢？

历史的事实应该是，客观的形势已经不允许具有“地下党”人身份的蓝明谷，从事公开的写作活动了。

一九四七年七月，国共内战进入第二年以后，形势有了根本性的变化。共产党的人民解放军已从原先的“战略防御”转为全国性的“战略反攻”，战争主要地已在国民党统治区内进行了。十月，解放军总部根据战争形势发展的根本变化，及时地向全国发出了“打倒蒋介石，解放全中国”的号召，并宣布中共中央的八项基本政策。十二月下旬，中共中央又在陕北米脂县召开会议，讨论并通过了毛泽东的报告《目前形势和我们的任务》，作为全面夺取全国胜利的纲领。在人民解放军全面反攻之下，一九四八年秋天，战争形势发生更加不利于国民党军队的重大变化。它被迫由“全面防御”转为“重点防御”，分别被分割在东北、华北、西北、中原和华东五个战场上的少数大城市和交通线上，士气低落，内部矛盾日重。与此同时，中共中央决定把握时机，首先从东北开始，同国民党军队展开“战略决战”。九月十二日，东北解放军发起了“辽沈战役”。

一九四九年年初，历经辽沈、淮海与平津三大战役以后，人民解放军解放了东北全境及长江中下游以北的广大地区。一月卅一日，北平和平解放。经过这三场具有决定意义的战役以后，国民党的主力部队基本被歼，只剩下一百多万作战部队，分布在新疆到台湾的广大地区内和漫长的战线上。

对蒋介石而言，台湾的地位就更加重要了。他于是在被迫宣告“引退”以前安排嫡系陈诚当台湾省主席，并让蒋经国担任改组以后的国民党台湾省党部主委，同时又特派蒋经国去上海，将中央银行的现金移存台湾，准备作为反攻的最后“堡垒”。

三月下旬，南京政府的何应钦内阁登场。在蒋介石幕后操纵下，南京政府表示愿意在中共八项条件的基础上，进行和谈，并于四月一日派出以张治中为首的谈判代表团，北上议和，希望隔江而治。

面对这样的内战形势，蔡孝乾领导的台湾“地下党”决定扩大吸收组织成员；他计划到“一九四九年年底”以前，要发展“党员两千人”，“群众五万人”。[1]

“安全局”：一九四八年秋季，（锺浩东）因“匪徒”日渐增加，遂将

---

1 前引《中共的特务活动原始资料汇编》，页三三二。

该基隆中学支部，划为校内、校外两个支部，分别活动。

一九四九年五月正式成立“基隆市工作委员会”，锺浩东任“书记”，李苍降、蓝明谷“二匪”为工委。[1]

裴可权：“工委会”成立后，蓝明谷负责“校外支部”领导工作，担任“支部书记”；“支委”分由王荆树、锺 × 志担任；“党员”有黄 × 茂、廖 × 卿。

锺 × 志为锺浩东之弟，在某中学任职员，以与蓝明谷同事之故，受其煽诱参加锺浩东主持之“时事讨论会”。接着，被迫填写自传，正式加入共产党。此后，他的行动开始受到限制，薪金并按月扣去一部分作为小组活动费用，使其原已穷困的经济情况更加艰难，引起他的不满，屡次请求辞职不准。一九四九年又被派到基隆“华光企业公司”任职员，嘱其发展码头工人；因为他不能和码头工人接触，无法发展工作，乃再度回任旧职。[2]

锺里志：锺浩东是我的异母哥哥。我和锺理和都是小母亲生的。浩东到基隆中学当校长，我也应邀到基中总务处担任出纳组长。据我所知，住在我隔壁宿舍的蓝明谷老师，是理和在北京就已经认识的文艺青年；返台以后，他先在教育会任职，然后通过理和介绍，到基隆中学教国文。王荆树则是台大医学院毕业后在省立基隆医院服务的医生。其实，蓝明谷并没有告诉王荆树和我组织的名称，他只交代我，要尽量发展码头工人。

李旺辉：一九四八年九月，我由锺里志介绍加入组织。一九二二年，我出生于高雄美浓一个贫穷的佃农家庭，日本宫崎工业学校毕业后考进东京研数专门学校。一九四六年三月回到台湾，先后在高雄中学、高雄工业学校任教。锺浩东校长听锺里志说，美浓有个李旺辉，在高雄中学和工业学校教数学，而

1 前引《历年办理匪案汇编》第二辑“匪基隆市工作委员会锺浩东等叛乱案”，页一～二。

2 前引裴可权，《肃谍行动忆往——早年基隆“工委会”破获记详》。

锺里志（左一）与锺理和（右二）等亲友，1955 年，美浓（锺铁民先生提供）

李旺辉与李南锋，1988 年，美浓（蓝博洲摄影）

且教得不错，于是在一九四七年寒假，由他的表兄弟邱连球（他岳父是我的邻居）陪同，专程来请我到基隆中学教数学。我因为对高雄工业学校的风气早已不满，再加上对锺校长的印象很好，当下就答应了。农历年过后，学校开学，我就北上，前往任教。那时，包括我在内，许多台湾青年因为“二二八”事变的冲击，再加上对大陆的政治不了解，思想陷于没有出路的苦闷当中。为了打破国民党报纸对内战消息的封锁，让一般民众对大陆政局有更清楚的认识，我们就在基隆中学，以刻钢版、油印的方式办《光明报》。

锺里志：蓝明谷文笔好，对大陆的情势又比一般人了解。据我了解，他就担负起主要的撰稿工作。因为这样，他既不再有时间，身份也不允许，在外头从事公开的文学活动。

裴可权：自一九四九年以后，大陆形势逆转，中共在配合军事准备积极攻台的时候，在政治上提出了“一九五〇年解放台湾”的口号，要求台共预先响应，做保管接收，迎接解放的准备。

首先，在一九四九年四月六日，以台大学生与台北市警察局的警员，因误会而引起的所谓“四六事件”的学潮，即是这股逆流重新泛滥为灾的第一朵浪花，接着是在同年七月间，坐落于台北市内的台湾省邮政管理局，为邮电改组暨邮电员工分班过班纠纷而引起的怠工请愿所引起的风潮，更替这股逆流推波助澜。

国民党治安情报机关，鉴于台湾社会运动的过程之中，类似“工潮”“学潮”的发生，尚以这次为滥觞，以毫无社会运动基础的工人、学生，绝不可能发生如此有条不紊的大规模的学潮与工潮，而且从这制造工潮与学潮的方式来看，它的发展演变过程，完全与大陆上中共的手法相同，因此，经缜密的判断与深入的侦查，认为台共自“二二八”事变后，残余的分子转入地下从事阴谋活动，必定已经很快地恢复了建制，同时，一个较前更有系统的组织，可能随着当时大陆形势的逆转，由中共潜台的输入与渗透，而重新产生成长起来。

于是，国民党治安情报机关，基于这个基本的认识，集中全力，在全岛各地分布侦查的触角（脚），为这一新的组织的破获而努力不懈。[1]

锺里志：四月六日，国民党军警公然进入台大和师范学院（今师大）逮捕大批学生。锺浩东与蓝明谷都知道，特务系统的细胞正沉静地努力渗透到地下组织里头，并且忧心地预感到一场大逮捕即将在台湾全面展开。尽管如此，面对解放军已经先后解放南京、上海的内战形势，大家仍然对未来充满乐观的情绪，都认为国民党一定会垮的。

“安全局”：“基隆市工作委员会”下辖造船厂支部、汐止支部、妇女支部，并领导基隆要塞司令部、基隆市卫生院、水产公司等部门内之个别党员，与外围群众。秘密展开阴谋活动，积极建立基层组织，企图控制台湾之内外交通，并选派“匪徒”搜集情报，及进行“兵运”工作。同时将在台之地下刊物《光明报》，交由张奕明（女）、锺国员（均在基隆中学任职）等，负责印刷出版，及传递转送各地散发，以扩大反动宣传。[2]

裴可权：《光明报》原系台共省工委所办的地下刊物，在一九四八年秋即已开始秘密刊发，最初曾在基隆中学发现，因其内容全着重于共产党的宣传，引起了国民党治安情报机关的注意，但经多方的侦查，仍苦无头绪。[3]

“安全局”：“国防部”前保密局，根据一九四八年侦破之匪外围组织

---

1 前引裴可权，《台共叛乱及覆亡经过纪实》，页七三～七四。

2 前引“匪基隆市工作委员会锺浩东等叛乱案”，页二。

3 前引《台共叛乱及覆亡经过纪实》，页七六。

"爱国青年会"陈炳基一案，所获得之线索，运用关系深入侦查。经五个月之长期培养，获悉"共匪"在台除以"爱国青年会"名义，秘密吸收"匪徒"外，并散发《光明报》，及其他反动文件。

据报有王明德者，曾屡次邮寄《光明报》与他人；另据报台大法学院学生林荣勋等，亦有散发反动传单，为匪张目等情事。当经选派干员，严密调查及监视各匪嫌分子之言行动态。

一九四九年七月上旬，"共匪"借纪念"七七"抗战十二周年之名义，发动大规模之宣传攻势。散发反动传单，张贴反动标语，一夜之间，遍及全岛，声势之浩大，可谓空前；为打击"奸匪"之猖狂行为，乃决定进行破案；适于此时据内线报称，该案有关匪犯王明德，于八月十八日，被警方于检查户口时扣押等情。为恐警方不悉内情予以释放，且为免泄露消息起见，遂乘此机会，于八月廿三日向警方将王明德提局。依据对本案所获得资料，对王犯详加审讯，王犯以事证俱在，无法抵赖，始供出匪成功中学支部王子英等同党数人。八月廿四日晨，保密局即会同刑警总队，根据前所搜获之资料，与王犯供词，将姚清泽等匪犯逮捕。复于同月廿七日夜，将詹昭光、孙居清、戴传李、林荣勋等捕获。[1]

戴传李：一九四九年第二学期开学以后，我就因为组织重视台大法学院的学生工作，把工作重心放到台大法学院，并逐渐疏远与基隆中学的组织关系。由于王明德隶属我在法学院以降的组织系统，所以当我听到他被捕的消息后，立刻与当时担任台大法学院学生自治会主席兼台大学生自治会联合会总主席的林荣勋等人，南下高雄孙居清家乡下的鱼塭寮舍躲避。但是，

1 前引"匪基隆市工作委员会钟浩东等叛乱案"，页二～三。

八月廿七日晚上，我们九名台大法学院学生还是被捕了。

由于这个时期台湾地下党采取“大量吸收党员”的政策，向来为了组织安全而采取的“单线领导，尽量避免发生横的联系”的组织原则，就很难严格执行，也因此，“保密局”就从王明德开始，有如散珠有串般地陆续破获了几个组织系统，造成牵连效果。

蒋碧玉：浩东听到王明德等人被捕的消息，立刻布置各个相关人员的撤退事宜，并且不敢在台北家里或是学校宿舍过夜。八月底，我和任职图书馆管理员的妹妹也在学校宿舍被捕。

锺里志：九月二日晚上，“保密局”特务再到基隆中学校长宿舍，宣称要搜捕锺浩东校长。戴传李被捕，浩东失踪，学校又遭到围捕。在那种情况下，当天晚上，蓝明谷就向我和王荆树等相关成员传达撤退指示。

张阿冬：那天晚上，蓝先生匆匆忙忙回到宿舍，神情凝重，要我赶快收拾东西，回南部老家。他虽然没说为什么，可我知道一定是事情不妙了，立刻就收拾简单的行李，跟他搭夜车，连夜南下冈山老家。当时，我已经怀有第二胎的身孕，我们到了基隆中学后才出生的儿子也才两岁多。一路上，我看他抱着躺在怀里安静地沉睡着的孩子，望着车窗外黑暗的夜景，似乎在想着即将展开的逃亡生涯而陷入一种难言的忧伤当中。

十四、逃亡

一九五〇年九月四日，嘉义警察局根据已拘获之陈显荣供称，“锺国辉现潜旗山区甲仙乡锯材所化装锯材工人、蓝明谷现在冈山区地址不详、李旺辉现在旗山区地址不详”，行文旗山警察分局，协助缉捕。

九月九日，旗山分局随即派员按址逮捕锺国辉、李旺辉，并于十三日晚解送高雄县警察局讯办。锺国辉供称，他于一九四八年七月在基隆中学任教时，与该校职员锺浩东、蓝明谷、李旺辉三人，由该校会计锺里志介绍，参加“共匪台湾宣传组”组织。[1]

九月十八日，一九四八年基隆中学高中部毕业的赖福春在台湾省警务处刑警总队侦讯时提到：他经过李旺辉、陈显德、蓝明谷三人介绍，于九月间到基中理化室充当助理员，一直到一九四九年四五月间学校裁员而被裁离开。这期间，蓝先生很少讲话，没有介绍什么书籍给他看。他也不知道蓝明谷现在何处。[2]

九月廿九日，锺国辉在台湾省警务处刑警总队侦讯时改口供称：“(民国)卅六年四月间由基中同事蓝明谷介绍参加共产党，与锺浩东蓝明谷为一小组，锺浩东为组长……于(民国)卅七年二月间曾介绍同事……锺里志参加共党。”[3]

十月十四日，锺浩东、李苍降与唐志堂三人枪决。从报上看到原先被判“感训”的锺浩东校长的枪决报导，逃亡中的蓝明谷对自己的未来也有了觉悟。

十一月十八日，台湾省“保安司令部”制作了蓝明谷等人的罪证调查表，电令警务处与“国防部”“保密局”“内政部”调查处等情治机关，协缉蓝明谷、锺里志等四名归案。[4]

十一月廿七日，锺国辉在台湾省“保安司令部”军法处侦讯时供称，“(民国)卅六年四月由基中教员蓝明谷介绍参加共党”，但“蓝没有对(我)说是什么组织只说是个小组”，同组的“有校长蓝明谷连我三个人”，“由校长担任组长”，“我们三人当时没有什么特别的工作因那时学校才开始(学)对于一般学生只有启蒙式的宣传使他们了解社会同时对教员举行时事座谈会及吸收党员等工作”；“我从(民

1 《郑葆同电朱先生“呈报旗山警察局接嘉义警察局来文逮捕奸匪锺国辉等经过情形由”》，“国防部”后备司令部，一九五〇年九月十七日；转引《战后台湾政治案件蓝明谷案史料汇编》，台北：“国史馆”，二〇一四年五月，页三～四。

2 前引《战后台湾政治案件蓝明谷案史料汇编》，页五七、六二。

3 前引《战后台湾政治案件蓝明谷案史料汇编》，页一一三～一一四。

4 前引《战后台湾政治案件蓝明谷案史料汇编》，页六～八。

国）卅七年三月辞职回家养病后同锺校长蓝明谷就没有联络”。[1]

在失去组织关系的情况下，蓝明谷只好通过封建关系，偶尔到一些亲戚家躲藏一阵。后来，他听到自己的父亲、妻子，以及曾经收留过他的许多人，也因为受他连累而陆续被捕入狱。十二月廿八日，为了让无辜的伤害减到最轻，他于是从高雄前金堂妹家出来，前往高雄市警察局第一分局“投案”，结束了一年多的逃亡生涯。

张阿冬：蓝先生带着我和两岁多的儿子，回到冈山老家，深居简出。几天后，我们正在吃饭，不巧被邻居看到。他觉得不妥，就把我和小孩留在老家，自己离开家，四处逃亡。我也不清楚他究竟在哪里。

裴可权：由于同党分子的相继被捕，蓝明谷乃先离校回高雄原籍。过了十多天，遇到刚逃回来的锺 × 志，获悉基隆方面组织已遭破获，心知大难将临，深感恐惧彷徨，自然而然地采取逃避的途径，匆匆地和锺 × 志、李 × 辉相偕逃出。

李 × 辉一九四八年因病返高雄休养，与基隆方面失去联络，后来“省工委”派人与他联系，赋予领导南部“三七五斗争工作”的任务。不久，基隆组织暴露，眼看就要被捕，乃随蓝明谷逃亡。

《光明报》案尚未爆发前，锺 × 志的恐惧感愈来愈深，乃私自返家，不久就和蓝、李两人一道逃亡。[2]

李旺辉：九月九日，星期六，早上十点多钟，我正在上课中，突然发现校舍周围的后山，已经被军警包围了。大家惶惶不安，不知这次他们又要抓哪些人。结果，中午以前，一共有四名教师、三名职员和三名学生被抓走。当天晚上，我就离开基隆中学，坐最后一班火车，逃回南部。第二天早上，我在屏

1 前引《战后台湾政治案件蓝明谷案史料汇编》，页一六四～一六五、一七〇～一七一。

2 前引裴可权，《肃谍行动忆往——早年基隆“工委会”破获记详》。

东下车。在车站前的一家脚踏车行，我用身份证抵押，租了一台脚踏车。我先骑到内埔，找在家养病的锺国辉，告诉他基中出事的消息；然后再骑到长治乡仑上村，通知邱连球；最后再骑回屏东，付了租金给车行，要回身份证，搭车回美浓。从此展开整整一年的逃亡生涯。

锺里志：浩东失踪后，李旺辉跟我说，他要去台北探听情况。我没问他去哪里探听。他说，回来后，再和我商量以后怎么办。结果，他没联络上我，于是交代一个姓高的工友（小孩子）转告我，说他先回南部去了。我觉得，自己待在基隆中学，早晚也会出问题，不能继续待在那里。第二天晚上，我就安排我老婆，带着出生才没几个月的男孩，回士林娘家。我把出纳组保险箱的钥匙包好，留在宿舍，然后什么东西也没拿，自己一个人先回南部，从此展开我的“走路”生涯。

后来，我在屏东仑上邱连球家碰到蓝明谷，就带他到美浓尖山我家，与我及同样是美浓人的李旺辉碰头，并暂时躲在我家后山。这期间，蓝明谷还常常与当时年纪还小的理和兄的儿子锺铁民下棋。有一天，管区警察到我家查户口，蓝明谷和我大胆地躲在屋前一棵果树下了解状况。事后，我们觉得尖山一带的风声似乎颇为紧张，就考虑转移到其他地方。

裴可权：十月初，他们一行由李 × 辉带至月眉乡火山地方一处甘蔗园隐藏，住约卅余日，见当地非久留之处所，转到锺 × 志家再住了一个月。到十二月中旬，他们决定化整为零，避开警方耳目，各自想法逃生。李 × 辉、蓝明谷返回原籍，锺 × 志辗转进入高雄县甲仙乡“森荣制材厂”当职员。[1]

李旺辉：我先在家里约一星期不敢出门。后来因锺里志和蓝明谷都到美浓来，我们三个人就一道到三民乡火山（离美浓有二十公里）我家的甘蔗园土寮藏匿。那时，我大哥在那一带种甘

1 前引裴可权，《肃谍行动忆往——早年基隆“工委会”破获记详》。

蔗。十月初，我就带领他们从尖山走过两重山，前往投靠。在路上，天下大雨，我们全身都淋得湿淋淋的，而且山路又陡又滑，很不好走。蓝明谷是个不常劳动的读书人，走到后来实在走不动了，还是咬紧牙关，勉强自己走到目的地。我们在甘蔗园里躲藏了一个月后，听到那边的人说："这三个人不像是农人，怕是逃犯。"我们觉得那里并非能够久留之地，于是又再冒险转到锺里志老家后头的尖山躲藏。白天，我们躲在山里头，到了晚上，就睡在土地公庙或工寮，吃山里的香蕉或干粮，偶尔也偷偷跑出来，到尖山脚下锺里志的兄弟家吃碗饭，甚至看报。十二月中旬，我们从隔了几天的《"中央日报"》旧报纸，看到基隆中学教职员张奕明等四人已在十二月十日被枪决，锺浩东等十八人"准感训自新"的报导。我们于是在尖山的密林里为死难的同志默哀，然后通过讨论，决定从此分头求存。[1]

杨再仁：一九五〇年春天或一九四九年年底，因他（蓝明谷）在基中生病，回家休养，后来他说无事做要在我店内帮忙，因店里很忙，所以我就让他在店里工作了。他用蓝益远的名字，店里人都说他是老实温和人。[2]

张阿冬：蓝先生离开美浓尖山以后，因为想念我和孩子们，就在半夜跑回冈山家里，看看父母与妻儿。可他只待了一阵子，听到村子里的狗不正常地吠叫，就立刻离开，不敢留下来过夜。

裴可权：一九五〇年年初，蓝明谷在高雄潮州内埔乡巧遇患病返乡休养之同伙锺 × 辉，两人相约前往"匪党"在高雄县辖区的大武山隐蔽基地，藏匿没多久，又离开大武山逃往他处。[3]

---

1 李旺辉口述证言；《李旺辉侦讯笔录》，一九五〇年九月三十日，前引《战后台湾政治案件蓝明谷案史料汇编》，页一二一～一二二。

2 《杨再仁讯问笔录》，台湾省"保安司令部"军法处，一九五一年三月廿四日，前引《战后台湾政治案件蓝明谷案史料汇编》，页三九七～四〇〇。

3 前引裴可权，《肃谍行动忆往——早年基隆"工委会"破获记详》。

李旺辉：先前，我已经把基隆中学的情况告诉锺国辉了，所以，突然看到蓝明谷来访，他一点也不意外。一段时日以后，锺国辉觉得那里并不十分安全，同时也想跟锺里志和我联络，看看我们这边是否有比较可靠的地方可躲，于是又和蓝明谷离开大武山区，转往美浓尖山。

锺里志：日据时代，锺国辉的大哥锺桂兰和我父亲锺番薯，以及另外一个叫作曾宝深的客家乡亲，三人合资在大陆做生意。结果，生意做垮了，还剩一些资金，就在尖山后山买了一片山园，各持一份。当锺国辉带着蓝明谷来到这座山园时，里头只有曾宝深的孙子曾春尧一个人在那里顾山。通过聊天，锺国辉知道曾春尧跟我还算熟识，就叫他去通知我前去会面。经过会商，我们决定还是采取“化整为零，定期会面”的逃亡方式。后来，锺国辉与李旺辉先后被捕，蓝明谷也因此和我失去联络。

裴可权：在这期间，我方的缉捕工作并未松懈，凭着丰富的办案经验和毅力，终于在一九五〇年的九月底捕获锺国辉和李旺辉两人，解送“保安司令部”审理。[1]

郑葆同：据二〇九号同志报称，本（九）月四日嘉义警察局来文旗山警察分局称：“据已拘获之奸匪陈显荣供称：渠一九四八年七月于基隆中学参加共匪台湾宣传组组织，同时加入者有锺国辉（现潜旗山区甲仙乡锯材所化装锯材工人）、蓝明谷（现在冈山区地址不详）、李旺辉（现在旗山区地址不详），请协助缉捕等情。旗山分局于本月九日派员按址将该锺国辉拘获，据供称：现年卅九岁，高雄县潮州区内埔人……一九四八年在基隆中学任教，同年七月与该校职员锺浩东、蓝明谷、李旺辉三人，由该校会计锺里志（已潜逃）介绍，参加共匪台湾宣传组组织。一九四九年八月锺浩东因破案

1 前引裴可权，《肃谍行动忆往——早年基隆“工委会”破获记详》。

在该校被捕，遂与李旺辉逃避来此，李现在美浓镇尖山化装砍林工人。旗山警局遂按址将该李旺辉拘获，据供与锺相符……以上匪犯已于本（九）月十三日晚解送高雄县警察局讯办。”[1]

张阿冬：他们抓不到蓝先生，后来就把我和我公公，以及一些亲友抓去关。我被捕的时候正抱着一岁多的女儿喂奶。蓝先生听到我们被抓的消息，也只好出来投案了。

裴可权：逃亡生活并不好过。还未就逮的蓝明谷、锺 × 志两人纵然擅于随机应变，看到同党一个个地落网，也不禁心惊胆战。十二月廿八日夜晚，在走投无路的情况下，蓝明谷终于到高雄市警察局第一分局投案。[2]

十五、侦讯与判决

一九五一年。元月五日，李旺辉在“保安司令部”军法处侦讯时突然被问道：“谢（张）阿冬、王阿银二人和你认识吗？你晓得她二人和共党的关系吗？”李旺辉回答：“谢（张）阿冬是蓝明谷之妻，卅一二岁，无职业，有一子，已四五岁。王阿银，女性……此二人和共党组织关系不详细。”他们又问：“蓝明谷、锺里志二人改逃何处？”李旺辉答：“蓝明谷、锺里志二人是一九四九年十月初自台北逃到我家里，由我带他二人躲在距美浓镇约卅余里的月眉乡火山地方，那地方有我的甘蔗园及草寮，住了三十余日，再转移到锺里志家里，住约一个月，一九四九年十二月中旬，我返家去，蓝明谷亦返籍去……我被捕后的情形不明。”[3]

元月七日，锺国辉在“保安司令部”军法处侦讯时再次供称：“我是于一九四七年四月在基隆中学由同事蓝明谷介绍加入共产党组织。”“我加入后和锺浩东、蓝明谷同一小组，由锺浩东担任组长，我

---

1 前引《郑葆同电朱先生“呈报旗山警察局接嘉义警察局来文逮捕奸匪锺国辉等经过情形由”》，页三～四。

2 前引裴可权，《肃谍行动忆往——早年基隆“工委会”破获记详》。

3 前引《战后台湾政治案件蓝明谷案史料汇编》，页二五五～二五六。

们两人同受锺浩东领导。”[1]

元月十日，锺里志提出“自首书”，向警务处刑警总队驻高雄县工作组“自首”。[2]

元月廿七日，蓝明谷在台湾省警务处写了自白书。[3]

二月三日，蓝明谷、张阿冬、锺里志，连同元月被捕的基中毕业生李锦殖、江德龙、邱文瑞等人，同被解送“保安司令部”。[4]

二月廿一日，锺国辉在“保安司令部”军法处再被提讯时供称：蓝明谷“于一九四七年四月介绍我加入共党，是台南人”；在“四五月间”参加时，“写了个自愿书”，组织名称“不详，只知我与蓝及校长三人一组，由校长为组长”。[5]

二月廿三日，“保密局长”毛人凤电“保安司令部”：“贵部通缉之……匪‘基隆市委员会’委员蓝明谷及其妻张阿冬……等名，业经宪警先后缉获解送贵部讯办……烦于各犯侦讯后解交本局并案测究其组织关系，再送还贵部法办。”[6]

三月二日，“保安司令部”保安处将“匪犯蓝明谷等乙案”移送“军法处”办理。[7]

三月三日，“保安司令部”将张阿冬发交新生总队感训。[8]“军法处”审判官殷敬文判决锺国辉死刑，李旺辉有期徒刑十五年。在（40）安洁字第〇九七八号判决书上，锺国辉的“事实”部分载称：“被告锺国辉在一九四七年四月间任教于基隆中学由同事即在逃之奸匪基隆市工作委员会工委蓝明谷介绍参加‘朱毛匪帮’组织。”[9]

---

1 前引《战后台湾政治案件蓝明谷案史料汇编》，页二六八。

2 前引裴可权，《肃谍行动忆往——早年基隆“工委会”破获记详》。

3 前引《战后台湾政治案件蓝明谷案史料汇编》，页三四四。

4 前引裴可权，《肃谍行动忆往——早年基隆“工委会”破获记详》。

5 前引《战后台湾政治案件蓝明谷案史料汇编》，页二九二。

6 前引《战后台湾政治案件蓝明谷案史料汇编》，页三三七～三三八。

7 前引《战后台湾政治案件蓝明谷案史料汇编》，页三三九。

8 前引《战后台湾政治案件蓝明谷案史料汇编》，页四六一。

9 前引《战后台湾政治案件蓝明谷案史料汇编》，页四七七～四七八。

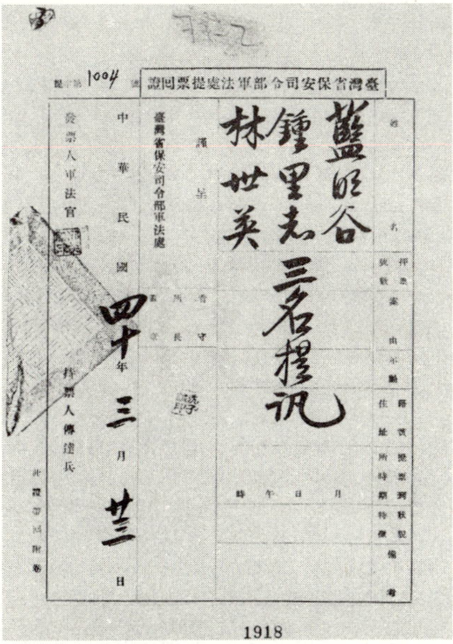
提字第1004號
臺灣省保安司令部軍法處提票回證
姓名：藍明谷 鍾里志 林世英
三名提訊
謹呈 臺灣省保安司令部軍法處
看守所所長
中華民國四十年三月廿三日
發票人軍法官
持票人傳達兵
1918

1951年3月23日，“保安司令部”军法处军法官邢炎初提讯蓝明谷、锺里志与锺里志的妻子林世英三人

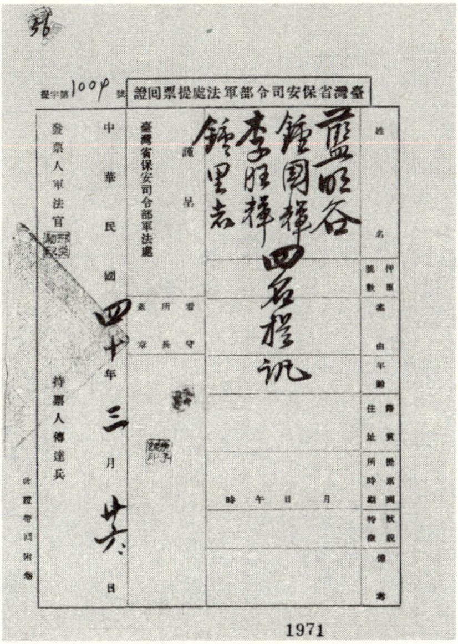
提字第1009號
臺灣省保安司令部軍法處提票回證
姓名：藍明谷 鍾國輝 李旺輝 鍾里志
四名提訊
謹呈 臺灣省保安司令部軍法處
看守所所長
中華民國四十年三月廿六日
發票人軍法官
持票人傳達兵
1971

1951年3月26日，军法官邢炎初又再提讯蓝明谷、锺国辉、李旺辉与锺里志四人

三月五日，台湾省“保安司令部”保安处林秀峦致函“军法处”云：“蓝明谷及其妻张阿冬二名已呈批即移送贵处法办。”[1]

三月八日，“保安司令部”军法处函致保安处：“蓝明谷、张阿冬二名经查并未收案仍请……贵处函复。”[2]

三月十七日，保安处林秀峦再函军法处云：“查蓝明谷张阿冬……已于三月二日……移请贵处讯办在卷”，“保密局所请提讯一节请并案核办为荷”。[3]

三月廿三日，“保安司令部”军法处军法官邢炎初提讯蓝明谷、锺里志与锺里志的妻子林世英三人。首先点呼蓝明谷入庭。以下，摘录“讯问笔录”的重点，并加注标点符号：

1 前引《战后台湾政治案件蓝明谷案史料汇编》，页一五。

2 前引《战后台湾政治案件蓝明谷案史料汇编》，页三四〇。

3 前引《战后台湾政治案件蓝明谷案史料汇编》，页一六。

邢：你何时起思想开始左倾？

蓝：一九四七年一月，在台北，有一个姓张的与我谈，为了中国、台湾，要我参加一个组织，但未讲名称，并再三要我写自传给他。过了十多天，他就对我说，已经介绍我参加共党。我有些害怕，就去基隆工作，离开台北。

邢：姓张的叫何名？

蓝：不知道。

邢：不知道怎么会介绍你参加共党呢？

蓝：一九四六年十月，我在上海等船返台。我经上海同乡会职（员）林昆办理手续，他就常拿左倾杂志给我看。张就是林介绍来的。

邢：你到基隆去后何人与你联络？

蓝：一九四七年二月底我去基隆中学后，五月间有一个叫詹致远来找我说，基中校长锺浩东已参加，以后由他领导我。

邢：由他领导后你做些何事？

蓝：一九四七年八月，奉上级命令，组织成立基中支部，锺任书记，锺国辉与我任支委。

邢：成立后发展工作如何？

蓝：主要目的是扩展组织。

邢：那么你们如何扩展呢？

蓝：锺浩东指示我吸收的有锺国辉、戴传李、张国雄、陈通和、陈本江。我自己吸收的有王荆树、张进发。

邢：基中组织内共有几人？

蓝：有关系的陈仲豪、陈少麟、萧太初、王春长、廖为卿、江德龙、吴鹤松、邱文瑞、李锦殖、连世贵、李旺辉、张奕明、锺国员、罗卓才、黄东茂、曾庆廉、林献香、张源爵等。

邢：学校里的自治会是否你们控制的？

蓝：是由陈仲豪控制的。不过，锺浩东有指使陈说，不要向他们暴露，因他们年轻。

邢：基隆工作筹备委员会是何时成立的？

蓝：一九四九年四五月间。

邢：组织情形如何？

蓝：书记由锺浩东担任。我与李某担任委员。

邢：该会分几部分？

蓝：三部分。一部分由锺浩东主持基中支部，李某主持基隆市区及汐止支部，我主持基隆市区和七堵瑞芳等地学生联络。

邢：你负责的各地的共有多少人？

蓝：我负责的基隆支部有锺里志、王荆树及我。我任书记，他二人任委员。

邢：瑞芳呢？

蓝：黄东茂、廖为卿、邱文瑞尚未成立小组。

邢：七堵呢？

蓝：李锦殖。

邢：他们介绍些何人参加共党？

蓝：王荆树曾提起一个刘护士，但无正式参加。黄东茂介绍一个煤矿厂的医生，但亦无正式参加。

邢：你们组织上级是谁？

蓝：郑继成领导。

邢：基隆工作委员会是何时成立？

蓝：一九四九年八月底，因病离开基隆到冈山。但当时委员会尚未成立。后来有没有成立，我也不晓得。

邢：你到南部后是否还继续发展组织？

蓝：离开后，我就无与锺浩东联络了。

邢：锺何时被捕？

蓝：一九四九年九月中旬，锺里志来南部告诉我说，锺浩东及他妻、他姨妹、教务主任方涛（弢）、张奕明、锺国员和几个学生被捕了。

邢：《光明报》的情形你知道否？

蓝：不知道。

邢：你回到家后是否常住在家还是逃来逃去？

蓝：在家里住了十多天后，就逃到屏东仑上锺浩东亲戚邱连球家，住了两天，碰到锺里志，到美浓锺家。当时李旺辉亦来锺家，同时逃到山里，不到一个月又回锺家。一九四九年十一月底，就到妹夫杨再仁店内帮忙。

邢：杨知道你是共党吗？

蓝：不知道。因怕他知道后会害怕。

邢：言论行动等有无共党表露？

蓝：没有。

邢：你在杨店共做了多久？

蓝：一直到一九五〇年十二月廿八日。

邢：那天警察抓你，你又逃了？

蓝：是的。

邢：以后如何抓到的呢？

蓝：是我自己去高雄第一分局自首的。

邢：你说要自首，为何要抓你时又要逃呢？

蓝：当时因害怕，后来又觉得不对，所以去自首了。

邢：你何时知道政府要抓你？

蓝：十二月廿七日。

……

邢：你说本来想自首的有何证明？

蓝：我在五常行逃走后，就到堂妹陈秀凤家写自首书，未写完，到外面吃了一碗面。回来后，陈对我说有警察来找我，要我马上去。所以我就马上去了。

邢：你是否因堂妹夫蔡登儒被捕，所以你去投案的？

蓝：不是的。

邢：以后锺里志逃到何处？

蓝：不知道。

……[1]

接着，点呼锺里志入庭。锺里志在讯问时提到有关他与蓝明谷的关系如下。

锺里志：一九四八年夏天，我在基隆中学当出纳时，由锺国辉介绍，参加共产党。锺国辉要我与蓝明谷、王荆树成立一个小组，由蓝明谷负责。蓝明谷叫我吸收李旺辉入党。李旺辉写了一篇自传给我转交蓝明谷。一九四九年九月间，锺浩东被捕，我就逃到屏东县长治区邱连球家。碰到蓝明谷后，又到我家。李旺辉也到来了，就一同到他哥哥家，帮他种甘蔗。月余又返我家。过了一月余，他们各自返家。[2]

军法官接着讯问锺里志的妻子林世英，然后又根据锺里志的供词讯问蓝明谷。

邢：李旺辉是你叫锺里志吸收的？

蓝：是的。是锺浩东叫我转叫他吸收的。

邢：你还叫他吸收何人？

蓝：没有。

邢：他还介绍何人入党？

蓝：没有。[3]

1 前引《战后台湾政治案件蓝明谷案史料汇编》，页三四一～三五七。

2 前引《战后台湾政治案件蓝明谷案史料汇编》，页三六〇～三六三。

3 前引《战后台湾政治案件蓝明谷案史料汇编》，页三七四～三七五。

三月廿四日，“保安司令部”军法处提讯杨再仁、锺德兴等人。然后军法官邢炎初以“匪奸防逃”之由，将蓝明谷、锺里志与杨再仁等九名还押看守所。与此同时，邢炎初又致函审办锺浩东、锺国辉、张国雄、李旺辉、黄新枝等案的“保安司令部”军法处各军法官，请检交锺浩东等人判决书，以为“审理蓝明谷等叛乱一案”之参考。[1]

三月二十六日，台湾省“保安司令部”军法处军法官邢炎初又再提讯蓝明谷、锺国辉、李旺辉与锺里志四名。首先还是点呼蓝明谷入庭。以下是加注标点符号后的“讯问笔录”全文：

邢：你是蓝明谷吗？

蓝：是的。

邢：你于一九四八年（一九四七年）间在台北参加共党后去基隆做何事？

蓝：当教员。

邢：你们在学校发展用何名义吸收学生？

蓝：我不太清楚只听锺浩东说以〇〇名义来掩护身份。

邢：你在成立工作委员会后又组织基隆小组，这小组是支部还是小组？

蓝：是小组。但锺浩东准备将来成立支部。

邢：你指示锺里志做些何事？

蓝：除叫他吸收李旺辉外没有再叫他做过何事。

邢：锺里志在组织里他做过何工作？

蓝：没有。

邢：他在组织里地位为何？

蓝：我看他与锺浩东感情上不能相合，地位亦不重要。

邢：江德龙于一九四八年七月间加入你们组织，你可知道否？

1　前引《战后台湾政治案件蓝明谷案史料汇编》，页三八一、四一八、四八四。

蓝：我听张国雄对我说预备要介绍他参加，但有无正式参加我不得而知。

邢：你们叫人家参加是否用台湾青年爱国同盟、新民主同志会、台湾解放同盟等名义来吸收的？

蓝：不清楚。

邢：你们常吸收学生是用别的名义？

蓝：原则上是的。

邢：锺浩东要你吸收码头上的工人，你吸收了否？

蓝：没有。

邢：所说实在否？

蓝：实在。[1]

接着，点呼锺里志入庭。根据“讯问笔录”，涉及他与蓝明谷关系的问答如下：

邢：你在蓝明谷组织内占何地位？

锺：他们没有对我说明。

邢：除蓝叫你吸收李旺辉参加共党外还做些何工作？

锺：没有。

邢：你参加后他们要你做些何工作？

锺：要我在基隆码头上吸收工人。但我未做。

邢：何人叫你吸收工人？

锺：锺浩东。[2]

军法官邢炎初第三个点呼入庭的是已经判决死刑的锺国辉。根据“讯问笔录”，涉及他与蓝明谷关系的问答如下：

---

1 前引《战后台湾政治案件蓝明谷案史料汇编》，页四二一～四二四。

2 前引《战后台湾政治案件蓝明谷案史料汇编》，页四二四～四二五。

邢：你何时参加的？

锺：一九四七年四五月间由蓝明谷介绍参加的。

邢：一九四七年八月间，你与蓝、锺浩东成立支部，由锺任书记，你与蓝任委员？

锺：当时是说小组。[1]

最后，军法官邢炎初点呼已经处刑十五年的李旺辉入庭。但“讯问笔录”并无有关他与蓝明谷之间的问答。

这次的提讯就这样结束了。蓝明谷等四人又被还押看守所。[2]

同一天，军法官邢炎初又单独提讯江德龙入庭审讯。其中，江德龙在被问到“蓝明谷李旺辉有领导过你？”时回答说“蓝李均联络过一次”，但“没有说什么”。[3]

然后，审判官邢炎初对蓝明谷、江德龙、杨再仁等六人提庭宣判：

被告蓝明谷　男年卅一岁高雄县人住基隆市基隆中学宿舍业该校教员

……

江德龙　男年廿三岁基隆市人住仁爱区业公务员

杨再仁　男年卅一岁高雄市人住新兴区业商

……

右被告等因叛乱等案件经本部审理判决如左：

主　文

蓝明谷意图以非法之方法颠覆政府而着手实行处死刑褫夺公权终身全部财产除酌留其家属必需生活费用外没收之

……江德龙参加叛乱之组织个处有期徒刑五年褫夺公权三年

1　前引《战后台湾政治案件蓝明谷案史料汇编》，页四三〇。

2　前引《战后台湾政治案件蓝明谷案史料汇编》，页四三五～四四五。

3　前引《战后台湾政治案件蓝明谷案史料汇编》，页四四九。

杨再仁……均无罪

事　实

蓝明谷系本省高雄县人早年旅居大陆本省光复后于民国三十五年年底返台经上海时同乡林昆乘机灌输匪帮思想受其影响至民国三十六年一月间自撰自传加入匪帮后转任基隆中学教员与匪徒即该校前任校长锺浩东等秘密推行叛乱工作吸收锺国辉戴传李张国雄陈通和陈本江王荆树张进发等先后加入匪帮同年八月间与锺浩东锺国辉设立该校匪支部锺浩东任书记蓝明谷与锺国辉分任委员利用职位控制该校学生活动三十八年四月又扩大与锺浩东李苍降密设匪基隆工作委员会锺浩东任书记负责基隆中学蓝明谷及李苍降分任委员负责基隆市区七堵瑞芳及汐止等镇叛乱活动发展基隆市区及码头工人等组织蓝明谷并领导基隆小组同年九月间锺浩东等被缉获后该蓝明谷逃避高雄以养病为辞匿居妹夫杨再仁五常被服厂工作以掩耳目……经台湾省警务处查觉将该蓝明谷……等缉获归案并以杨再仁有藏匿蓝明谷……等嫌疑一并解案法办

理　由

被告蓝明谷对于三十六年一月间加入匪帮吸收锺国辉等参加匪组织同年八月与叛徒锺浩东锺国辉密设匪基隆中学支部三十八年四月与锺浩东李苍降扩大密设匪基隆工作委员会领导基隆小组发展基隆市区七堵瑞芳等镇叛乱工作等事实业据自认不讳提据另案被告锺国辉供证核阅锺浩东等叛乱案原卷及被告在台湾省警务处自白书讯问笔录所供情形均相符合犯情极臻明确查锺浩东等案经呈奉“国防部”三十九年十月十一日（39）劲助字第八七三号代电核定在案及锺国辉等另案审办中被告蓝明谷明知为叛逆而甘附从显颠覆政府之意图又秘密吸收叛徒扩大匪组织已达着手实行阶段且于通缉后百般隐避恶性无可宽恕应处死刑褫夺公权终身全部财产除酌留

其家属必需生活费用外没收之以昭炯戒[1]

十六、枪决

三月三十日，“保安司令”吴国桢“检呈蓝明谷等叛乱案”之判决书电请“国防部”参谋总长周至柔核示。[2]

三月卅一日，“保安司令部”又电复“保密局”二月廿三日要求将“蓝明谷及其妻张（谢）阿冬”侦讯后解交该局“并案测究其组织关系再送还贵部法办”的来文，并解送蓝明谷等三名到“保密局”，“请查收并于讯毕后，即予送还”。[3]

四月二日，“保安司令部”军法处军法官邢炎初通过传达兵将“保密局借提”蓝明谷的释票回证呈交军法处看守所长。[4]

同样是在四月二日这天，蓝明谷在“保安司令部”军法处看守所第十五号押房写下试图求生的最后的“报告”。然而，这份无奈的“报告”却已经无补于事了。

四月三日，“保密局”借提蓝明谷，侦讯完毕后于十六日发文“保安司令部”：“兹将该犯解还，请查收办理。”[5]

四月廿一日，“保安司令部”军法处还押蓝明谷。军法官邢炎初通过传达兵将押票回证呈交军法处看守所长沈子诚，以“防逃”理由羁押。[6]

四月廿五日，“保安司令部”军法处电复“保密局”局长毛人凤：蓝明谷已收押，张阿冬发交新生训导处感训。[7]

---

1 台湾省“保安司令部”（40）安洁字第一二五〇号判决书。

2 前引《战后台湾政治案件蓝明谷案史料汇编》，页五〇七。

3 前引《战后台湾政治案件蓝明谷案史料汇编》，页四六〇～四六一。

4 前引《战后台湾政治案件蓝明谷案史料汇编》，页四六四。

5 前引《战后台湾政治案件蓝明谷案史料汇编》，页四六五～四六七。

6 前引《战后台湾政治案件蓝明谷案史料汇编》，页四六八。

7 前引《战后台湾政治案件蓝明谷案史料汇编》，页四六九～四七〇。

四月廿七日，“国防部”为“核准蓝明谷等叛乱一案罪刑”而发文“保安司令部”，“希遵照并将执行蓝明谷死刑日期报备”。[1]

四月廿八日，“保安司令部”军法处军法官邢炎初签呈“提庭宣判”蓝明谷之提票回证，由传达兵送达“保安司令部”军法处看守所长沈子诚。[2]“保安司令部”同时电告军法处第一科、宪兵第八团与台北市政府：死刑人犯蓝明谷定于四月廿九日上午六点宣判执行，除派检察官金士祥监刑外；希宪兵第八团欧团长派员率兵前来军法处，将该蓝明谷一名验明正身，绑赴刑场，执行枪决并具报。台北市政府“希即备棺一具，届时雇工抬往水源路林口里刑场收尸掩埋并具报”。[3]

四月廿九日，“保安司令部”军法处审判官邢炎初以“执行死刑”理由向看守所长呈交释票回证，然后于上午六点，在军法处第一法庭问明蓝明谷的“姓名、年龄、籍贯、住址、职业”之后，“朗读判决主文告以判决理由之要旨”，并问蓝明谷“听到否”，蓝明谷答说“听到”；再经检察官金士祥讯问之后，发交宪兵第八团第二连排长陈宪文，押赴台北市水源路林口里马场町刑场执行枪决，“叁弹毙命”。[4]

五月二日，宪兵第八团团长欧廷昌就“执行蓝明谷一名死刑”的事由电复“保安司令部”，并附报告表一份，“复请鉴备”。[5]

五月八日，“保安司令”吴国桢电“国防部”参谋总长周至柔，呈报蓝明谷“业于四月廿九日上午六点验明正身发交宪兵第八团绑赴刑场执行枪决”，同时检呈蓝明谷“生前死后相片各二张电请察核”。[6]

五月十二日，“国防部”参谋总长周至柔电“保安司令部”：“据

1 前引《战后台湾政治案件蓝明谷案史料汇编》，页五二七～五二八、六二五～六二六。

2 前引《战后台湾政治案件蓝明谷案史料汇编》，页五二九。

3 前引《战后台湾政治案件蓝明谷案史料汇编》，页六三一～六三九。

4 前引《战后台湾政治案件蓝明谷案史料汇编》，页六四〇、五三一～五三三、六四一～六四四。

5 前引《战后台湾政治案件蓝明谷案史料汇编》，页六四五～六四六。

6 前引《战后台湾政治案件蓝明谷案史料汇编》，页六五一。

报执行蓝明谷死刑日期准予备查。”[1]

至此，在官方程序中，蓝明谷也就算是“盖棺论定”了。

然而，六月十二日，“保密局”又电请“保安司令部”提讯不在人间的蓝明谷，讯明蓝明谷“供称曾于卅八年一二月间吸收”之“逃匪张进发之确实年龄籍贯住址职业家属情形制成笔录”，“并着蓝犯亲绘张进发住址详图”。[2]

六月十九日，“保安司令部”电复“保密局”毛局长：“叛乱犯蓝明谷已执行枪决请查照。”[3]

“保密局”终于不再追究蓝明谷了。

尾声：从福马林池捞起的尸体

五月三日，台北市卫生院院长桂华岳“为执行死刑人犯（蓝明谷）尸体因无家属认领业经转交国防医学院”而电台湾省“保安司令部”“谨复鉴核”，内云若“浸洗三个月仍无人认领者视为无主尸体予以解剖实验”。[4]

五月四日，蓝明谷的三弟蓝微贮向台湾省“保安司令部”军法处提出领尸申请书。“保安司令部”为此行文台北市卫生院：“除谕知（家属）径向贵院洽领外特函请查照办理。”[5]

五月七日，极乐殡仪馆总经理钱宗范谨呈台湾省“保安司令部”军法处：蓝微贮已于五月六日凭领尸证领回蓝明谷骨灰。[6]

蓝微贮：农历三月廿四日，接到大嫂娘家拍来的电报，我立刻搭车

1　前引《战后台湾政治案件蓝明谷案史料汇编》，页六五二。

2　前引《战后台湾政治案件蓝明谷案史料汇编》，页四七一。

3　前引《战后台湾政治案件蓝明谷案史料汇编》，页六五三。

4　前引《战后台湾政治案件蓝明谷案史料汇编》，页六四七。

5　前引《战后台湾政治案件蓝明谷案史料汇编》，页六四八、六四九。

6　前引《战后台湾政治案件蓝明谷案史料汇编》，页六五〇。

> 北上。从来没上过台北的我在大嫂的胞弟带领下匆匆赶往青岛东路"军法处"看守所，打听大哥的情况。我们在"军法处"门口被警卫凶了一顿之后，才又叫我们到"国防医学院"找找看。我们于是转往"国防医学院"。果然，大哥已在枪决后被转送这里，准备把他的尸体当作学生的解剖材料了。我强忍心中悲痛，按照学校规定办了领尸手续，来到解剖教室，及时地从福马林池中捞起大哥的尸身。我看到，大哥除了身上有两处枪伤之外，颈部还被砍过一刀。我领了大哥的尸身，又在大嫂的胞弟带领下，将尸体载送到极乐殡仪馆火化。第二天一早，我就搭上头班车，将大哥的骨灰带回冈山老家，安葬在故乡的冢埔。多年以后，才又将它移置新建的蓝氏家庙里头。我们既没有看到大哥的判决书，也没有拿到他在狱中的任何遗物，因此就把农历三月廿四日当作他的忌日。

五月八日，"保安司令部"电高雄县政府："希即会同当地警察局所及邻里长等前往该犯（蓝明谷）住所将其所有财产除家属日常生活必需用品外全部予以查封交由该管警察局妥为保管并将各项财产及其家属人口年龄生活状况分别选具清册覆报凭办。"[1]

五月十四日，台湾省警务处处长陶一珊"为匿匪罪嫌犯杨再仁家属有变卖财产避免没收情事"而密电台湾省"保安司令部"，"报请核示"。[2]

五月十八日，台湾省"保安司令部"电复台湾省警务处处长陶一珊："杨再仁经判决无罪财产应免没收。"[3]

五月廿一日，高雄县冈山镇陈里长与第四邻伍邻长出具证明书，特为证明蓝明谷"并未设籍于蓝土生户内"，"在本里确未置有任何财产"；"今后如查出有虚伪隐匿情事"，"愿负连坐之责"。[4]

---

1 前引《战后台湾政治案件蓝明谷案史料汇编》，页六八三～六八四。

2 前引《战后台湾政治案件蓝明谷案史料汇编》，页六八五～六八七。

3 前引《战后台湾政治案件蓝明谷案史料汇编》，页六八八。

4 前引《战后台湾政治案件蓝明谷案史料汇编》，页六九〇。

张阿冬（蓝博洲摄影）

五月卅一日，高雄县政府检附蓝土生财产清单二份、冈山镇邻里长证明书与蓝土生户籍抄本各一份，电复“保安司令部”关于蓝明谷财产查封结果：“冈山镇并无蓝明谷夫妻之户籍，亦未申报户口在其父蓝土生处，更未购置任何财产于冈山。”[1]

蓝微贮：后来，管区警察还到我家，表示要查封大哥的财产。可是，大哥早在日据时期出外念书时，就已经把户籍迁出去了。他们就给我家客厅的一只挂钟贴上封条，意思意思。因为大哥的关系，我们家就变成“黑户”了，只要有什么政治上的风吹草动，管区的警员一定专程前往“关心”。一直要到“解严”以后，我们才能恢复正常的生活。

张阿冬：我被抓以后先是送到冈山分局拘留所，一二天后才移送高雄刑警队。在这里，女儿由她三叔带回去。然后我又再被移送台北刑警大队、内湖的“新生总队”、“保安司令部”军法处。在军法处，我曾经见到被关在不同押房的蓝先生最后一面。但是，我们没有交谈的机会，只能绝望而凄苦地用眼神远远地相互凝视。后来，我又被移送到绿岛集中营，就不知

1 前引《战后台湾政治案件蓝明谷案史料汇编》，页六八九～六九五。

道他的情况了。一九五二年春天，我从绿岛回到冈山夫家。进了门，我看到的是写在客厅的神主牌上的蓝先生的名字。

参考资料

【口述证言】

李旺辉先生，一九八七年三月十二日，高雄美浓。

蒋碧玉女士，一九八八年三月十九日，台北市。

锺里志先生，一九九〇年一月廿四日，新店。

吴克泰先生，一九九〇年四月八日，北京。

叶纪东先生，一九九〇年四月九日，北京。

戴传李先生，一九九〇年五月三十日，台北市。

蔡川燕先生，一九九一年四月，北京。

张阿冬女士，一九九三年五月一日，台北市景美区三福街。

刘世英先生，一九九三年六月十六日，上海。

蓝徵贮先生，一九九三年十二月廿三日，高雄冈山。

蓝义彦先生，一九九三年十二月廿三日，高雄冈山。

寻找六堆客家庄农运斗士——邱连球

前言：烈日下的寻访

一九八九年八月十一日，一个南台湾夏季惯有的炎热日子。为了展开另一个民众史人物传邱连球生命史的采写工作，我辗转从高雄美浓搭上一辆早上九点多钟开往屏东的客运车。客运车穿越一片片香蕉园间的县道前行，时不时地在一些客家人聚居的村落停靠，让那些赶往屏东街上办事的村民上车。我肩着一个书包，脖颈上吊挂着一台相机，闲适地坐在车厢后座，时而望着车厢里的乘客的神态，时而眺望着窗外在热烈的阳光照耀下的一片南国景象：种着木瓜、槟榔、莲雾和椰子的果园，以及养殖吴郭鱼的水池和一栋栋飘散着屎尿味的猪舍。在遐想中，客运车驶入屏东市区。我在屏东车站下车，然后搭上一辆计程车，经由市郊火烧庄，前往长治乡仑上村邱连球先生的故乡。

一九五七年，台湾乡土作家锺理和曾经在参加《自由谈》杂志征文的自述——《我学习写作的过程》中这样写道：

> 我少时有三个好友，其中一个是我异母兄弟，我们都有良好的理想。我们四个人中，三个人顺利地升学了，一个人名落孙山，这个人就是我。这事给我的刺激很大，它深深地刺伤了我的心，我私下抱起决定由别种途径赶上他们的野心。这是最初的动机，但尚未成形。

锺理和所说的少年时候的三个好友，除了他那同年的异母兄弟锺和鸣（浩东）之外，一个是台北高校毕业后即因罹患肾炎而英年早逝、壮志未酬的锺九河，另外一个则是与锺和鸣先后在五十年代白色恐怖时期英年早逝的姑表兄弟邱连球。

我的第一个采访对象是一九五八年六月才从绿岛回来的邱连球的堂兄邱连和老先生。

一九八七年八月采写锺浩东生命史时，我在美浓锺理和故居第一次见到邱连和老先生。也因为这样，当我完成锺浩东生命史的采访工作，写成《幌马车之歌》之后，随即与当时已经七十八岁高龄的邱连和老先生联系，专程南下，进行有关邱连球生命史的采访工作。

以邱连和老先生为起点，其后我又在岛内各地陆续采访了环绕在邱连球周边的难友、家属，并于一九九〇年四月在北京找到了曾经参与、领导“二二八”台北地区的学生队伍，并在一九四九年四月六日被迫出走大陆，原先以为下落不明的曾经与邱连球有过思想交流的叶纪东先生。

这样，综合这些历史见证者的口述追忆，家属保存的狱中家书，以及后来开放的相关官方档案，几经修订，我终于写了这篇粗堪呈现

1987年8月，作者在锺理和故居采访邱连和、蒋碧玉、李南锋与李旺辉等环绕在邱连球周边的难友

邱连球生命轮廓的报导。

· 一、殖民地长兴庄的客家子弟

长治乡旧名长兴，清康熙卅五年（一六九六），开庄祖邱永镐从广东蕉岭文福乡白泥湖来此开垦；三年后归返原乡，率领族人同来此地开垦，逐渐形成聚落。

一八九五年，甲午战败的清廷将台湾割让给日本。台湾人民展开了武装抗日的爱乡保土斗争。

一九一五年，也就是第一次世界大战爆发后的第二年，在中国大陆，袁世凯接受日本政府提出的“廿一条要求”；杨度等人推动袁世凯称帝。在台湾本岛，曾任台南厅凤山县警察的屏东人余清芳，目睹日人暴政，于是怀着驱逐日人、光复台湾之心愤然辞职，并迁居台南县后庄乡。终因不堪坐视邻近噍吧哖人受日人压迫，乃“借助神力”，奉“大明慈悲国”之名，于四月起义台南西来庵；一时之间，台北、台中、南投、嘉义、阿缑等地人民纷纷响应。八月二日，日军发动山

邱连球出生的1915年，余清芳领导台湾人民展开最后一次武装抗日（徐宗懋图文馆提供）

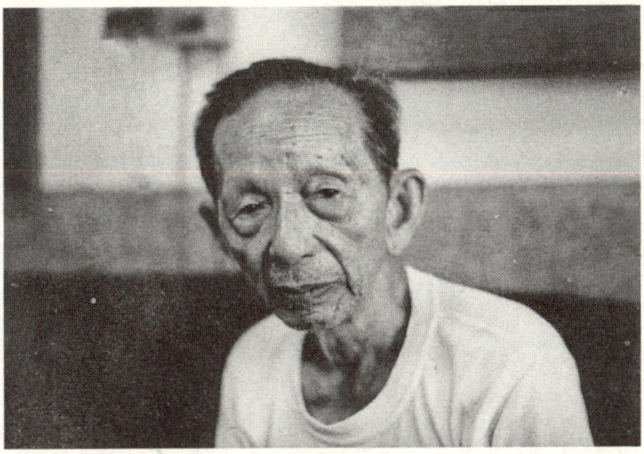

邱连和（1911—1998）

炮猛攻噍吧哖市街，屠杀庄民。九月二十三日，余清芳被杀，事件后，日寇竟将噍吧哖附近廿多个村庄的三千二百多个住民全部看作凶犯，实行世界史上空前的集体大屠杀。

一八九五年以来的台湾人民武装抗日运动经此噍吧哖事件的大屠杀而告终结。就在这一年，殖民地孩子邱连球在屏东长治乡仑上村的客家庄出世了。此时，日本帝国对台湾的殖民统治已经通过这廿年来的暴力恐怖镇压而得到初步的巩固，然后在这个基础上开始采取怀柔的统治政策，进行土地掠夺，联合一部分本岛地主及资本家，对台湾人民加重苛捐杂税。

邱连和： 连球比我小四岁，是我的堂弟。连球的父亲邱有让是六兄弟中的老幺。我父亲邱有福则是他们那一辈的老大。他们六兄弟分别从祖父邱添郎手里继承了七八甲地，在乡下老老实实地务农。叔叔邱有让才卅八九岁就过世了。那时候，连球还没上学。

连球是家里八个兄弟姊妹中的老五。他上头有一个姊姊，三个哥哥；大哥是养子，二哥是大娘生的，三哥与他同是后母生的。他下头还有一个妹妹与两个弟弟；其中一个早夭。

连球和锺浩东、锺理和两个兄弟同年。连球的母亲锺权妹是锺浩东与锺理和两兄弟的姑妈。当时，浩东与理和的父亲锺番薯在隔壁盐埔庄开碾米所，因此，当他们盐埔公学校毕业，就学于长兴公学校高等科时，就寄住在姑妈锺权妹家。因为这样，他们三个，再加一个同村的锺九河，因为同年、同窗之故，就成了要好的朋友。

长兴公学校创校于日据时期大正四年（一九一五）六月一日，当时称为阿缑公学校麟洛分校；第二年，也就是一九一六年四月一日独立为麟洛公学校。一九二〇年，台湾地方改制，长兴设庄，划归高雄州屏东郡管理；六月一日麟洛公学校改称长兴公学校。一九二四年四月一日，长兴公学校增设两年制高等科，是当时屏北地区少数设有高等科的公学校。

邱连和：一九二六年，我从长兴公学校高等科第一届毕业。当时刚好遇上长兴十庄做醮，十五岁的我于是随叔伯兄弟回大陆原乡，采买神衣。我们在高雄港搭乘地理丸，航行一夜，抵达厦门，然后换船经汕头、潮州、松口、蕉岭到梅县。一九三一年九月，我带着汕头老婆回台。前一天，我看到报纸号外，知道东北爆发了“九一八”事变。

从大陆归来后，我听说连球和浩东、理和两兄弟及九河四人相偕报考州立高雄中学校；结果，除了理和因体检不通过而落第之外，其余三人都金榜题名。因为志趣所在，连球并没有进入雄中，另外考入屏东农校畜产科。屏东农校的全名是高雄州立屏东农业学校（今屏东农专），一九二八年创校。农校五年毕业后，连球即应聘

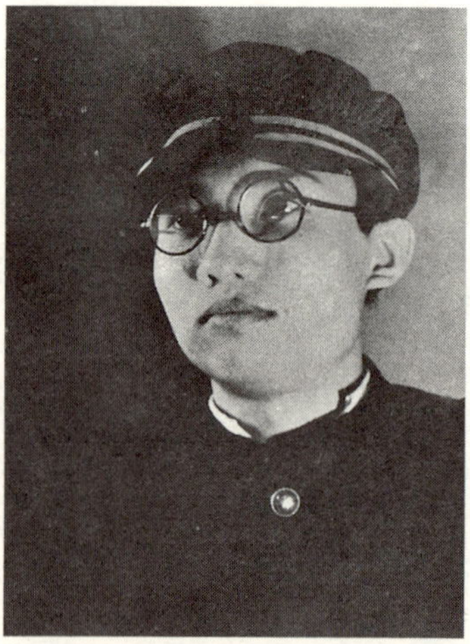

锺九河（1915—1940）

到母校长兴公学校高等科教书。教了快两年时，长兴农业实践学校（今长治中学）成立，该校的日籍校长亲自请他任教；他于是辞去高等科教职，转到长兴农业实践学校任教。然而，教了不过一年多时，他就因民族之间不可克服的矛盾，而与日籍校长在言词上发生冲突。冲突之后，他便辞去农校的教职。

连球才刚辞职，长兴庄庄长邱润宽立刻邀聘他到庄役场（乡公所）做兽医。他于是就学以致用，前往任职，一直到理和邀他一同前往大陆东北做生意时才又辞职。一九三八年，也就是抗日战争爆发后的第二年，锺理和因为爱上比他年长几岁的同姓女工锺台妹，遭到闭塞、封建的客家家庭所不容，因此愤而离家出走，远赴大陆东北。那时候，连球想到大陆开砖窑厂，就与理和一同搭船，经由日本到东北，调查设厂的事情。锺理和在沈阳“满洲”自动车学校学习开车，两年后才回台湾，带台妹私奔。连球做完了调查后便回台招股，但因招股不顺利，也就没有再去东北。

东北去不成，廿五岁的连球就与美浓当地十六岁的姑娘朱让娣成亲。婚后，连球便顶下同母的三哥连寿与锺九河的哥哥锺润生共同顶让的旗山月眉庄一片廿四甲的山林地，带着新婚妻子去开垦山地，种香蕉。大约就在同时，因为生意不好，我也放掉原本经营的杂货店，前去月眉，开垦荒山，并与时任长兴庄役场会计主任的锺润生合伙，种了约七八甲做染料用的黄姜。太平洋战争爆发以后，大部分的货船都难逃被联军潜艇击沉的厄运，山上的产物经常运不出去。这样，我和连球只好放弃山产的种植事业。连球重操旧业，到杉林庄役场当兽医，我也到杉林庄做豆腐来卖。

二、从光复到“二二八”

一九四五年八月十五日，日本天皇宣布无条件投降。不久，长兴庄改划设为高雄县长兴乡。一九四六年，长兴乡又被划入屏东市，并取“长治久安”之义，易名为长治区。一九四七年二月底，光复以来累积的社会矛盾因为台北延平路的缉烟事件而引爆了全省性的“二二八”事变。

邱连和：听到日本投降的消息后，我们立刻把月眉庄的山林地卖掉，各自带着妻小回到长兴庄，买了地，继续耕田。台湾光复，重回祖国怀抱。汉民族意识特强的长兴客家住民，如同其他地方的民众一样，因为脱离了长达半个世纪的殖民统治而狂喜，纷纷游行庆祝，演戏酬神，告慰祖先。乡长李清辉家还特地杀猪，拜天公，一连请了好几天的流水席。回到家乡的连球随即与远房亲戚邱捷昌一起，打击那些在日据时期倚仗日本人势力，为非作歹欺压民众的地方上的台奸。乡长李清辉的弟弟李清增从日本回到故乡后立刻加入他们的行列。

李清增：我的思想基调主要是从民族意识的觉醒发展起来的。我想，在异民族统治下的日据时代的台湾青年没有人不是这样的。

一九四三年，我在京都留学的时候，认识了一位来自苗栗的客家青年谢传祖；当时，他所怀抱的回大陆留学、投入抗日行列的理想，更加坚定了我的民族意识。

我还记得，从日本回来之前，国民政府驻日特派员到学生会讲演时讲过的一段话。他说：“现在，我们中国政府展开双手，欢迎你们这些勇敢、优秀的知识青年回去台湾，你们是将来建设中国的最大力量。”

一九四六年二月底，我怀抱着这种期望回台湾，自然会投入连球发动的锄奸行动。

邱连和：一九四六年八月，从广东战地回来的锺浩东，开始接掌包括高中与初中两部的基隆中学。他随即在全省各地奔波，广招良师，连球当然也在他的名单之内。连球不但毫不考虑就答应锺浩东的邀请，前往基隆中学，担任事务课长，同时也把李清增等家乡的有为青年介绍给他认识。

在东港糖厂被捕前的李清增

李清增：早在日据时代，我已经久仰浩东的大名了。他和锺九河、萧道应，一直被公认为六堆一带客家庄最优秀的青年。那时，我在屏东工业学校任教，暑假期间，有一天，我终于在连球家见到了浩东。我记得，初见浩东那天，我们讨论了光复以来的政治形势及社会情况之后，浩东问我，想不想跟他到基隆中学一起办学校。我回答他说我学的是机械，我想，有机会的话，还是进糖厂做事比较适合。此后，只要浩东有事回南部，我们几个人一定在连球家聚会。

我记得，连球好像在基隆中学做了一个学期的事务课长便辞职返乡。他归乡后不久，“二二八”事变就爆发了。

事变爆发之后，台湾尾的屏东市街也不可免地卷入这场全省民众反抗接收政权的蜂起。到了廿八日中午，屏东市街也开始有些骚动。

李清增：屏东真正闹起来是三月一日吧？正确的日子我也记不来了，时间太久了。我只记得，那天，我从学校出来的时候，正好看到有五六十个群众在包围警察局（今地方法院），其中学生占大部分。他们想要抢里头的枪械、弹药。我远远地站着观察了有半个小时之久，觉得情况不太乐观，就折回学校。当天晚上，市参议会副议长叶秋木召集各参议员、民众代表、学生、青年，召开人民大会，决定响应台北及其他各地的起义。

根据日本帝国台湾总督府警察沿革志第二篇《领台以后的治安状况（中卷）：台湾社会运动史（1913—1936）》所载，青年叶秋木已是台湾旅居东京留学生左翼运动的健将之一。一九三一年十二月，旅居东京的留学生左翼运动机关濒临灭亡边缘，他便参与创设“台湾问题研究会”，在合法的文艺、文化运动掩护下，就有关台湾的各项问题，台湾的共产主义运动，尤其是文化协会解消的问题，进行讨论与研究，逐步推进东京台湾留学生的左翼运动。除了表面的文化运动之外，也是“反帝同盟”主要盟员的他同时投入“日本赤色救援会东京地方委员会”的基层组织工作，经常借纪念会、音乐会等名义邀聚有志青年，研究共产主义，吸收新人加入；或者四处筹募资金、物品，对仍系狱中的同志展开救援运动。一九三二年三月，他与王白渊、吴坤煌等人组织一个属于日本普罗列塔利亚（无产阶级）联盟的“文化同好会”，决议以“借文学形式启蒙大众的革命性”为目标，设立文学、美术、演剧、音乐、普罗叶斯、电影、出版及会计等部门，并且先发行《通讯》，为机关杂志《台湾文艺》的创刊预做准备。八月十三日，《通讯》创刊号印成七十份，分发给东京的同志、台湾留学生及岛内同志。八月二十日，召开第二次编辑会议。九月一日，震灾纪念日当天，他因参加反帝示威而被宪兵队检举，经盘讯而使组织暴露，第二期《通讯》也就无法出刊。刚刚萌芽的无产阶级文化联盟“台湾文化同好会”也因为这次检举而被铲除了。

台湾光复后，叶秋木参加了“三民主义青年团屏东分团”，负责组织工作。一九四六年，他当选屏东市参议员，并被推选为副议长。

李清增：三月四日早晨，一群民众到市政府要求龚履端市长交出市政府印信，撤出宪兵驻军及警察的武器弹药，集中外省人。从南洋归来的、失业的退伍青年军人也集结起来，在街头游行。其中，由林晋祥、郑元宵等人领导的一队包围警察局，要求交出武器。市长拒绝，民众于是以身体冲撞，终于把警察局的仓库打破，夺取里头的枪械弹药。市长眼看形势已弄到不可收拾，就命令大小官僚退到宪兵队，自己也由宪兵队保护下脱险。到了中午，民众占领了市政府和警察局，另外一队退伍军人也袭击制糖工厂，收缴了所有的武器弹药。这时候，市内到处都有人在打“阿山”。我们就尽力保护学校的几个外省老师，不让他们被外头的乱民打。下午，屏东市事件处理委员会在市参议会成立，叶秋木被选为主席。处委会同时成立治安本部，负责维持市内治安。我想，叶秋木当时如果不出来当主席的话，也许日后就不必遭到惨死的命运吧。就我所知，原先大家欲推国大代表张吉甫当主席，但他这个人比较精，坚辞不就，因此也就躲过日后被枪杀的劫数。

三月五日下午，民众接连几次围攻宪兵队，但因弹药缺乏，一时之间不能攻陷。他们于是在中央旅社及省立女中正式成立司令部，下设作战部与经理部。等到接收了第六工程处的汽车，以及屏东中学、农业学校的六挺机枪，再加上少数民族青年下山援助，就先断绝宪兵队的水源，然后用消防队的水龙管喷射汽油，进行火攻。一直到当天晚上十点左右，宪兵队抵挡不住了，于是护卫着大小官僚及其眷属共五十余人，撤退到机场，与空军的地勤部队会合。民众随后也拥至飞机场，继续围攻。因为市长龚履端已经逃走了，无人施政，处理委员会便推选叶秋木为临时市长。

李清增：飞机场的攻防战一直持续到三月八日。这天下午，凤山的国军进入屏东，实施戒严，展开一场广泛的捕杀行动。我们学校当天就有好几个学生被抓走。我听说，市街上有很多民众、青年和学生已经被捕杀了。

三月十一日或是十二日，我在现在的台湾银行对面的圆环，亲眼目睹了叶秋木被枪杀的残酷景象。从游街时叶秋木惨不忍睹的形态看起来，我想，他一定是在被捕时遭遇过野蛮绝伦的体刑，然后才被拖出来游街示众。我看到，他的双手被反绑在后，背上插着一支长盾形的木牌，上头用红色颜料写着“叶秋木”三个大字；就像一般武侠小说上所描述的死刑犯就刑前的模样。当叶秋木步履蹒跚地走到圆环时，我看到枪兵开始用脚踹他，强行要他跪下。这时，挤在人群中的叶秋木的弟弟，激动地想要抢到前头去，可是人群却善意地把他挡在外头，不让他进前。就在这时，我看到枪兵又狠狠地连续踹了叶秋木三下。可是他骨头硬，咬着牙，就是不跪下来。那些枪兵被他搞火了，就用枪托朝他的膝盖骨猛击下去，并且趁他跪地的刹那，枪口对准他的后脑勺及太阳穴同时开枪。然后，另一名枪兵又给已经仆倒在地的他再补一枪。目睹此景，叶秋木的太太、弟弟及其他家人痛哭失声。然而，人都死了，这些枪兵却仍守着现场，迟迟不让叶秋木的家人收尸。一直到天快黑了，那些兵仔才随便用一床草席覆盖在叶秋木的尸身上。等到这些枪兵都走了，叶秋木的家人才能忍着悲痛收尸。

为了避免无辜被抓，我连夜离开屏东，一路北上。国军清乡的工作一直持续到三四月后都还有人被抓走。我在台北的亲友处，这里那里住了一个多月，才又回去屏东，进入糖业公司屏东糖厂服务。

邱连和：“二二八”发生后，连球保护了四个基隆中学的外省同事到家里，一直到外头平静了才让他们回去。

三、一条白白的路

事变后的下半年起，大陆的国共内战进入第二个年头。就像绝大部分的台湾知识青年一样，经历了“二二八”的政治动乱以后，邱连球等人的祖国认同几乎完全崩溃瓦解了。他们也不可免地一度陷于思想没有出路的苦闷当中，苦苦地思索着台湾要往何处去的问题。

李清增：大约是六七月时，通过一名屏东中学老师叶纪东的分析，我们苦无出路的思想终于廓清了历史迷雾，找到了一条前行的路。有一天傍晚，连球来找我，说要带我去见一个姓叶的朋友。这个叶纪东是屏东中学的老师，毕业于延平学院，一九四九年后就不明下落。当天，我们三人谈了一整个晚上还不过瘾，于是又躺在床上继续谈到天亮。通过叶纪东对历史与时局的分析，我和连球初步理解了“二二八”事变必然会发生的历史因素。更重要的是，我们也厘清了事变的本质：它是中国阶级内战的延长，是一个阶级对一个阶级的压迫；外省人与本省人的冲突，不过是阶级矛盾表现在地域上的表象而已。这样，通过叶纪东的教诲，我们开始有了比较圆满而恢弘的世界观，并且在现实生活上为实现劳动人民的民主而努力。

叶纪东：我的本名是叶崇培，一九二七年生于高雄市苓雅寮。当我念

叶纪东，1990 年 4 月，北京（何经泰摄影）

第二公学校时，从二年级起一直到毕业都保持第一名的优异成绩。然后我进入高雄中学校，念完雄中四年级时，我就越级考上台北高等学校。那一年，同时考上台北高校的雄中学生还有三个人，但他们一个是五年级的应届毕业生，另外两个则是补习后的重考生。然而，考上之后，我却因为对有关皇民化的口试不满而被除名，一九四五年三月毕业于高雄中学校。一九四六年春天考进台北延平学院，寄居在老台共廖瑞发家里。“二二八”事变爆发后，我担任地下党组织的台北学生武装行动第四大队领队。

事变后，我先是躲了一阵子，然后通过朋友介绍，到基隆中学找锺浩东校长，想在那里教书。后来，我在高雄的工作有着落了，就决定不再北上。一九四八年二月，我到屏东中学教书。锺校长于是告诉我，说他有个表兄弟住屏东乡下，要我有机会就近照顾照顾。所以，经由锺校长的介绍，我在屏东中学教书期间认识了邱连球。以后我大概一个月去找他一次，每次都聊到下半夜，就在他家睡，第二天一早又回屏东。开始的时候，我只和邱连球一个人见面，后来，他的堂兄邱连和与李清增也来参加。每次，我都带一些学习材料去，除了和他们谈谈心事，也讨论台湾前途和大陆形势。后来，我们还计划配合国民党当局三七五减租的政策，在农村搞农民运动。

我跟邱连球的关系，实际上只是从一九四八年二月到十月期间。总的说来，他给我的印象是一个非常热情的人。邱连球住的地方叫什么名字，我已经记不得了。但我还记得，每次去都是骑自行车，从屏东一直往东走，过一条河，再顺着河堤走到他家。他总是在约定的时间到河边来接我，在天色就要暗下来的时候，我们并肩走在堤防上。渐渐地，月亮出来了。在月光下，一边是田，一边是河水，我只看到一条白白的路前行着。

锺国辉：我是高雄县潮州区内埔人，日本广岛中学毕业。一九三一年进广州工业学校念二年，转考入军校第四分校炮科十二期，一九三七年毕业。我于一九四六年十月到基隆中学任教员。一九四七年四月间，由基中同事蓝明谷介绍，参加共产党，与锺浩东校长、蓝明谷为一小组，锺浩东为组长。一九四八年三月辞职，回家养病（肺病）。一九四九年夏，忽接到潮州中学教员刘特慎来信，见面后他说是上面派他和我联络，并叫我去和长治区仑上在家里耕田的邱连球联络。当时未说明，但大概是我和邱二人由刘特慎指挥，宣传三七五减租的政策是对的。[1]

邱连和：我听基隆中学老师李旺辉说，锺浩东认为，由于台湾人民对祖国还缺乏比较全面的政治认识与正确的阶级立场，“二二八”这场民众自发的蜂起也就在国军的武装镇压下迅速溃灭。因此，为了启蒙一般民众对祖国的政治认识，坚定站在工农立场的阶级意识，他便计划印行地下刊物《光明报》，借以宣传国共内战的局势发展，进行反帝的阶级教育。为了筹措印报的经费，浩东把自己的房子卖了，然后拿这笔钱到屏东，在妈祖庙对面经营一家名为“南台行”的地下钱庄。这时候，曾经与锺理和一起在东北开车的连球的五弟邱连奇，因为战时在山西五色县当过日籍县长的秘书，害怕被整肃而从故都北京回到家乡。“南台行”主要就是由浩东、连球、连奇和我四人合股开设的地下钱庄。

李清增：一九四八年秋天，当锺校长开始秘密刊行《光明报》的时候，叶纪东就把屏东地区的发送工作交给我负责。他希望我在平常的工作中发掘比较有可能性的群众，然后再通过《光明报》的发送与教育，提高这些群众的积极性，进而加以组织。因此，每隔一天，我都会到妈祖庙对面的“南台行”拿

---

1 《锺国辉侦讯笔录》，一九五〇年九月廿九日、十一月廿七日；转引《战后台湾政治案件蓝明谷案史料汇编》，台北：“国史馆”，二〇一四年五月，页一一三～一一四、一六五～一六八。

报来发送。大约到了年底的时候，我已经在糖厂里头吸收了几名优秀的工人。然而，正当我准备组织小组时，这几名积极的工人却突然被调职。后来，我自己也被调到恒春厂。

一九四九年一月，台湾省政府改组，陈诚代魏道明任省府委员兼主席，兼任省警备司令部总司令；彭孟缉则担任副司令。

二月中旬，市面上的米价猛涨。国民政府中央要人纷纷撤台。台币与金圆券汇率调整为一比十五。

为了抑制物价，台湾银行从三月开始抛售黄金。

四月六日，为了镇压台大及师范学院学生运动，引起了“四六事件”，大量的学生被捕，十九人移送法院处理。陈诚以警备总司令之名发表书面谈话，声称决定整顿本省学风。

四月七日，台币对金圆券的汇率，调整为金圆券百元兑台币二百廿元。

四月九日，物价全面暴涨；黄金每台两五百五十万元。警察当局奉陈诚之命，以“大量吸收游资、从事投机囤积，搅乱战时金融经济”之名，查封台湾最大的地下钱庄七洋贸易行。

四月底，沪警告急，国民政府的要员大批涌到台北。金圆券的汇率又再调整为金圆券百元改折台币七元。

五月一日，全省实施户口总检。

与此同时，从五月初起，地下钱庄的倒风风行台北，金融经济一片混乱；银行因此停发本票，并限期收回全数本票；许多债权人唯恐债务人逃脱、赖账而集体包围钱庄。

五月十八日，白米每石涨到一百万元。

五月二十日，台湾银行办理黄金储蓄存款，金价定为每台两一千四百四十万元，并准领取黄金实物。

五月廿二日，台币一元又改兑金圆券四百元。国民政府的中央造币厂迁到台湾。

六月十四日，台湾实施币制改革，由台湾银行发行二亿新台币；

新台币每元折合旧台币四万元；新台币五元折壹美元，限期兑新。新台币票面分一元、五元、十元三种。

邱连和：浩东将“南台行”近三亿旧台币的资金，通过蒋碧玉的姊夫移转到台北一家林外科医院生利息。七洋事件后，受到波及，只讨回五千万。“南台行”一时拿不出钱来给投资人，我们于是各自卖了一些土地来偿债。处理之后，我们又继续经营下去。这时候，大陆的局势已经急转直下了。经济秩序混乱，台北钱庄的倒风很快就风袭各地；许多人还借此机会代行索债，发了一笔“讨债财”。尽管条件这样恶劣，我们还是努力坚持着。

六月中旬，台北市警察局协助清理了卅九家地下钱庄，影响所及，许多钱庄都自行清理，造成许多人逃脱、赖债的现象。处在这样混乱的经济秩序中，大家都对未来的前途很乐观，都以为国民党是一定会垮的。然而，我们没想到一场大逮捕就在这段时间沉静地展开了。

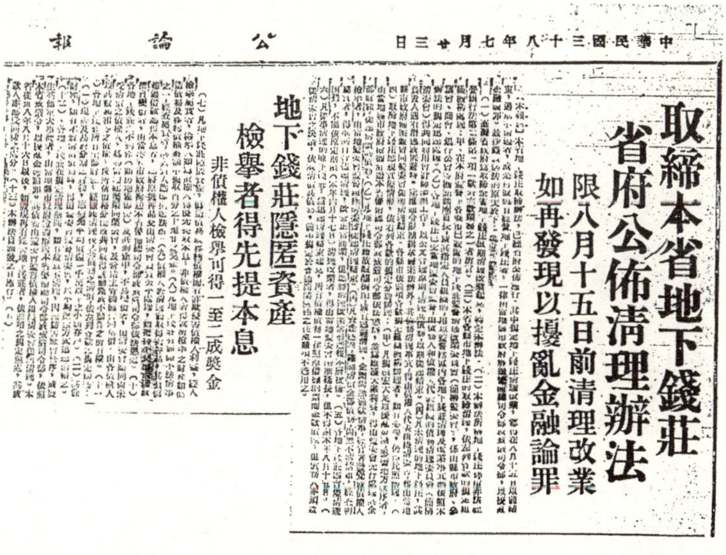
中華民國三十八年七月廿三日 公論報

取締本省地下錢莊
省府公佈清理辦法
限八月十五日前清理改業
如再發現以擾亂金融論罪

地下錢莊隱匿資產
檢舉者得先提本息
非債權人檢舉可得一至二成獎金

1949 年 7 月《公论报》：陈诚取缔地下钱庄

四、逮捕、判刑与牵连

一九四九年八月，台大商学院毕业的王明德因为把《光明报》寄交女友，暴露身份而被秘密逮捕。接着，戴传李等九名台大学生也在高雄被捕。不久，锺浩东校长也被秘密逮捕了。

八月底，凌晨一两点时，校长太太蒋碧玉和妹妹也被抓走了。

九月九日，星期六，早上十点多钟，大批军警包围了正在上课的基隆中学。中午以前，一共有四名老师、三名职员和三名学生被抓走。

十二月十日，台湾省“保安司令部”将基隆中学女干事张奕明、干事锺国员、教员罗卓才和宜兰中学教员谈开诚等四人执行枪决。锺浩东、邱连球、李南锋和邱连和等一共十八人未经审判，即以接受共产党之宣传教育为名，交付感训，“以开自新之路”。

一九五〇年九月九日，台湾省“保安司令部”判处锺浩东、李苍降、唐志堂死刑。十月十四日交付执行。

锺国辉： 我和刘特慎、邱连球联络不到半年，即因基隆中学组织发生事故而逃亡。[1]

邱连和： 我们是在校长被抓几天后，才知道基隆中学出事了。有一天晚上，有几个基隆中学的教职员流亡到我们邱家，我和连球当下即设法掩护他们。后来来了一批要抓他们的警特，因为遍寻不着，只好悻悻地离开。第二天早上，他们几个就离开仑上，继续流亡。中午时分，正在吃午餐的连球和我，被突然闯入的警特逮捕，强行押解到凤山的高雄警察局。在那里，我们看到李南锋也已经被抓来了。当天晚上，我们三个人就在那里过夜；第二天早上才又被押往台北。

---

1 《锺国辉侦讯笔录》，台湾省“保安司令部”军法处，一九五一年元月七日；前引《战后台湾政治案件蓝明谷案史料汇编》，页二七〇。

李南锋：我是锺浩东校长的表弟。一九四〇年元月，我跟随浩东、碧玉嫂以及萧道应夫妇，奔赴原乡大陆，参加丘念台先生领导的抗日组织东区服务队。一九四六年四月归乡后，我随即上台北，与碧玉嫂一同进入台北广播电台上班。我们两人都是负责办理业务。那时候，电台的台长是林忠先生。在福建的时候，我们就认识他了，那时他是国民党直属台湾党部的书记。

后来，浩东接任基隆中学校长，我便把电台的工作辞掉，到基隆中学担任管理组长。我想，浩东大概是希望我把东服队的工作经验拿到台湾来，好好教育年青的一代吧。一年后，学校的管理工作已经初步就绪了，我就辞职回家。

我是从大陆回来的所谓“半山”，沾了点光，找工作很容易。一回屏东，我就到屏东市政府民政课任职合作室指导员，兼任九如农场场长。

一九四九年九月初，基隆中学职员徐新杰流亡到我家，听他说，我才知道基隆中学出事了。徐新杰在我家躲了两三天才

李南锋（何经泰摄影）

离开，听说后来在苗栗大湖山区被追缉的警特当场击毙。徐新杰走后没两天，我也被捕了。我还记得，那天傍晚下班后，我从屏东市政府走回家，在路上，突然被两个便衣警察逮捕。他们合力把我押上车，然后往凤山、高雄的方向驰进。车子驶经高屏大桥，路面正逢下坡，车速减缓了些。我于是趁机挣脱，在车内，与押解的三个便衣刑警展开扭打。打斗很激烈，司机（也是警察）只好停车加入。最后，他们四个人把我拉下车，把我打得昏迷、半死，才又把我拖上车，继续前进。我在半昏迷的状态中模糊地感觉到车子停了下来，然后我被他们从楼下硬拖到楼上一个房间，用水泼醒，立刻展开一场彻夜不休的重刑审问。第二天，我在押房里昏沉沉地过了一天。第三天傍晚，连球、连和两兄弟也被抓来了。听他们说，我才知道自己被关在凤山警察局。

邱连和：我和连球被捕以后的第二天一早，随即与李南锋一起，从凤山警察局押往台北。我们北上的交通工具是火车，在火车上，我和连球两人被铐在一起。南锋有过抵抗的记录，除了手铐，还给他加上脚镣。我们和一般乘客同一个车厢，一路上都有人用一种好奇、讶异而惊恐的眼神打量我们。这样，忍受着一路上的受辱感觉，我们终于到了台北。走出火车站，我们立刻被押上一辆等在外面的吉普专车，送到小南门附近“保密局”的秘密押房。在那个小小的押房里，一共关了十七八个因为牵连基隆中学事件而被捕的人。

李南锋：大约三个月后，我们和其他同案难友一同被移送青岛东路三号“军法处”看守所。第二天早上十点，基隆中学的老同事张奕明、锺国员和罗卓才等四个外省人被叫出去枪决。他们被枪毙后，我们也就结案了。浩东、连球、连和，还有我，一共十八人，交付感训。

大约又是三个月后，连同浩东、连球在内，我们又被移往内湖的“新生总队”，接受针对我们这些涉案政治犯的“思想改造”的感训教育。浩东因为一直表现出不接受感训的坚定立场，所以后来又被提出感训队，再度送往“军法处”，与李苍降等人同时审理。那天，临走时，浩东还特地鼓励我和连球、连和三人，说他日我们出去后，一定要继续为理想奋斗；希望我们的子孙也能为理想奋斗。然后他又提高嗓音，像呼口号似的大声叫说：“坚持到底，为党牺牲。”

不久以后，我和连球、连和三人也随同其他难友，同时移往绿岛囚禁。

“新生总队”成立于一九五〇年二月一日，隶属台湾省“保安司令部”。一九五一年四月移迁绿岛，扩大为新生训导处，编制为新生训导总队，下辖三个大队，分别按“匪俘”“匪嫌”或“叛乱犯”等三种不同性质分队；每一大队又再分为十二个中队，以“团结新生同志完成第三任务”等十二字为队名；另外还特别编了一个女生队。除了劳动生产外，主要还是对政治犯进行“思想改造”的工作，上些诸如“国父遗教、领袖言行、共产主义批评、共匪暴行、苏俄侵略中国

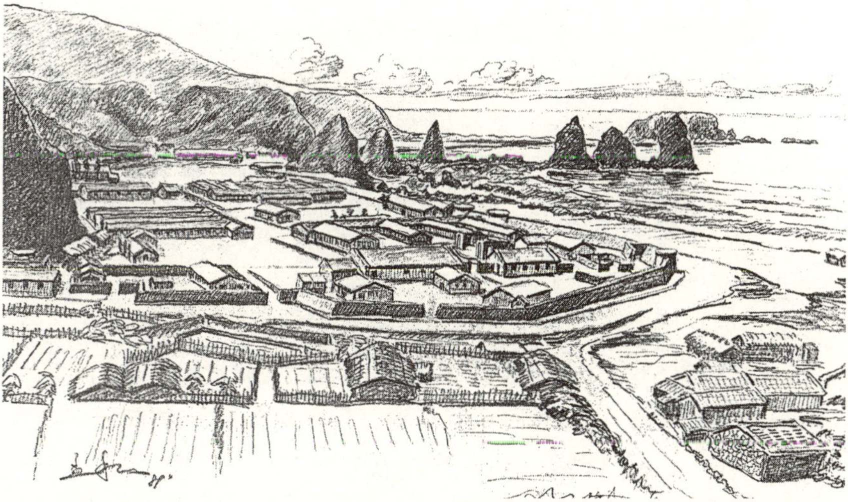

1951 年 4 月邱连球随同其他难友移送绿岛新生训导处（陈孟和绘）囚禁

史”等政治课程，以及中国地理、历史、数学等一般课程。

李南锋：我们在绿岛待了两年后，连球又因为家乡有人被捕，供出与他的组织关系，而以“不坦白”之由，再次被送回岛内审理。怎知，他这一去竟会一去不回。

一九五五年六月，我被关了六年，终于刑满归乡。那时，我才知道，连球早已经在台北马场町刑场仆倒于枪口下了。

连球为什么会在已经移送绿岛两年之后又被送回台湾再度审理并被处死刑呢？针对这点，当事人李清增也许能够说得清楚吧。

李清增：我在恒春待了六个月后，听到基隆中学出事，浩东及连球等几个朋友已经被捕的消息，于是要求厂方把我调到离家乡较近的溪州糖厂。在溪州糖厂期间，我仍然继续发展群众组织。

一九五二年三月七日，我回去长治家里看看。我发现书架上的书似乎被人翻过，于是问母亲。母亲告诉我，有人来搜查过这些书，但没发现什么就走了。我在母亲床底下埋藏了一套日本岩波文库、艾思奇的《大众哲学》、毛泽东的《新民主主义》与《论联合政府》等小册子，以及一本锺校长送我的河上肇的《资本论入门》。这些书虽然并没有被发现，可是听母亲这样说，我就知道情况不妙了。我于是又问母亲及家人最近这里有没有发生什么事，他们都说没有。

当天晚上，我怀着忐忑不安的心情回到糖厂。大约十一点，我准备去监督夜班工人交班。我走过铁道课就要进入厂房时，听到外省籍的人事室总务在背后喊我说我还没有签到。平常，我对这个人的作风很不满，因此就没好气地回他说我早就签了。但是他并不动气，仍然装着一副笑脸对我说：“你过来，再签一次嘛。”我拗不过他，只好走过去。可是才走没几步，我就看到有一个人鬼鬼祟祟躲在铁道课的仓库后头。当下我在心里直觉反应道："糟了。"果然，我人才刚走到人事室门口，就有三个事先躲在暗处的便衣冲出来，把我扭住，扣上手铐，命令我说："走。"我看到其中一人向人事股长签交。然后，他们就把我押上停在厂外的吉普车，直接送到屏东刑警队。

这时，我才知道，就在我被捕的同时，长治乡德协村的吴葵英与古有桂也先后被捕。

吴葵英：连球和我是长兴公学校和屏东农业学校的前后期同学，古有桂则是我们读公学校时的老师。被捕当时，我是长治乡农会总干事。我既没去过大陆，更不知道什么共产主义。我想，我会被捕大概是因为公开向农民宣导三七五减租政策吧。所以，在屏东刑警队，他们要我写自白书，我就照这样的事实写。

李清增：第二天，清晨四五点左右，我们便被喊醒。他们把我们三人押上吉普车。我们不知道他们要把我们押到哪里。上吉普车前，我就故意向他们抗辩说：我又没有做什么，你们要把我带到哪里？然而，押解的刑警不但没有理会我，其中一个还用枪托敲击我的腰部，狠狠地说："有没有做什么？你自己心里明白。"当天，我们便被他们从屏东直接送到台北西本愿寺的保安处。可是我是到了第三天才知道的。

吴葵英，1993年4月21日，屏东长治（蓝博洲摄影）

一到保安处，马上就是一连串紧密的疲劳审问。在那里，我自己一个人独房，关了足足有三个月之久。我始终没有结案，又被转押台北刑警总队。

在刑警总队，我开始尝到刑求的滋味。第一次侦讯时，他们硬是要我承认同乡的吴葵英和唐顺五、锺全如都是我吸收的群众。唐顺五是猪贩，锺全如是木匠，也是连球的公学校同学。我不承认，他们就用刑。第一次否认，他们重重地打了我一个耳光，把我的牙齿也打断了一颗。他们再逼问，我又否认，其中两个刑警就分别用力夹紧我的颊骨，强迫我张开嘴巴，另一名刑警就朝着我的喉咙猛灌水。他们一直刑到我小便失禁，昏迷过去，才罢手，把我送回押房。这之后，足足有一个礼拜，不再侦讯。

当他们第二次提我出去侦讯时，态度却跟上回完全不同了。这回，他们不来硬的，用软的。我一到侦讯室，他们就拿了一叠十行纸给我，要我坦白交代。他们不断地用温柔的语气劝我说，“你才结婚一年，太太刚刚才生了一个儿子”；“你太太还那么年轻，只有廿一岁，儿子又那么可爱”；“你即使不为自己想，也该为他们想想”。然而我始终不屈从。他们又把我送回押房。一个星期后，他们又第三次提讯我。这次，一到侦讯室，他们就疯狂地先给我一顿毒打。我仍然不承认。他们于是说：“既然不承认，再打。”说着就把我的两根拇指绑起来，在半空中吊了足足一个多钟头。我经他们这么一吊，屎尿失禁，流了一地，然后昏迷过去。

我就在这种“软硬兼施”的侦讯中，在刑警总队度过了两个月。第三个月，我又再度被调回保安处。回到保安处后，他们又让我坐在电椅上，展开连续四天三夜的疲劳审问。一直到现在，回忆起那段不堪的往事都会让我感到痛苦而羞耻。后来，他们突然问我：“你认识邱捷昌吗？”这个邱捷昌，是连球的亲戚。光复初期，他曾经与连球一起打击日据时期地方上欺压人民的台奸，表现良好，颇受连球欣赏。“二二八”时，他又表现得很积极。后来，连球就决定吸收他，参加组织。可是我当时并不知道，他因为与乡里某个林姓乡民代表有些摩擦而被以“匪嫌”之名陷害，承受不了严酷的刑讯而供认自己是连球吸收的群众。因此，我回答他们说：“认识。”他们又问：“在哪里认识的？”我就说：“以前在邱连球家见过。”我想，连球已经被送到绿岛了，说出他的名字应该不会连累到他。他们就这样结束侦讯，草草结案。

五、同案难友的判决

根据台湾省“保安司令部”（41）安洁字第二九四九号判决书所载，一九五二年十月十八日，台湾省“保安司令部”军事法庭审判官梅授荪判决古有桂、李清增“参加叛乱之组织各处有期徒刑十年各褫夺公权七年”。

> 古有桂化名古镜明李清增化名李铁民先后于一九四九年一月及同年八九月间由另案匪徒邱连球吸收参加匪帮组织利用三七五减租宣传为掩护开会阅读《光明报》《新民主主义》等反动刊物事为屏东县警察局查悉将古有桂李清增拘捕转解本部由军事检察官侦察起诉。
>
> 被告古有桂李清增在审理中关于参加匪帮组织之事实虽均不坦白供承但查该被告等在屏东县警察局台湾省警务处刑警总队暨本部保安处侦讯时已迭据供认先后于一九四九年一月及同年八九月间古有桂化名古镜明李清增化名李铁民由邱匪连球吸收参加匪帮组织集会利用三七五减租宣传阅读《光明报》《新民主主义》等反动刊物有办案原卷笔录及李清增自白书可稽被告等虽以前在屏东县警察局所为之口供系出自刑求为抗辩但经训据被告等供明前在台湾省警务处刑警总队暨本部保安处讯

问时均未受刑且其所供亦与在屏东县警察局所供相符足见被告等此种抗辩并无事实之根据殊难采信经传与本案有关之自首分子邱捷昌到庭供证该被告等有参加邱匪连球家前后坟地聚谈之事实但对于被告等是否参加共匪组织则诿为不知经查该自首人自首时在屏东县警察局曾供明李清增与其同时参加匪帮组织古有桂亦已参加匪帮组织有屏东县警察局自首卷内笔录可稽其到庭质证时所为之供述显有避重就轻之嫌复经讯据本案关系人邱匪连球供称古有桂因常受其恩惠故与其感情很好因此邀古参加共党古就口头答应后来要办手续由其写一字条内容是参加共党不能违背之意思请古念后焚毁算是完成宣誓并称曾对李清增说过现在台湾贫富不均及大陆“解放”后情形要其参加组织但是叫其帮忙三七五减租之事并不是要其参加共产党经诘以何以要李清增古有桂用化名参加则供称因我们有点害怕故要他们用化名各等语查该邱连球为匪党重要分子其吸收古有桂参加匪党组织并曾宣誓既据供证属实且核与古有桂在屏东县警察局及台湾省警务处刑警总队暨本部保安处所供情形相符自可采信又查三七五减租为政府推行之政策人人有推行及宣传之义务与权利果邱连球仅要李清增帮忙推行三七五减租之事有何害怕而不用本名必用化名之理反足以证实邱连球吸收李清增确为参加匪帮组织毫无疑义难任其空言狡辩推卸事实惟查被告等参加匪帮组织后尚无为叛徒积极工作或其他不法行为之事证自应依法衡情科以应□□之刑……

李清增：我后来反省，在邱捷昌这个个案上，基本上，我们犯了观察、教育都不够的错误。所以，他一旦被捕，在严刑逼供之下，马上因为个性与认识的不够坚强，立即就把连球和我供了出来。结果，他们给我制造了一条“参与三七五减租农民斗争”的罪名，然后就把我移送绿岛，关了十三年才出来。连球也因为组织关系“交代不清”之故，又被从绿岛调回台北“军法处”重

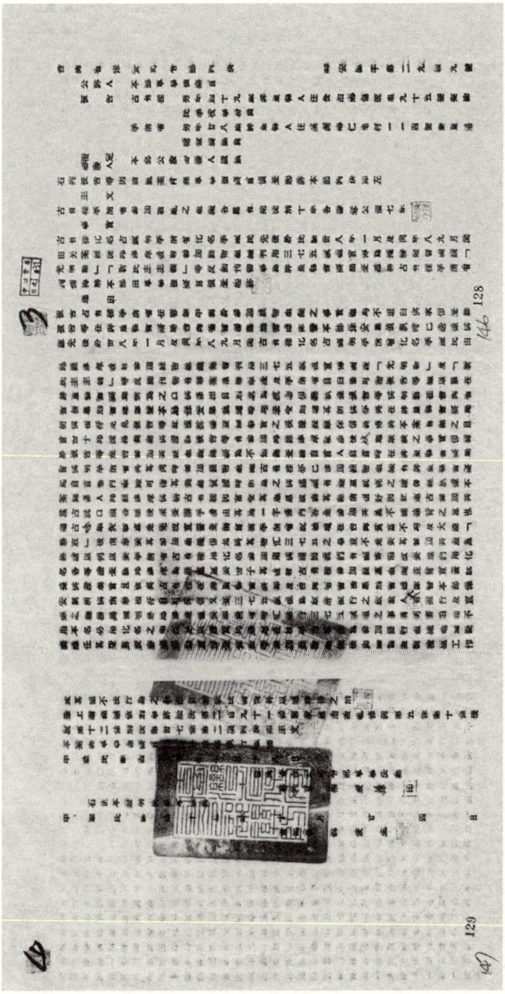

1952年10月18日，古有桂、李清增被判处有期徒刑十年，各褫夺公权七年

新审理，最后也以“推广三七五减租运动，组织农民的新民主主义研究会”罪名，被处死刑。这是我后来才知道的事了。

六、改判死刑与觉悟下的家书

根据台湾省“保安司令部”（42）审覆字第〇〇一号判决书所载，一九五三年二月十六日，台湾省“保安司令部”军事法庭审判官彭国埙改判邱连球为死刑。

邱连球意图以非法之方法颠覆“政府”而着手实行处死刑褫夺公权终身全部财产除酌留其家属必需生活费外没收。

邱连球于一九四九年一月即已参加匪党担任组织农民工作并吸收张昌华江顺林黄新枝三匪参加嗣于一九四九年九月经“国防部保密局”查获以其过去在日据时代对政治无深刻认识致受匪利用获案后尚能了解过去错误坦承表示悔悟为示“政府”宽大以期自新乃报奉前东南行政长官公署一九四九年十二月二日署详字第一七六号代电核准交付感化在案迨一九五二年三月自首分子邱捷昌锺全如及获案匪徒古有桂李清增（已另案判决）均供出系经邱连球吸收参加匪党等情案经本部军事检察官以发现新事证□该邱连球保留匪党组织关系企图俟机再行活动显未坦诚悔改应受重刑之判决报奉“国防部”一九五二年十一月十一日（41）防感字第二一七三号代电核准撤销感化将该邱连球提回另行依法侦查起诉并经本部判决报奉“国防部”发还复审。

被告邱连球虽矢口否认曾吸收邱捷昌锺全如古有桂李清增四人参加匪党组织并辩称一九四九年一月及六月间先后吸收彼等四人参加三七五减租宣传工作因与匪党尚无组织上关系故前彼“国防部保密局”缉获时未坦白供出等语经传邱捷昌锺全如及提古有桂李清增等到案亦一致证称系由邱连球吸收参加三七五减租

宣传工作属实至邱捷昌等所供当时参加之三七五减租宣传工作是否匪党组织未据邱连球明告等语但查该邱捷昌锺全如均系参加匪帮组织后悔悟自首该古有桂李清增亦经本部审明参加叛乱之组织属实于一九五二年十月十八日（41）安洁字第二九四九号判决判处罪行报奉“国防部”一九五二年十一月十一日（41）防隆字第二一六七号代电核准确定在案且查被告邱连球于吸收邱捷昌等四人参加时均令化名吸收古有桂时更令宣誓并将誓词立即烧毁业据该被告供认不讳核与邱捷昌等所供情形相符其举措诡秘经一再追诘均无以自圆其说所称非吸收参加匪党组织显系空言狡辩不足采信其参加匪党组织后复积极活动一再吸收匪徒扩展叛乱组织已达意图以非法之方法颠覆“政府”而着手实行程度且获案发交感化后仍不知悛悔意图保全党羽俟机再行活动殊属恶性深重自应依法处以死刑褫夺公权终身全部财产除酌留其家属必需生活费外没收用昭炯戒。

二月廿六日，台湾省“保安司令部”以（42）安度字第〇三二四号签呈有关邱连球“叛乱案”案卷检送“国防部”核示。

三月十日，“参军长”桂永清将原件附判决书呈报“参谋总长”

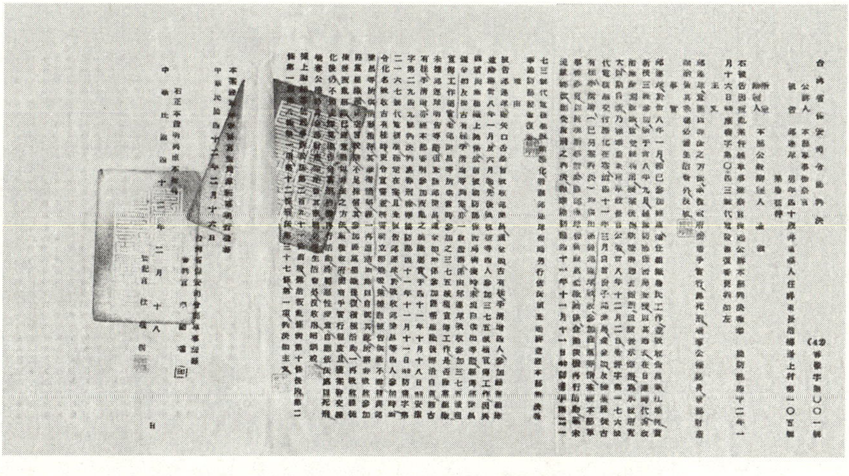

1953年2月16日邱连球改判死刑

陆军一级上将周至柔核阅。

多年以后，邱连球的女儿向我提供了几封她细心保存的狱中家书。从这几封内容简略的信件看来，一九五三年三月廿三日，邱连球应该已经对自己的命运有所觉悟了。

在此之前的一九五〇年八月，邱连球的妻子曾经寄了一张母亲锺权妹和两个女儿合影的照片给系狱中的他。一九五三年三月廿三日这天，他在同一张照片的背面写了简短的几句话安慰母亲：

> 我崇高的慈母！您的多愁、多苦、多难，是值得自傲，而将有所安慰的；相比例的喜欢、快活、幸福，在前头等着您的啊！

另外，邱连球也给孩子们写了鼓励的遗言：

> 孩子们！咱们的身虽隔南北，但精神上始终是一起的；因为，你们时常都在我的怀中！
>
> 能得与你们成一个眷属是我最感快慰的一件事！因为，你们常会使我感着有无上的亲爱与满意。我愿咱们的心心永远相印！
>
> 我爱你们！
>
> 永远——
>
> 以我真诚的爱，
>
> 永远——
>
> 非此一时，
>
> 非仅一日，
>
> 非只一年，
>
> 而是永远！

除了母亲与孩子们之外，邱连球还给最小的弟弟邱连广（化名）

写了勉励的几句话：

> 广！你有雄壮的身体与可人的风采；你前途的事业，也定是“雄壮”“可人”；我是这样相信着！

三月廿六日，周至柔批示：“本案邱连球一名于加入匪党组织后有为匪积极工作等犯行既据复审明确上签所拟准判死刑经核尚合拟照准。”然后谨呈蒋中正“鉴核示遵”。

五月四日，蒋中正批示“照准”。

五月五日，“总统府”第二局以（42）强仁字第三〇四二号代电发文“国防部”，传达“邱连球一名准处死刑可也”的“总统”指示。

台湾省“保安司令部”收到“国防部”转达的蒋中正批示之后，在一九五三年五月二十日，将邱连球绑赴马场町刑场，执行枪决。

邱连广： 有一天，我们家接到“军法处”寄来的一张明信片，通知我们说连球哥已经被枪决了，要我们去领尸。因为大哥没心情去，当时才十九岁大的我便一个人上台北。到了台北，我就先去找校长太太蒋碧玉，请她陪我一起前往殡仪馆领尸。在殡仪馆的停尸间，我看到与连球哥同时被枪决的六具尸体。他们的手都还反绑着，没有解开。连球哥的胸口挨了三枪，三颗子弹都是从后面打进去的。我们处理了连球哥的尸身后就送去火化。然后我又雇了车子到“军法处”，领回连球哥的遗物。当中，有一封给连球嫂的遗书。因为没有封口，我于是拿出来看。在信中，连球哥安慰连球嫂，不要因为他的死而悲伤过度。他告诉她，家里的经济条件不好，所以，不必为了处理他的尸体而费心，即使不去领也没关系，总是有人会处理的。最后，他又劝她，如果有遇到合适的、可以信赖的人，就再嫁过去罢，不要被他拘束了。

七、思念与期待

一九五三年五月二十八日，台湾省“保安司令部”检附邱连球生前死后照片各一张，以（42）安序字第二〇八九号签呈报请“国防部”核备。

六月五日，“国防部”参谋总长陆军一级上将周至柔将“保安司令部”有关“叛乱犯邱连球业已执行死刑”的签呈，检附邱连球生前死后照片各一张，呈请蒋中正“鉴核备查”。

六月八日，“总统府”第二局局长陆军中将傅亚夫具名以（42）局发字第三一六二号代电发文“国防部”军法局，批示：“准予备查。”

在官方的作业程序中，邱连球至此也算是“盖棺论定”了。

然而，他的亲友们却在那整个社会弥漫着看不见的恐怖气氛的漫漫长夜中暗藏着难以忘却的思念，期待着历史终有平反的一天。

邱连广：对于连球这个哥哥，时隔近四十年后，我仍然充满着怀念。在印象中，连球哥一直是个非常富有同情心的人。日据时代，他在教书时，经常把母亲为他准备的便当，分给那些穷人家庭的学生吃。他在月眉庄种香蕉，对雇来的工人也很照顾；一般老板给的工资如果是八块，他就给十块。后来，锺浩东校长请他去当基隆中学事务课长，他也带了四五个穷人家庭的子弟去当工友。国民党当局积极推行三七五减租的农业政策时，他算是全乡最积极推行的人了；每天，他都不厌其烦地给那些上门求教的佃农解说，后来还因此获得了地方政府颁发的奖状。然而，也就在那时吧，他也因此得罪了地方上的地主。几年后，他甚至因为这种曾经获得当局肯定的积极性而被处以死刑。这究竟是怎么样的政治条理呢？

我想，连球哥没去过大陆，他之所以会走上这条路，除了锺校长的思想影响外，就是他对国民党当局的不满了。连球哥最终还是为了他所信奉的理想牺牲了。可怜连球嫂还有三女一男，四个孩子要抚养。连球哥被抓走时，这四个孩子中最大的男孩玄治也不过才六七岁，最小的甚至还在襁褓中呢。

邱玄治：父亲死时，我才念初中一年级。记得，那时候住学寮，家里有人来告诉我父亲的死讯，可是我并没有多大的震惊。毕竟，在我的记忆中，父亲早已不存在了。自从他被捕以后，五六年来，家里一直没有他的音讯。因为年纪小，我对他的印象也就显得模糊了。等到年纪稍大，懂点人事了，长治乡的长辈们向我提到父亲时，总是竖着大拇指说："如果没有你父亲的牺牲，仑上的村民还有三分之一以上要被牵连。"他们又说："你父亲如果出来选乡长或县议员，一定没问题的。"这样，我才稍微理解父亲。

我想，这些乡人虽然都是淳朴、正直的农民，对历史的是非却是非常明白的。尽管许多过去曾经向父亲借钱的人，在他被捕以后的恐怖气氛下都不敢公开承认。我后来也知道，他们并不是有心赖账，不愿还，只是怕被牵连进去罢了。因为每当家里经济处于困境，米缸里再也淘不出一粒米的时候，常常就会在第二天天亮打开门时，意外发现一袋不知何人故意留下的白米。也就在这样艰困的生活环境下，母亲还是忍着悲痛把我们辛苦带大了。

五年前（一九八四年）母亲过世了。在她生前，我不曾听她抱怨过父亲以及他所做的事。我想，父亲那一代人的理想，我们能够的话，是应该继续走下去的。

后记：在风雨中继续前行

一九八九年年底，正当"立委"选举热闹滚滚的时候，我通过邱连广先生的介绍而联系上邱连球的长子邱玄治先生。那是一个飘着凄风苦雨的冬夜，我在台北松山区一栋大楼里进行采访。他始终平静地叙述着那段不堪的往事。

就在我离开邱家，牵了机车准备发动时，正巧一位“立法委员”候选人的宣传车从身边驶过，一名助选人顺手递给我一张传单。我就着街灯浏览了这份传单的内容，“重审五〇年代白色恐怖”的斗大标题字赫然入目。我来不及细看，一时之间，心中却汹涌着万分感触。

是的，重审五十年代白色恐怖。在白色恐怖刚刚随着政治戒严令的解除而稍稍纾解的第一次大选，终于有人提出重审四十年前的历史的主张了。然而，我以为，重审，并不是要我们挑起仇恨，而是要我们重新认识因为恐怖统治而荒芜了四十年的那段在台湾战后激荡过的风雷，从而掌握历史发展的正确规律，坚持在那一条前人没有走完的路继续走下去罢。我这样想。

天空又飘起雨丝了。

我于是收拾好那份传单，一边骑着机车，一边在脑子里整理着这三四个月来所采集的有关邱连球及其曾经奋起过的激昂而恐怖的时代的材料，顶着迎面飘来的一阵紧过一阵的风雨，在视线模糊了的马路上，循着机车头灯指引的方向，勇敢而专注地前行。

一九九〇年二月初稿

一九九一年四月二稿

二〇〇七年十月三稿

二〇〇八年七月四稿

二〇一六年三月五稿

大事年表

一八九五年：

四　月：中日签署《马关条约》，台湾割让给日本。

六　月：日军攻占台北城，举行始政式。

九　月：总督府学务部在台北市近郊士林芝山岩设立学堂，先后招收廿一名台胞为日本语练习生，展开殖民地台湾的"国民"教育。

芦洲李树华七兄弟合资重修扩建父亲李濯夫于一八五七年左右兴筑的家宅。

一八九六年：

元　旦：芝山岩学堂被义民捣毁，学校业务停摆。

三　月：日本殖民政府公布对台湾施行的特别法令"法律第六十三号"，委任立法权于台湾总督之手，也就是所谓"六三法"。

四　月：总督府公布直辖学校官制，又在全台各重要城市设"国语"传习所，支付经费，扩大办理殖民地台湾的"国民"教育。

一八九七年：

四　月：国语学校语学部国语（日语）科设立，修业年限三年（后改为四年），开始殖民地台湾的男子中学教育。

一八九八年：

七　月：台湾总督府公布公学校令，将各国语传习所改为公学校。

八　月：公学校规则公布，规定就学年龄、修学期限与教学科目。从此建立在殖民地台湾发展“国民”教育的基础。

一九〇六年：

李友邦出生芦洲。

一九〇九年：

地方制度改设台北、宜兰、桃园、新竹、台中、南投、嘉义、台南、阿缑、台东、花莲港、澎湖十二厅。

一九一一年：

邱连和出生屏东长治。

一九一三年：

十二月：张阿冬生于日据下台北市。

一九一五年：

八　月：西来庵事件大屠杀。台湾人民武装抗日运动告一段落。

十二月：锺理和、锺和鸣出生屏东高树。

邱连球、锺九河出生屏东长治乡仑上村。

一九一八年：

李友邦考进台北师范学校就读。

一九一九年：

一　月：总督府公布台湾教育令，确立对台湾人的教育方针及学制。

二　月：李南锋出生屏东高树。

六　月：蓝明谷生于高雄州冈山郡街尾仑农家，本名蓝益远。

一九二〇年：

地方制度改设五州（台北、新竹、台中、台南、高雄），二厅（台东、花莲港）；下设三市、四十七郡、一五五街庄。

一九二一年：

十　月：台湾文化协会成立，有计划地推动文化启蒙运动。

一九二二年：

李友邦和胞弟伙同激进抗日青年袭击海山郡派出所。

三　月：台湾总督府公布《台湾新教育令》，规定公学校修业年限为六年，就学年龄提前至六岁；中等以上学校实行“内（日）台共学”制。

四　月：锺和鸣与锺理和兄弟同入盐埔公学校。

李薰山出生竹北。

一九二三年：

李登辉出生三芝。

一九二四年：

三　月：李友邦再伙同林木顺、林添进等八位同学突击台北新起派出所（今台北市长沙派出所）而被勒令退学，潜往大陆。

六　月：李苍降出生芦洲。

林如堉出生板桥。

一九二六年：

邱连和毕业长兴公学校高等科第一届。

李苍土出生芦洲。

韩佐樑出生浙江青田。

一九二七年：

蓝明谷就读冈山公学校。

陈炳基出生万华。

叶纪东生于高雄市苓雅寮。

一九二八年：

高雄州立屏东农业学校创校。

一九二九年：

锺和鸣入学高雄州立中学校。

李苍炯出生芦洲。

一九三一年：

九　月：日本发动柳条湖事变，侵占东三省，抗日战争开始。

一九三三年：

蓝明谷冈山公学校毕业后再读高等科。

一九三四年：

锺和鸣考入台北高校第十届文科乙类。

一九三五年：

蓝明谷入学台南师范学校讲习科。

一九三六年：

鼓吹皇道精神的日本皇道派军官策划名为“二二六事件”的武装

政变。

锺九河考入台北高校第十二届文科乙类。

一九三七年：

三　月：蓝明谷台南师范学校毕业。

李苍降与同班同学雷灿南日新公学校毕业，考进台北二中。

四　月：台湾总督府废止汉文的使用，强迫推行所谓“国语普及运动”。

七　月：日本发动侵略中国的卢沟桥事变，全面抗日战争开始。

八　月：全台湾进入战时体制。

一九三八年：

一　月：小林总督发表《关于台湾志愿兵制度实施》。

五　月：台湾当局对外公开发生于两年前的台北二中学生思汉反日事件。

蓝明谷任教屏东枋寮公学校，月薪四十元（日本人六十元）。

一九三九年：

二　月：军事委员会直属台湾义勇队和台湾少年团在浙江金华成立。

五　月：台湾总督府治台重点：“皇民化”、工业化及南进。

十　月：重庆军事委员会政治部正式电委台湾独立革命党主席李友邦为台湾义勇队队长兼台湾少年团团长。

蓝明谷带学生海边郊游，因学生落海事故，贬调内埔公学校。

一九四〇年：

元　月：锺和鸣与新婚妻子蒋碧玉及表弟李南锋奔赴上海。

二　月：台湾总督府修订户口规则，规定台湾人改换日本姓名。

陈炳基考进台北二中第十九届。

蔡川燕到东京考医学专门学校落榜。

一九四一年：

蔡川燕考取东京医学专门学校；蓝明谷也来到东京。

李薰山竹中毕业后考进台北帝国大学豫科。

四　月：“皇民化运动”的中央机关“皇民奉公会”成立，不断举行各种“职能奉公运动”与训练，胁诱台湾人民协助日本帝国主义者推进侵略工作。

十二月：太平洋战争爆发。

一九四二年：

三　月：李苍降台北二中毕业，报考（伪）“满洲建国大学”落榜，暂任芦洲公学校老师，俟机到大陆。

四　月：台湾当局实施陆军特别志愿兵制度。

蓝明谷考取并就读北平东亚（兴亚）经济学院，企图由此参加抗战。

一九四三年：

蓝明谷离开东亚经济学院，想要报考北京大学学文学。因生活困难，到河北新乡为某台商记账。

九　月：蔡川燕到北平。台湾总督府发表台湾人实施征兵制度的办法：自第二年起，凡年满二十岁的台湾青年男子都要去当兵。

十　月：殖民地台湾开始临时征召学生兵。李薰山考进台北帝大工学部应用化学科第一届，在天水路、迪化街一带的兴亚寮认识李苍降与雷灿南。

十一月：中、英、美三国首脑会议发表《开罗宣言》，宣告“满洲台湾澎湖群岛等归还中国”。

一九四四年：

四月十五日起，连续三天，日本宪兵队突然在北部地区展开大逮捕。李苍降和雷灿南，台北帝大医学部学生蔡忠恕、郭琇琮，台北工业学校刚毕业的刘英昌与唐志堂，女医师谢娥，以及台北二中的陈炳基、郭宗清、黄雨生等无以数计的反日青年学生被捕入狱。

八　月：台湾进入战场状态。

一九四五年：

二月廿八日：蓝明谷完稿短篇小说《一个少女的死》。

五月七日：德国投降。

七　月：波茨坦会议发表《波茨坦宣言》，敦促日本无条件投降。

八月十五日：日本无条件投降。几天后，蓝明谷回到北平。

九　月：台湾省旅平同乡会在西单大光明戏院举行成立大会。

台湾义勇队副总队长张克敏（张士德）返台，筹划成立三民主义青年团台湾区团部。

十　月：台湾学生联盟在中山堂正式成立。

廿五日，台湾区受降典礼在台北公会堂举行，台湾行政长官陈仪接受日军投降，并宣布台湾人民即日起为中华民国国民。

十一月：陈仪公布“人民团体组织临时办法”，命令所有的人民团体自即日起停止活动。台湾学生联盟解散。三民主义青年团台湾区团部禁止各地的团队组织。

十二月：李友邦率部归来。李苍降通过谢娥介绍，与唐志堂、刘英昌、陈炳基等人一同加入三青团台北分团筹备工作，奉派担任台北分团部筹备处第二股股员。

台湾省行政区域改为台北、新竹、台中、台南、高雄、花莲、台东、澎湖八县，旧制的郡为区、街为镇、庄为乡。长兴庄改划设为高雄县长兴乡。

一九四六年：

一　月：行政院公布集中管理台胞令，并核准公布“关于朝鲜人及台湾人产业处理办法”。

李友邦出任三青团中央直属台湾支团部主任。

二　月：蓝明谷于《新台湾》第二期发表《一个少女的死》。

三　月：李苍降在雷灿南追悼会祭读悼文；又与唐志堂、刘英昌、陈炳基帮谢娥参选台湾光复后的首届台北市参议员；以三青团名义，在台北公会堂庆祝青年节；后因三青团台北分团部书记长余阳的反共警告，刘英昌留三青团，李苍降与唐志堂回老家当小学教员。

四　月：蓝明谷作《问答小天地》，译《台湾高砂族歌谣》。

五　月：蓝明谷于《新台湾》第四期同时发表《问答小天地》（笔名“慅生”）与《台湾高砂族歌谣》（笔名“汝南”）。

六　月：中国全面内战爆发。

蓝明谷跟随北平台湾同乡会抵沪，住上海台湾同乡会，认识办事员林昆，阅读左派书籍。

陈炳基考进省立法商学院专修科。

李薰山台大工学院第一届毕业。

七　月：东京涩谷区日警击毙请愿台胞。

蔡孝乾潜台，正式成立台湾省工作委员会。

八　月：锺浩东派任省立基隆中学校长。

九　月：李苍降由叔父李友邦引介，插班浙江省立杭州高级中学（简称杭高）三年级甲组，学习语言、文化。

十　月：蓝明谷返台，任职教育会办事员，与冈山同乡陈本江、王荆树共住。

十一月：台省国大代表晋京参加国民大会。

十二月：台湾大中学生及各界人士“反对涩谷事件宣判不公大会”。

驻北平美军强奸北大女生沈崇。杭州各中等以上学校学生为抗议美军暴行而罢课游行。李苍降亲历这场运动，深受洗礼。

一九四七年：

元　月：台北学生团体反美示威游行，抗议北平女学生被强奸事件。

蓝明谷经由张志忠加入地下党；在《国声报》发表短文《今孟子见钱县长》与《才和财》，笔名“蓝青”；经锺理和介绍任教基隆中学国文老师。

寒假期间，李苍降到上海，通过在暨南大学公费读书的二中同学杜长庚介绍，住在暨大学生宿舍，认识徐萌山等暨大的台湾公费生。

二　月：蓝明谷在《国声报》发表短文《传为佳话》，笔名“蓝青”。

“二二八”事件爆发。

三　月：锺浩东安排几名基隆中学的外省籍同事及其家属到屏东邱连球家避难。

蓝明谷前往台大医院探望住院治疗肺病的锺理和；与基中老师戴传李（校长太太蒋碧玉胞弟）走到瑞芳躲藏。

三青团中央直属台湾区团部主任李友邦因为“唆使三青团暴动”与“窝藏共产党”的罪名被非法逮捕，解送南京。夫人严秀峰即速赶往面见三民主义青年团中央团部组织处处长蒋经国，设法营救。

李苍降得到婶婶通知随即返台，协助处理相关事宜。

台湾省警备总司令部在全省各地扩大实施戒严令，进行“肃奸绥靖”工作。

四　月：台湾省行政长官公署撤废，改任魏道明为台湾省政府首任主席。

锺国辉与锺浩东、蓝明谷为一小组，锺浩东为组长。

五　月：台湾省警备总司令部改为警备司令部，司令彭孟缉公布：全省解除戒严，暂停邮电检查。

台湾省政府成立，并宣告清乡工作已经完成。

蓝明谷写《鲁迅与〈故乡〉》与《乡村》。詹致远（吴克泰）来找，向其传达：校长锺浩东已参加，以后由他领导。

七　月：李薰山辞退基隆中学兼职，转台北泰北中学兼课，并通过任职台大医学院助教的竹中同学刘沼光介绍入党。

陈炳基从上海返台后入党，担任省“学生工作委员会”五名筹委之一，由省委直接领导。

李苍降介绍林如堉、李薰山、陈炳基与李登辉等人互相认识，组成“新民主同志会”。

警备司令部公布社会秩序安宁维持办法。

八　月：蓝明谷以笔名“慅生”在《台湾文化》第二卷第五期发表散文《乡村》；现代文学研究会出版译作：鲁迅的《故乡》，作为中专以上台湾学生学习普通话的教材。

基隆中学支部成立，锺浩东任书记，锺国辉与蓝明谷任支委。由“省委书记”蔡孝乾领导。

李苍降任职太懋股份有限公司书记，月薪八十元。

九　月：新民主同志会改属台北市工作委员会的一个支部，由林如堉负责；表面上还是以新民主同志会名义发展组织。之后，改由郭琇琮领导。

十　月：省政府依据中央所颁“后方共产党处理办法”，令本省境内共产党员于月底前登记，逾期依法究办。

李苍降安排来台的杭高同学韩佐樑暂住芦洲，并介绍到农林处农技局制造实验工厂当办事员。

李登辉填写入党申请书，经李薰山亲交刘沼光，再经廖瑞发转蔡孝乾，获得批准。

郭琇琮接替患有麻风病的廖瑞发担任台北市工作委员会市委书记。

台湾省第二届运动会在台中举行，市内及运动会场突然出现大量没有署名，介绍人民解放军六十七条时局口号，并附有当时解放战争形势图的宣传品。

十一月：李苍降和林如堉经由陈炳基及其他渠道入党。

谢雪红等“二二八”流亡者于香港组成台湾民主自治同盟。

十二月：郭琇琮不再出席新民主同志会例会，也不再有任何联系。新民主同志会改由上海交通大学土木系毕业的苏州青年李絜（本名徐懋德，绰号“外省李”或“小李”）负责领导，定期在李登辉川端町住处聚会，学习关于台湾农业问题的文件，讨论如何组织农民。

一九四八年：

二　月：台湾省工作委员会发行《光明报》。

新民主同志会响应地下党决定，在“二二八”一周年前夕，到街头散发《告台湾同胞书》，涂写统一规定的政治口号。

叶纪东到屏东中学教书，并通过锺浩东介绍而认识了邱连球等人。

三　月：全岛各地出现“中国共产党台湾省工作委员会”正式署名的《纪念二二八告台湾同胞书》。

李登辉不再出席“新民主同志会”定期聚会，原因不明。李絜另带台湾省教育会研究组组长蔡瑞钦递补，改于台北市三条通林如堉住所聚会。

蓝明谷的长男出生。

锺国辉辞职，回家养病。

五　月：户口（身份证）总检查开始。

曾碧丽游祖国大陆。

中共华东局在香港秘密举行台湾工作干部会议。

六　月：李苍降离职太懋公司。

七　月：曾碧丽与公费留学生一起回台。

汐止军民合作站书记唐志堂入党，由李苍降领导。

八　月：李絜宣布：新民主同志会对外改称台湾人民解放同盟，分成宣传、组织和教育三个小组，分由李薰山、林如堉和陈炳基负责领导，扩大号召一般社会青年。介绍驾驶兵江支会给李苍降领导。

九　月：辽沈战役展开。

李苍降任职台湾省政府台湾省通志馆顾问委员会采访员，月薪一百四十元。

锺里志介绍李旺辉加入组织，成为基隆中学支部三名支部委员之一。

秋　季：基隆中学支部扩大为校内、校外两个支部。蓝明谷任校外支部书记，支委分由王荆树、锺里志担任。

十　月：李絜令身份已经暴露的林如堉、李薰山和陈炳基等三人立即转移福建、东北与地下。

李苍降陪同陈炳基到台北第三号水门搭船，渡淡水河，转往淡水雷灿南家躲藏。

林如堉与李薰山被捕。

十一月：辽沈战役结束。东北全境为共产党解放。

淮海与平津战役相继展开。

十二月：国民党华中剿总白崇禧、长沙绥靖主任程潜及河南省主席张轸，逼蒋“引退”。

国民政府任命陈诚为台湾省政府主席。

国民党中常会任命蒋经国继丘念台任省党部主任。

冬　季：新民主同志会一共三十几个群众陆续被捕。组织基本瓦解。李苍降将台北一部分同党分子移交上级李絜，转往基隆工作。

一九四九年：

一　月：淮海战役结束。长江中下游以北广大地区成为解放区。

中共中央毛泽东主席提出在八项和平条件的基础之上同南京国民政府和谈。

蒋介石派蒋经国去上海，命令中央银行总裁，将中央银行现金移存台湾；下令中央、中国两银行，将外汇化整为零，存入私人户头；宣布引退。李宗仁副总统代行总统职权。蒋仍以国民党总裁身份，以党领政。

北平和平解放。

李苍降联络许省五。

二　月：蒋经国奉命转运中央银行储存的黄金、白银五十万盎司，前往台湾、厦门。

台湾省主席陈诚公布实施三七五减租。

三　月：台湾警备司令部实施《军公人员及旅客台湾省入境暂行办法》。

台北市中等以上学校学生宣布筹组全学联。李苍降与陈炳基不畏被捕的危险出现会场。

四　月：台湾当局派出大批武装军警，强行闯入师范学院与台大的男生宿舍，集体逮捕两三百名学生，镇压三月下旬以来风起云涌的台北学运。一般称作“四六事件”。

李苍降到基隆郊区刘英昌的别墅向陈炳基传达尽快撤退大陆的指示，陈炳基随即从基隆搭船前往上海。

李苍降排除万难与曾碧丽结婚。化名姓陈，在基隆码头与杂货商张国隆谈共同做生意的想法，因他是小本生意而没有合作。

人民解放军分三路渡江，攻占南京。

国民政府迁往广州。

五　月：台北地下钱庄一片倒风；金融经济混乱。物价全面暴涨。

台湾地区开始实施军事戒严令。禁止一切“非法”集会、结社、罢工、罢课、罢市，并制定新闻、杂志、图书管理办法。

国府立法院颁布实施针对“匪谍”的“惩治叛乱条例”。

上海解放。

省工委把“迎接解放”的政治口号转为“配合解放”的实际行动。

基隆市工作委员会正式成立，锺浩东任书记，李苍降、蓝明谷为工委；下辖造船厂支部、汐止支部、妇女支部，并领导基隆要塞司令部、基隆市卫生院、水产公司等部门内的党员与外围群众。

六　月：币制改革，旧币四万元折合新台币一元。旧币如同废纸。
近万名台湾军人派赴大陆内战战场。
新竹商校校长林启周在松山机场被捕。锺浩东立即安排徐新杰转移屏东长治乡邱连球家。

七　月：三七五减租在全省各县市实施。
省级公务员推行联保制。
台湾省工作委员会在全省同步散发《人民解放军布告》，省工委、台盟、解放军驻台代表联名的《告台湾同胞书》，以及一些写着明确口号的小张传单，展开政治宣传攻势。
台湾省主席陈诚接获发表《纪念中国共产党诞辰廿八周年》社论的《光明报》。
台湾省邮政管理局为邮电改组暨邮电员工分班、过班而引起怠工请愿风潮。
李苍降在基隆火车站介绍基隆水产公司仓库职员蔡新兴入党。

夏　天：上级指派潮州中学教员刘特慎联络锺国辉，叫他和邱连球联络，宣传三七五减租的政策。
许省六入党，受李苍降领导。

八　月：美国发表中国问题白皮书，声明不再介入中国内战，停止援蒋。
保密局借提警方查户口时扣押的台大法学院毕业学生王明德，侦悉《光明报》等情，并循供逮捕“成功中学支部”与台大法学院学生戴传李等人。
蒋碧玉与任职图书馆管理员的妹妹在学校宿舍被捕。锺浩东下落不明。

九　月：台湾省“保安司令部”成立，司令官为彭孟缉。

蓝明谷携妻、子归返冈山老家，展开逃亡生涯。

军警包围基隆中学，逮捕四名教师、三名职员和三名学生。

李南锋、邱连球、邱连和在屏东被捕。

李苍降逃回台北，化名“赖庆钟”，继续领导台北的关系，仍由李絜“指挥”。

十　月：中华人民共和国成立。

台北县实施五人联保制。

福建籍的台湾省工委会副书记陈泽民在高雄市被捕。

十一月：“防卫司令部”公布：通共或隐匿共党不报、造谣惑众、煽动军心、破坏交通与电讯者皆处死刑。

国民党当局再迁成都。

蓝明谷到高雄新兴区妹夫杨再仁五常被服行店内帮忙。

十二月：国民党“行政院”正式迁移台北办公。

台湾省“保安司令部”发言人公开宣布：破获共产党的《光明报》及基隆市委会案，并枪决任职基隆中学的张奕明、锺国员、罗卓才与谈开诚四人。

锺浩东、邱连球等十八人“准感训自新”。

一九五〇年：

元　月：李絜嘱咐李苍降通知林英杰：迅即离开，往寻过去联系的人。林英杰立刻将全部文件、收音机、行李等迁走。

李苍降与妻子及姊姊在南京东路同被布哨监视多日的“保密局”特务逮捕。

锺浩东被送回“军法处”审理。

蓝明谷逃至屏东内埔，遇返乡养病的基中总务主任锺国辉，同往大武山隐蔽，不久再逃。

二　月：“保安司令部”成立“新生总队”。

严秀峰以“参加中共组织”之罪名被判十五年徒刑。

三　月：蒋介石复职，提名陈诚任“行政院长”，积极推进“反共抗俄”政策。设立“国防部”总政治部；蒋经国担任主任。

为防中共地下工作人员潜伏山区，实施为期一周的山地统一检查。

蓝明谷的长女出生。

四　月：“惩治叛乱条例”修正案公布。

全省户口总检查。

五　月：“国防部”总政治部主任蒋经国宣布：侦破中共台湾工委会（蔡孝乾）案，并公布《在台中共党员自首办法》。

蒋介石令十五万精锐部队自动放弃舟山群岛基地，撤到台湾，并提出“一年准备，两年反攻，三年扫荡，五年成功”的口号。

正声、台湾、空军、军中、民本、民声等广播电台联播蔡孝乾对本省同胞发表的“忏悔”演说。

六　月：《“中央日报”》全文刊载蔡孝乾的广播内容。

《戡乱时期教育实施纲要》公布，规定中小学起实施三民主义及“反共抗俄”教育。

《戡乱时期检肃匪谍条例》公布。

朝鲜战争爆发。美国总统杜鲁门声明“台湾中立化”方针，下令第七舰队驶入台湾海峡，干涉中国内政。

七　月：李苍降、曾碧丽和锺浩东、唐志堂等同案共十四人移送台湾省“保安司令部”军法处结案。

芦洲家人把李苍降和曾碧丽七个月大的女儿领回。

八　月：十一日，提讯李苍降及曾碧丽等七人。

十二日，提讯与李苍降有组织关系的许省五、许省六、张国隆等三人。

十三日，提讯与李苍降有直接关系的基隆水产公司仓库职员蔡新兴。

十五日，提讯李苍降、王荆树、许省五、杨进兴、蔡秋土与锺浩东等六人。

廿一日，台湾省“保安司令部”军法处会审李苍降、曾碧丽与锺浩东等同案共十四名。评议结果，李苍降与锺浩东处死刑褫夺公权终身全部财产除酌留其家属必需之生活费外没收，曾碧丽明知为“匪谍”而不告发检举处有期徒刑一年。随将“卷判”发文“总统府”机要室资料组。

九　月：“总统府”机要室资料组回复台湾省“保安司令部”“无意见”。“保安司令部”呈奉“国防部”批示“核准”，并将执行死刑日期“具报备查”。“国防部”参谋总长周至柔“检同原卷判签请‘总统’蒋鉴核示遵”。

“行政院”制定《戡乱时期检肃匪谍举办联保连坐办法》。

“国防部”总政治部发布《匪谍及附匪分子自首办法》和《检举匪谍奖励办法》。

四日，嘉义警察局行文旗山警察分局协助缉捕锺国辉、蓝明谷与李旺辉。

九日，锺国辉和李旺辉被捕。十三日晚，同被解送高雄县警察局讯办。

十　月：蒋中正指示“国防部”：改处唐志堂死刑。

“保安司令部”军法处将锺浩东、李苍降及唐志堂三名，发交宪兵，绑赴马场町刑场，执行枪决。

曾碧丽收到“军法处”传达兵送来的判决书，移送台北监狱关押。

李苍土向“军法处”陈情：“为家境清苦母衰子幼恳保徒犯曾碧丽乙名释外支撑家务事。”

十一月：“保安司令部”电警务处与“国防部”保密局、“内政部”调查处等机关，协缉“在逃匪犯”蓝明谷、锺里志等四名归案。

“保安司令部”军法处侦讯锺国辉与李旺辉。

基隆中学英文老师张国雄与郭琇琮同被枪决。

十二月：廿一日，蓝明谷的胞弟结婚。廿七日，蓝明谷从五常行逃到堂妹陈秀凤家。廿八日，因父亲、妻子等无辜亲友多人被捕，前往高雄市警察局第一分局自首。廿九日，妹夫杨再仁被捕。

曾碧丽写报告交给法官，希望代为转询“保密局”，早日发还衣服。“军法处”处长核准后，由“保安司令部”司令与副司令共同署名，发文“保密局”。但迟迟没有回复。

一九五一年：

一　月：李锦殖、江德龙、邱文瑞等人被捕。

“军法处”讯问李旺辉：他和谢（张）阿冬的关系，谢（张）阿冬和共党的关系，以及蓝明谷与锺里志改逃何处。

锺国辉在“保安司令部”军法处侦讯时供称：一九四七年四月由蓝明谷介绍参加共产党，与锺浩东三人为一小组，锺浩东为组长。

锺里志被捕。

“保安司令部”发文台北县警察局：查明李苍降有无财产具报凭核。

台北县警察局长刘坚烈根据芦洲派出所的报告回电：“李苍降现有弟二，妻、母、妹各一，弟妇、侄女、长女各一，全家共八口，家无财产，生活全赖其弟李苍土维持颇为艰苦。”

“保安司令部”司令与副司令再次共同署名，发文“保密局”：“电请将已决犯曾碧丽被扣衣服送部以便转发。”

十七日，曾碧丽服刑期满，出狱。

二　月：蓝明谷、张阿冬、锺里志与李锦殖、江德龙、邱文瑞等人，同被解送“保安司令部”。

“保密局”要求“保安司令部”将“蓝明谷及其妻（谢）张阿冬”于侦讯后解交该局“并案测究其组织关系再送还贵部法办”。

三　月：“保安司令部”保安处将“匪犯蓝明谷等乙案”移送“军法处”办理；将张阿冬发交“新生总队”感训。“军法处”提讯蓝明谷、锺里志、林世英、杨再仁、锺德兴、锺国辉、李旺辉、江德龙等人。蓝明谷判决死刑。锺里志准予办理“自新”手续，交保开释。

四　月：“新生总队”移迁绿岛，扩大为新生训导处，编制为新生训导总队。

二日，蓝明谷写“准予悔过自新”的报告。

三日，“保密局”借提蓝明谷等三名，十六日解还“保安司令部”。

十日，锺国辉枪决。

廿七日，“国防部”电“保安司令部”核准蓝明谷等罪刑。

廿八日，“保安司令部”电告军法处第一科、宪兵第八团、台北市政府：“蓝明谷叛乱判处死刑应验明正身发交宪兵第八团于四月廿九日上午六点绑赴刑场执行枪决并呈报。”

廿九日，蓝明谷遭枪决。

五　月：蓝明谷三弟蓝微贮从国防医学院福马林池捞起蓝明谷的尸体，送极乐殡仪馆火化。

“保安司令部”向“国防部”呈报蓝明谷执行死刑日期并请察核；“国防部”准予备查。

“保安司令部”电令高雄县政府派员查封蓝明谷所有财产。

张阿冬移送绿岛集中营。

六　月："保密局"电请"保安司令部"提讯蓝明谷，讯明蓝明谷所吸收之"逃匪张进发"的各种情况。

十一月：李友邦被捕。

基隆中学教务主任方弢遭枪决。

一九五二年：

三　月：长治乡德协村的吴葵英、古有桂与李清增先后被捕。

四月廿二日：李友邦遭枪决。

十月十八日：古有桂、李清增被判处有期徒刑十年。

一九五三年：

二月十六日：邱连球被改判死刑。

五月四日：蒋中正批示：邱连球的改判"照准"。

一九五四年：

三月十六日：张志忠遭枪决。

五月二十日：邱连球遭枪决。

十二月三日："中（台）美共同防御条约"签订。